MAURICE 1981

ŒUVRES

CHOISIES

DE FONTENELLE.

TOME SECOND.

CONTENANT

DIALOGUES DES MORTS & POÉSIES
PASTORALES.

NOUVELLE ÉDITION.

A LIEGE,

Chez F. J. DESOER, Imprimeur-Libraire,
sur le Pont-d'Isle.

M. DCC. LXXIX.

DIALOGUES

DES MORTS.

A LUCIEN,

AUX

CHAMPS ÉLISIENS.

ILLUSTRE MORT,

IL est bien juste qu'après avoir pris
une idée qui vous appartient, je vous
en rende quelque sorte d'hommage.
L'Auteur, dont on a tiré le plus de
secours dans un Livre, est le vrai Héros
de l'Epître Dédicatoire; c'est lui dont

on peut publier les louanges avec sincé-
rité, & qu'on doit choisir pour protec-
teur. Peut-être on trouvera que j'ai été
bien hardi d'avoir osé travailler sur votre
Plan; mais il me semble que je l'eusse
été encore davantage, si j'eusse travaillé
sur un Plan de mon imagination. J'ai
quelque lieu d'espérer que le dessein qui est
de vous, fera passer les choses qui sont de
moi; & j'ose vous dire que si par hazard
mes Dialogues avoient un peu de succès,
ils vous feroient plus d'honneur que les
vôtres mêmes ne vous en ont fait, puisqu'on verroit que cette idée est assez
agréable, pour n'avoir pas besoin d'être
bien exécutée. J'ai fait tant de fond sur
elle, que j'ai cru qu'une partie m'en pourroit suffire. J'ai supprimé Pluton, Caron,
Cerbere, & tout ce qui est usé dans les
Enfers. Que je suis fâché que vous ayez
épuisé toutes ces belles matieres de l'é-
galité des Morts, du regret qu'ils ont à
la vie, de la fausse fermeté que les Philosophes affectent de faire paroître en
mourant, du ridicule malheur de ces jeu-

nes gens qui meurent avant les vieillards
dont ils croyoient hériter, & à qui ils
faisoient la cour ! Mais après tout, puisque vous aviez inventé ce dessein, il étoit
raisonnable que vous en prissiez ce qu'il
y avoit de plus beau. Du moins j'ai tâché
de vous imiter dans la fin que vous vous
étiez proposée. Tous vos Dialogues ren-
ferment leur morale, & j'ai fait morali-
ser tous mes Morts ; autrement ce n'eût
pas été la peine de les faire parler ; des
Vivans auroient suffi pour dire des choses
inutiles. De plus, il y a cela de commode,
qu'on peut supposer que les Morts sont
gens de grande réflexion, tant à cause
de leur expérience, que de leur loisir ; &
on doit croire pour leur honneur, qu'ils
pensent un peu plus qu'on ne fait d'ordinaire pendant la vie. Ils raisonnent mieux
que nous des choses d'ici-haut, parce
qu'ils les regardent avec plus d'indifférence & plus de tranquillité ; & ils veulent bien en raisonner, parce qu'ils y
prennent un reste d'intérêt. Vous avez
fait la plupart de leurs Dialogues se

courts, qu'il paroît que vous n'avez pas
cru qu'ils fuffent de grands parleurs, &
je fuis entré aifément dans votre penfée.
Comme les Morts ont bien de l'efprit, ils
doivent voir bientôt le bout de toutes les
matieres. Je croirois même fans peine
qu'ils devroient être affez éclairés, pour
convenir de tout les uns avec les autres,
& par conféquent pour ne fe parler prefque jamais; car il me femble qu'il n'appartient de difputer qu'à nous autres
ignorans, qui ne découvrons pas la vérité; de même qu'il n'appartient qu'à des
Aveugles, qui ne voient pas le but où ils
vont, de s'entre-heurter dans un chemin.
Mais on ne pourroit pas fe perfuader ici
que les Morts euffent changé de caracteres, jufqu'au point de n'avoir plus de
fentimens oppofés. Quand on a une fois
conçu dans le monde une opinion des
gens, on n'en fauroit revenir. Ainfi je
me fuis attaché à rendre les Morts re-
connoiffables, du moins ceux qui font
fort connus. Vous n'avez pas fait de difficulté d'en fuppofer quelques-uns, &

peut-être auffi quelques-unes des aventures que vous leur attribuez ; mais) je
n'ai pas eu befoin de ce privilege. L'Hiftoire me fournissoit affez de véritables
Morts, & d'aventures véritables, pour
me difpenfer d'emprunter aucun fecours
de la fiction. Vous ne ferez pas furpris
que les Morts parlent de ce qui s'eft paffé
long-tems après eux, vous qui les voyez
tous les jours s'entretenir des affaires
les uns des autres. Je fuis fûr qu'à l'heure
qu'il eft, vous connoiffez la France par
une infinité de rapports qu'on vous en
a faits, & que vous favez qu'elle eft aujourd'hui pour les Lettres, ce que la
Gréce étoit autrefois. Sur-tout votre illuftre Traducteur, qui vous a fi bien fait
parler notre Langue, n'aura pas manqué de vous dire que Paris a eu pour
vos Ouvrages le même goût que Rome
& Athenes avoient eu. Heureux qui
pourroit prendre votre ftyle comme ce
grand Homme le prit, & attraper dans
fes expreffions cette fimplicité fine, & cet
enjouement naïf, qui font fi propres pour

le Dialogue ! Pour moi, je n'ai garde
de prétendre à la gloire de vous avoir
bien imité ; je ne veux que celle d'avoir
bien fu qu'on ne peut imiter un plus excellent modele que vous.

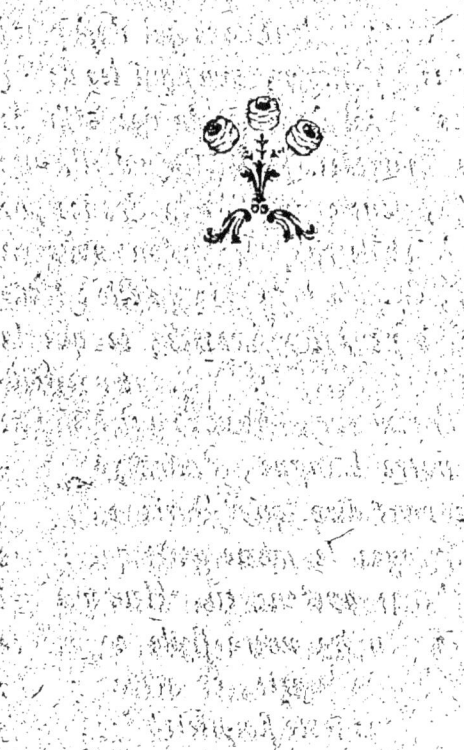

DIALOGUES

DIALOGUES

DES

MORTS ANCIENS.

DIALOGUE I.

ALEXANDRE, PHRINÉ.

PHRINÉ.

Vous pouvez le savoir de tous les Thébains qui ont vécu de mon tems. Ils vous diront que je leur offris de rebâtir à mes dépens les murailles de Thébes, que vous aviez ruinées, pourvu que l'on y mît cette Inscription : *Alexandre le Grand avoit abattu ces murailles, mais la Courtisane Phriné les a relevées.*

ALEXANDRE. Vous aviez donc grand peur que les siecles à venir n'ignorassent quel métier vous aviez fait ?

PHRINÉ. J'y avois excellé, & toutes les
Personnes extraordinaires, dans quelque
profession que ce puisse être, ont la folie
des Monumens & des Inscriptions.

ALEXANDRE. Il est vrai que Rhodope l'a-
voit déja eue avant vous. L'usage qu'elle fit
de sa beauté la mit en état de bâtir une de
ces fameuses Pyramides d'Egypte qui sont
encore sur pied ; & je me souviens que,
comme elle en parloit l'autre jour à de certaines Mortes Françoises, qui prétendoient
avoir été fort aimables, ces Ombres se mirent à pleurer, en disant que dans les pays
& dans les siecles où elles venoient de vivre,
les Belles ne faisoient plus d'assez grandes fortunes pour élever des Pyramides.

PHRINÉ. Mais moi j'avois cet avantage
par-dessus Rhodope, qu'en rétablissant les
murailles de Thébes, je me mettois en pa-
rallele avec vous, qui aviez été le plus
grand Conquérant du monde, & que je
faisois voir que ma beauté avoit pu réparer les ravages que votre valeur avoit
faits.

ALEXANDRE. Voilà deux choses qui assurément n'étoient jamais entrées en comparaison l'une avec l'autre. Vous vous savez
donc bon gré d'avoir eu bien des galanteries ?

PHRINÉ. Et vous, vous êtes fort satisfait d'avoir désolé la meilleure partie de l'Univers. Que ne s'est-il trouvé une Phriné dans chaque Ville que vous avez ruinée; il ne seroit resté aucune marque de vos fureurs.

ALEXANDRE. Si j'avois à revivre, je voudrois être encore un illustre Conquérant.

PHRINÉ. Et moi une aimable Conquérante. La beauté a un droit naturel de commander aux hommes , & la valeur n'en a qu'un droit acquis par la force. Les Belles font de tous pays , & les Rois même ni les Conquérans n'en font pas. Mais pour vous convaincre encore mieux, votre pere Philippe étoit bien vaillant, vous l'étiez beaucoup aussi; cependant vous ne pûtes ni l'un ni l'autre inspirer aucune crainte à l'Orateur Démosthène, qui ne fit, pendant toute sa vie, que haranguer contre vous deux : & une autre Phriné que moi (car le nom est heureux) étant sur le point de perdre une cause fort importante, son Avocat , qui avoit épuisé vainement toute son éloquence pour elle, s'avisa de lui arracher un grand voile qui la couvroit en partie; & aussi-tôt, à la vue des beautés qui parurent, les Juges, qui étoient prêts à la condamner, chan-

A ij

gerent d'avis. C'eſt ainſi que le bruit de vos armes ne put pendant un grand nombre d'années faire taire un Orateur, & que les attraits d'une belle Perſonne corrompirent en un moment tout le ſévere Aréopage.

ALEXANDRE. Quoique vous ayez appellé encore une Phriné à votre ſecours, je ne crois pas que le parti d'Alexandre en ſoit plus foible. Ce ſeroit grande pitié, ſi.....

PHRINÉ. Je ſais ce que vous m'allez dire. La Gréce, l'Aſie, la Perſe, les Indes, tout cela eſt d'un bel étalage. Cependant ſi je retranchois de votre gloire ce qui en vous en appartient pas; ſi je donnois à vos Soldats, à vos Capitaines au ha- zard même, la part qui leur en eſt due, croyez-vous que vous n'y perdiſſiez guere? Mais une Belle ne partage avec perſonne l'honneur de ſes conquêtes, elle ne doit rien qu'à elle-même. Croyez-moi, c'eſt une jolie condition, que celle d'une jolie Femme.

ALEXANDRE. Il a paru que vous en avez été bien perſuadée. Mais penſez-vous que ce perſonnage s'étende auſſi loin que vous l'avez pouſſé?

PHRINÉ. Non, non, car je ſuis de bonne foi. J'avoue que j'ai extrêmement outré le caractere de jolie Femme; mais vous avez outré aussi celui de grand Homme. Vous & moi nous avons fait trop de conquêtes. Si je n'avois eu que deux ou trois galanteries tout au plus, cela étoit dans l'ordre, & il n'y avoit rien à redire; mais d'en avoir assez pour rebâtir les murailles de Thèbes, c'étoit aller beaucoup plus loin qu'il ne falloit. D'autre côté, si vous n'eussiez fait que conquérir la Grèce, les Isles voisines, & peut-être encore quelque petite partie de l'Asie mineure, & vous en composer un Etat, il n'y avoit rien de mieux entendu ni de plus raisonnable; mais de courir toujours, sans savoir où, de prendre toujours des Villes, sans savoir pourquoi, & d'exécuter toujours, sans avoir aucun dessein, c'est ce qui n'a pas plu à beaucoup de personnes bien sensées.

ALEXANDRE. Que ces personnes bien sensées en disent tout ce qu'il leur plaira; si j'avois usé si sagement de ma valeur & de ma fortune, on n'auroit presque point parlé de moi.

PHRINÉ. Ni de moi non plus, si j'avois usé trop sagement de ma beauté. Quand on ne veut que faire du bruit, ce ne sont pas les caracteres les plus raisonnables qui y sont les plus propres.

A iij

DIALOGUE II.
MILON, SMINDIRIDE.

SMINDIRIDE.

Tu es donc bien glorieux, Milon, d'avoir porté un bœuf fur tes épaules aux Jeux Olimpiques?

MILON. Aſſurément l'action fut fort belle. Toute la Grèce y applaudit, & l'honneur s'en répandit juſques ſur la Ville de Crotone ma patrie, d'où ſont ſortis une infinité de braves Athlètes. Au contraire, ta Ville de Sibaris ſera décriée à jamais par la molleſſe de ſes Habitans, qui avoient banni les coqs de peur d'en être éveillés, & qui prioient les gens à manger un an avant le jour du repas, pour avoir le loiſir de le faire auſſi délicat qu'ils le vouloient.

SMINDIRIDE. Tu te moques des Sibarites; mais toi, Crotoniate groſſier, crois-tu que ſe vanter de porter un bœuf, ce ne ſoit pas ſe vanter de lui reſſembler beaucoup?

MILON. Et toi, crois-tu avoir reſſemblé à un homme, quand tu t'es plaint d'avoir paſſé une nuit ſans dormir, à cauſe que parmi les feuilles de roſes dont ton lit étoit ſe-

mé, il y en avoit eu une fous toi qui s'é-
toit pliée en deux?

SMINDIRITE. Il eſt vrai que j'ai eu cette
délicateſſe; mais pourquoi te paroît-elle
ſi étrange?

MILON. Et comment ſe pourroit-il
qu'elle ne me le parût pas?

SMINDIRIDE. Quoi! n'as-tu jamais vu
quelque Amant, qui étant comblé des faveurs d'une Maîtreſſe à qui il a rendu des
ſervices ſignalés, ſoit troublé dans la poſſeſſion de ce bonheur par la crainte qu'il a
que la reconnoiſſance n'agiſſe dans le cœur
de la Belle, plus que l'inclination?

MILON. Non, je n'en ai jamais vu. Mais
quand cela ſeroit?

SMINDIRIDE. Et n'as-tu jamais entendu
parler de quelque Conquérant, qui, au retour d'une expédition glorieuſe, ſe trouvât
peu ſatisfait de ſes triomphes, parce que
la fortune y auroit eu plus de part que
ſa valeur ni ſa conduite, & que ſes deſſeins auroient réuſſi ſur des meſures fauſſes
& mal priſes?

MILON. Non, je n'en ai point entendu
parler. Mais encore une fois, qu'en
veux-tu conclure?

SMINDIRIDE. Que cet Amant & ce Conquérant, & généralement preſque tous les

A iv

hommes, quoique couchés fur des fleurs,
ne fauroient dormir, s'il y en a une feule
feuille pliée en deux. Il ne faut rien pour gâ-
ter les plaifirs. Ce font des lits de rofes, où
il eft bien difficile que toutes les feuilles
fe tiennent étendues, & qu'aucune ne fe
plie; cependant le pli d'une feule fuffit
pour incommoder beaucoup.

MILON. Je ne fuis pas fort favant fur ces
matieres-là ; mais il me femble que toi,
& l'Amant, & le Conquérant que tu fup-
pofes, & tous tant que vous êtes, vous
avez extrêmement tort. Pourquoi vous
rendez - vous fi délicats ?

SMINDIRITE. Ah ! Milon, les gens d'efprit ne font pas des Crotoniates comme
toi ; mais ce font des Sibarites encore plus
raffinés que je n'étois.

MILON. Je vois bien ce que c'eft. Les
gens d'efprit ont affurément plus de plaifirs
qu'il ne leur en faut, & ils permettent à leur
délicateffe d'en retrancher ce qu'ils ont
de trop. Ils veulent bien être fenfibles aux
plus petits défagrémens, parce qu'il y a
d'ailleurs affez d'agrémens pour eux; &
fur ce pied-là je trouve qu'ils ont raifon.

SMINDIRITE. Ce n'eft point du tout cela.
Les gens d'efprit n'ont point plus de plaifirs qu'il ne leur en faut.

MILON. Ils font donc fous de s'amufer à être fi délicats ?

SMINDIRITE. Voilà le malheur. La délicateffe eft tout-à-fait digne des hommes ; elle n'eft produite que par les bonnes qualités & de l'efprit & du cœur ; on fe fait bon gré d'en avoir ; on tâche à en acquérir quand on n'en a pas : cependant la délicateffe diminue le nombre des plaifirs, & on n'en a point trop. Elle eft caufe qu'on les fent moins vivement, & d'eux-mêmes ils ne font point trop vifs. Que les hommes font à plaindre ! Leur condition naturelle leur fournit peu de chofes agréables, & leur raifon leur apprend à en goûter encore moins.

DIALOGUE III.

DIDON, STRATONICE.

DIDON.

HÉLAS! ma pauvre Stratonice, que je fuis malheureufe ! Vous favez comme j'ai vécu. Je gardai une fidélité fi exacte à mon premier Mari, que je me brûlai toute vive, plutôt que d'en prendre un fecond. Cependant je n'ai pu être à couvert de la médifance. Il a plu à un Poëte nommé Virgile de changer une Prude auffi févere que moi, en une jeune Coquette qui fe laiffe charmer de la bonne mine d'un Etranger dès le premier jour qu'elle le voit. Toute mon Hiftoire eft renverfée. A la vérité, le bûcher où je fus confumée m'eft demeuré; mais devinez pourquoi je m'y jette. Ce n'eft plus de peur d'être obligée à un fecond mariage; c'eft que je fuis au défefpoir de ce que cet Etranger m'abandonne.

STRATONICE. De bonne foi, cela peut avoir des conféquences très - dangereufes. Il n'y aura plus guére de femmes qui veuillent fe brûler par fidélité conjugale, fi après leur mort un Poëte eft en liberté de dire d'elles tout ce qu'il voudra. Mais peut - être votre Virgile n'a-t'il pas eu fi grand tort. Peut - être a-t'il démêlé dans votre vie quelque intrigue que vous efpériez qui ne feroit pas connue. Que fait-on ? Je ne voudrois pas répondre de vous fûr la foi de votre bûcher.

DIDON. Si la galanterie que Virgile m'attribue, avoit quelque vraifemblance, je confentirois que l'on me foupçonnât; mais il me donne pour Amant, Enée, un hom-

me qui étoit mort trois cens ans avant
que je fuffe au monde.

STRATONICE. Ce que vous dites là eft
quelque chofe. Cependant Enée & vous,
vous paroiffiez extrêmement être le fait l'un
de l'autre. Vous aviez été tous deux con-
traints d'abandonner votre patrie; vous
cherchiez fortune tous deux dans des pays
étrangers; il étoit veuf, vous étiez veu-
ve : voilà bien des rapports. Il eft vrai
que vous êtes née trois cens ans après lui;
mais Virgile a eu tant de raifons pour vous
affortir enfemble, qu'il a cru que les trois
cens années qui vous féparoient, n'étoient
pas une affaire.

DIDON. Quel raifonnement eft-ce là?
Quoi, trois cens ans ne font pas toujours
trois cens ans; & malgré cet obftacle, deux
perfonnes peuvent fe rencontrer & s'aimer?

STRATONICE. Oh! c'eft fur ce point que
Virgile a entendu fineffe. Affurément il
étoit homme du monde; il a voulu faire
voir qu'en matiere de commerce amoureux, il ne faut pas juger fur l'apparence, & que tous ceux qui en ont le moins,
font bien fouvent les plus vrais.

DIDON. J'avois bien affaire qu'il attaquât
ma réputation, pour mettre ce beau myftere dans fes Ouyrages.

A vj

STRATONICE. Mais quoi? Vous a-t'il tournée en ridicule? Vous a-t'il fait dire des chofes impertinentes?

DIDON. Rien moins. Il m'a récité ici fon Poëme, & tout le morceau où il me fait paroître, eft affurément divin, à la médifance près. J'y fuis belle, j'y dis de très-belles chofes fur ma paffion prétendue; & fi Virgile étoit obligé à me reconnoître dans l'Enéïde pour femme de bien, l'Enéïde y perdroit beaucoup.

STRATONICE. De quoi vous plaignez-vous donc? On vous donne une galanterie que vous n'avez pas eue: voilà un grand malheur! Mais en récompenfe on vous donne de la beauté & de l'efprit, que vous n'aviez peut-être pas.

DIDON. Quelle confolation!

STRATONICE. Je ne fais comment vous êtes faite; mais la plupart des femmes aiment mieux, ce me femble, qu'on médife un peu de leur vertu, que de leur efprit, ou de leur beauté. Pour moi, j'étois de cette humeur-là. Un Peintre, qui étoit à la Cour du Roi de Syrie mon mari, fut mal-content de moi, & pour fe venger, il me peignit entre les bras d'un Soldat. Il expofa fon tableau, & prit auffi-tôt la fuite. Mes Sujets, zélés pour ma gloire, vouioient brûler ce tableau publiquement ; mais comme j'y étois peinte admirablement bien, & avec beaucoup de beauté, quoique les attitudes qu'on m'y donnoit ne fussent pas avantageuses à ma vertu, je défendis qu'on le brûlât, & fis revenir le Peintre à qui je pardonnai. Si vous m'en croyez, vous en userez de même à l'égard de Virgile.

DIDON. Cela seroit bon, si le premier mérite d'une femme étoit d'être belle, ou d'avoir de l'esprit.

STRATONICE. Je ne décide point quel est ce premier mérite : mais dans l'usage ordinaire, la premiere question qu'on fait sur une femme que l'on ne connoît point, c'est, *est-elle belle?* La seconde, *a-t'elle de l'esprit?* Il arrive rarement qu'on fasse une troisieme question.

DIALOGUE IV.

ANACRÉON, ARISTOTE.

ARISTOTE.

JE n'eusse jamais cru qu'un faiseur de Chansonnettes eût osé se comparer à un

Philofophe d'une auffi grande réputation
que moi.

ANACRÉON. Vous faites fonner bien
haut le nom de Philofophe ; mais moi,
avec mes Chanfonnettes, je n'ai pas laiffé
d'être appellé le fage Anacréon, & il me
femble que le titre de Philofophe ne vaut
pas celui de Sage.

ARISTOTE. Ceux qui vous ont donné
cette qualité-là ne fongeoient pas trop bien
à ce qu'ils difoient. Qu'aviez-vous jamais
fait pour la mériter ?

ANACRÉON. Je n'avois fait que boire,
que chanter, qu'être amoureux ; & la merveille eft qu'on m'a donné le nom de Sage
à ce prix, au lieu qu'on ne vous a donné
que celui de Philofophe, qui vous a coûté
des peines infinies. Car combien avez-
vous paffé de nuits à éplucher les queftions épineufes de la Dialectique? Combien avez-vous compofé de gros Volumes
fur des matieres obfcures que vous n'en-
tendiez peut-être pas bien vous-même ?

ARISTOTE. J'avoue que vous avez pris
un chemin plus commode pour parvenir à
la fageffe, & qu'il falloit être bien habile
pour trouver moyen d'acquérir plus de
gloire avec votre lut & votre bouteille,
que les plus grands Hommes n'en ont

acquis par leurs veilles & par leurs tra-
vaux.

ANACRÉON. Vous prétendez railler :
mais je vous foutiens qu'il eft plus difficile
de boire & de chanter, comme j'ai chanté
& comme j'ai bu, que de philofopher
comme vous avez philofophé. Pour chanter & pour boire comme moi, il faudroit
avoir dégagé fon ame des paffions vio-
lentes, n'afpirer plus à ce qui ne dépend
pas de nous, s'être difpofé à prendre toujours le tems comme il viendroit ; enfin
il y auroit auparavant bien de petites
chofes à régler chez foi ; & quoiqu'il n'y
ait pas grande Dialectique à tout cela,
on a pourtant de la peine à en venir à
bout. Mais on peut à moins de frais philofopher comme vous avez fait. On n'eft
point obligé à fe guérir ni de l'ambition,
ni de l'avarice ; on fe fait une entrée agréable à la Cour du grand Alexandre ; on
s'attire des préfens de cinq cent mille
écus, que l'on n'emploie pas entiérement
en expériences de Phyfique, felon l'intention du Donateur ; & en un mot, cette
forte de Philofophie mene à des chofes
affez oppofées à la Philofophie.

ARISTOTE. Il faut qu'on vous ait fait ici-
bas bien des médifances de moi : mais après

tout, l'homme n'eſt homme que par la raiſ-
ſon, & rien n'eſt plus beau que d'apprendre aux autres comment ils s'en doivent
ſervir à étudier la Nature, & à développer
toutes ces énigmes qu'elle nous propoſe.

ANACRÉON. Voilà comme les hommes
renverſent l'uſage de tout. La Philoſophie
eſt en elle-même une choſe admirable, & qui
leur peut être fort utile; mais parce qu'elle
les incommoderoit, ſi elle ſe mêloit de leurs
affaires, & ſi elle demeuroit auprès d'eux
à régler leurs paſſions, ils l'ont envoyée
dans le Ciel arranger des Planetes, & en
meſurer les mouvemens; ou bien ils la
promenent ſur la terre, pour lui faire examiner tout ce qu'ils y voient. Enfin ils
l'occupent toujours le plus loin d'eux
qu'il leur eſt poſſible. Cependant comme
ils veulent être Philoſophes à bon marché, ils ont l'adreſſe d'étendre ce nom,
& ils le donnent le plus ſouvent à ceux
qui font la recherche des cauſes naturelles.

ARISTOTE. Et quel nom plus convenable leur peut-on donner?

ANACRÉON. La Philoſophie n'a affaire
qu'aux hommes, & nullement au reſte de
l'Univers. L'Aſtronome penſe aux Aſtres,
le Phyſicien penſe à la nature, & le Philoſophe penſe à ſoi. Mais qui eût voulu

l'être à une condition fi dure ? Hélas !
prefque perfonne. On a donc difpenfé les
Philofophes d'être Philofophes, & on s'eft
contenté qu'ils fuffent Aftronomes, ou
Phyficiens. Pour moi, je n'ai point été
d'humeur à m'engager dans les fpéculations ; mais je fuis fûr qu'il y a moins de
Philofophie dans beaucoup de Livres qui
font profeffion d'en parler, que dans quelques-unes de ces Chanfonnettes que vous
méprifez tant : dans celle-ci, par exemple.

> Si l'or prolongeoit la vie,
> Je n'aurois point d'autre envie
> Que d'amaffer bien de l'or ;
> La mort me rendant vifite,
> Je la renverrois bien vite,
> En lui donnant mon tréfor.
> Mais fi la Parque févere
> Ne le permet pas ainfi,
> L'or ne m'eft plus néceffaire ;
> L'amour & la bonne chere
> Partageront mon fouci.

ARISTOTE. Si vous ne voulez appeller
Philofophie que celle qui regarde les mœurs,
il y a dans mes Ouvrages de morale des
chofes qui valent bien votre Chanfon ;
car enfin cette obfcurité qu'on m'a repro-
chée, & qui fe trouve peut-être dans quel-

ques-uns de mes Livres, ne se trouve
nullement dans ce que j'ai écrit sur cette
matiere, & tout le monde a avoué qu'il
n'y avoit rien de plus beau ni de plus
clair que ce que j'ai dit des passions.

ANACRÉON. Quel abus ! Il n'est pas question de définir les passions avec méthode,
comme on dit que vous avez fait, mais de
les vaincre. Les hommes donnent volontiers à la Philosophie leurs maux à consi-
dérer, mais non pas à guérir ; & ils ont
trouvé le secret de faire une morale qui
ne les touche pas de plus près que l'As-
tronomie. Peut-on s'empêcher de rire,
en voyant des gens qui, pour de l'argent,
prêchent le mépris des richesses, & des
poltrons qui se battent sur la définition
du magnanime ?

DIALOGUE V.

HOMERE, ÉSOPE.

HOMERE.

En vérité, toutes les Fables que vous
venez de me réciter, ne peuvent être assez
admirées. Il faut que vous ayez beaucoup

d'art, pour déguifer ainfi en petits con-
tes les inftructions les plus importantes
que la Morale puiffe donner, & pour couvrir vos penfées fous des images auffi juftes
& auffi familieres que celles-là.

Ésope. Il m'eft bien doux d'être loué fur
cet art, par vous qui l'avez fi bien entendu.

Homere. Moi? Je ne m'en fuis jamais
piqué.

Ésope. Quoi! n'avez-vous pas prétendu
cacher de grands myfteres dans vos Ouvrages ?

Homere. Hélas! point du tout.

Ésope. Cependant tous les Savans de
mon tems le difoient ; il n'y avoit rien
dans l'Iliade, ni dans l'Odiffée, à quoi
ils ne donnaffent les allégories les plus
belles du monde. Ils foutenoient que tous
les fecrets de la Théologie, de la Phyfique, de la Morale, & des Mathémati-
ques même, étoient renfermés dans ce
que vous aviez écrit. Véritablement il y
avoit quelque difficulté à les développer ;
où l'un trouvoit un fens moral, l'autre
en trouvoit un phyfique ; mais après cela
ils convenoient que vous aviez tout fu,
& tout dit à qui le comprenoit bien.

Homere. Sans mentir, je m'étois bien
douté que de certaines gens ne manque-

roient point d'entendre finesse où je n'en avois point entendu. Comme il n'est rien tel que de prophétiser des choses éloignées en attendant l'événement, il n'est rien tel aussi que de débiter des fables en attendant l'allégorie.

ÉSOPE. Il falloit que vous fussiez bien hardi, pour vous reposer sur vos Lecteurs, du soin de mettre des allégories dans vos Poëmes. Où en eussiez-vous été, si on les eût pris au pied de la lettre

HOMERE. Hé bien, ce n'eût pas été un grand malheur.

ÉSOPE. Quoi! ces Dieux qui s'estropient les uns les autres; ce *foudroyant* Jupiter, qui, dans une assemblée de Divinités, menace l'*Auguste* Junon de la battre; ce Mars, qui étant blessé par Diomède, crie, dites-vous, comme neuf ou dix mille hommes, & n'agit pas comme un seul; (car au lieu de mettre tous les Grecs en pieces, il s'amuse à s'aller plaindre de sa blessure à Jupiter) tout cela eût été bon sans allégorie?

HOMERE. Pourquoi non? Vous vous imaginez que l'esprit humain ne cherche que le vrai; détrompez-vous. L'esprit humain & le faux sympatisent extrêmement. Si vous avez la vérité à dire, vous ferez

fort bien de l'envelopper dans des fables,
elle en plaira beaucoup plus. Si vous voulez
dire des fables, elles pourront bien plaire,
sans contenir aucune vérité. Ainsi le vrai
a besoin d'emprunter la figure du faux,
pour être agréablement reçu dans l'esprit humain ; mais le faux y entre bien
sous sa propre figure, car c'est le lieu
de sa naissance & de sa demeure ordinaire, & le vrai y est étranger. Je vous
dirai bien plus. Quand je me fusse tué à
imaginer des fables allégoriques, il eût
bien pu arriver que la plupart des gens
auroient pris la fable comme une chose
qui n'eût point trop été hors d'apparence, & auroient laissé là l'allégorie ; & en
effet vous devez savoir que mes Dieux,
tels qu'ils font, & tout mystere à part,
n'ont point été trouvés ridicules.

ÉSOPE. Cela me fait trembler. Je crains
furieusement que l'on ne croie que les
bêtes aient parlé comme elles font dans
mes Apologues.

HOMERE. Voilà une plaisante peur.

ÉSOPE. Hé quoi, si l'on a bien cru que
les Dieux aient pu tenir les discours que
vous leur avez fait tenir, pourquoi ne
croira-t'on pas que les bêtes aient parlé
de la maniere dont je les ai fait parler ?

HOMERE. Ah! ce n'eſt pas la même choſe. Les hommes veulent bien que les Dieux ſoient auſſi fous qu'eux; mais ils ne veulent pas que les bêtes ſoient auſſi ſages.

DIALOGUE VI.

ATHENAIS, ICASIE.

ICASIE.

PUISQUE vous voulez ſavoir mon aventure, la voici. L'Empereur ſous qui je vivois, voulut ſe marier; & pour mieux choiſir une Impératrice, il fit publier que toutes celles qui ſe croyoient d'une beauté & d'un agrément à prétendre au Trône, ſe trouvaſſent à Conſtantinople. Dieu ſait l'affluence qu'il y eut. J'y allai, & je ne doutai point qu'avec beaucoup de jeuneſſe, avec des yeux très-vifs & un air aſſez agréable & aſſez fin, je ne puſſe diſputer l'Empire. Le jour que ſe tint l'aſſemblée, tant de jolies prétendantes nous parcourions toutes d'une maniere inquiete les viſages les unes des autres, & je remarquai avec plaiſir que mes Rivales me regardoient d'aſſez mauvais œil. L'Empe-

reur parut. Il paſſa d'abord pluſieurs rangs
de Belles ſans rien dire ; mais quand il vint
à moi , mes yeux me ſervirent bien , & ils
l'arrêterent. *En vérité*, me dit-il, en me
regardant de l'air que je pouvois ſouhai-
ter , *les Femmes ſont bien dangereuſes*,
elles peuvent faire beaucoup de mal. Je
crus qu'il n'étoit queſtion que d'avoir un
peu d'eſprit, & que j'étois Impératrice ;
& dans le trouble d'eſpérance & de joie
où je me trouvois, je fis un effort pour
répondre : *En récompenſe, Seigneur, les*
Femmes peuvent faire, & ont fait quelque-
fois beaucoup de bien. Cette réponſe gâta
tout. L'Empereur la trouva ſi ſpirituelle,
qu'il n'oſa m'épouſer.

ATHENAIS. Il falloit que cet Empe-
reur-là fût d'un caractere bien étrange,
pour craindre tant l'eſprit, & qu'il ne s'y
connût guere, pour croire que votre réponſe en marquât beaucoup ; car franchement elle n'eſt pas trop bonne, & vous
n'avez pas grand'choſe à vous reprocher.

ICASIE. Ainſi vont les fortunes. L'eſprit
ſeul vous a fait Impératrice ; & moi,
la ſeule apparence de l'eſprit m'a empê-
ché de l'être. Vous ſaviez même encore
la Philoſophie, ce qui eſt bien pis que
d'avoir de l'eſprit ; & avec tout cela,

vous ne laiſſâtes pas d'épouſer Théodoſe le jeune.

ATHENAIS. Si j'euſſe eu devant les yeux un exemple comme le vôtre, j'euſſe eu grand peur. Mon pere, après avoir fait de moi une fille fort ſavante & fort ſpirituelle, me déshérita, tant il ſe tenoit ſûr qu'a-vec ma ſcience & mon bel eſprit, je ne pouvois manquer de faire fortune; & à dire le vrai, je le croyois comme lui. Mais je vois préſentement que je courois un grand hazard, & qu'il n'étoit pas impoſ-ſible que je demeuraſſe ſans aucun bien, & avec la ſeule Philoſophie en partage.

ICASIE. Non aſſurément; mais par bon-heur pour vous, mon aventure n'étoit pas encore arrivée. Il ſeroit aſſez plaiſant que, dans une occaſion pareille à celle où je me trouvai, quelque autre qui ſauroit mon hiſtoire, & qui voudroit en profiter, eût la fineſſe de ne laiſſer point voir d'eſprit, & qu'on ſe moquât d'elle.

ATHENAIS. Je ne voudrois pas répondre que cela lui réuſſît, ſi elle avoit un deſſein; mais bien ſouvent on fait par hazard les plus heureuſes ſottiſes du monde. N'a-vez-vous pas oui parler d'un Peintre qui avoit ſi bien peint des grappes de raiſin, que des oiſeaux s'y trompèrent, & les vinrent

vinrent béqueter ? Jugez quelle réputation cela lui donna. Mais les raisins étoient
portés dans le tableau par un petit Paysan : on disoit au Peintre, qu'à la vérité
il falloit qu'ils fussent bien faits, puisqu'ils
attiroient des oiseaux ; mais qu'il falloit
aussi que le petit Paysan fût bien-mal fait,
puisque les oiseaux n'en avoient point de
peur. On avoit raison. Cependant si le
Peintre ne se fût pas oublié dans le petit
Paysan, les raisins n'eussent pas eu ce succès prodigieux qu'ils eurent.

ICASIE. En vérité, quoi qu'on fasse dans
le monde, on ne sait ce que l'on fait ; &
après l'aventure de ce Peintre, on doit
trembler même dans les affaires où l'on se
conduit bien, & craindre de n'avoir pas
fait quelque faute qui eût été nécessaire.
Tout est incertain. Il semble que la
Fortune ait soin de donner de succès
différens aux mêmes choses, afin de se moquer toujours de la raison humaine, qui
ne peut avoir de regle assurée.

B

DIALOGUES
DES
MORTS ANCIENS
AVEC
LES MODERNES.

DIALOGUE I.

AUGUSTE, PIERRE ARETIN.

P. ARETIN.

Oui, je fus bel esprit dans mon siecle, & je fis auprès des Princes une fortune assez considérable.

AUGUSTE. Vous composâtes donc bien des Ouvrages pour eux ?

P. ARETIN. Point du tout. J'avois pension de tous les Princes de l'Europe, & cela n'eût pas pu être, si je me fusse amusé à louer. Ils étoient en guerre les uns avec les autres ; quand les uns battoient, les autres étoient battus ; il n'y avoit pas moyen de leur chanter à tous leurs louanges.

Auguste. Que faifiez-vous donc?

P. Aretin. Je faifois des vers contre eux. Ils ne pouvoient pas entrer tous dans un Panégyrique, mais ils entroient bien tous dans une Satyre. J'avois fi bien répandu la terreur de mon nom, qu'ils me payoient tribut pour pouvoir faire des fottifes en fûreté. L'Empereur Charles V, dont affurément vous avez entendu parler ici-bas, s'étant allé faire battre fort mal-à-propos vers les Côtes d'Afrique, m'envoya auffi-tôt une affez belle chaîne d'or. Je la reçus, & la regardant triftement : *Ah! c'eft là bien peu de chofe*, m'écriai-je, *pour une auffi grande folie que celle qu'il a faite.*

Auguste. Vous aviez trouvé là une nouvelle maniere de tirer de l'argent des Princes.

P. Aretin. N'avois-je pas fujet de concevoir l'efpérance d'une merveilleufe fortune, en m'établiffant un revenu fur les fottifes d'autrui? C'eft un bon fonds, & qui rapporte toujours bien.

Auguste. Quoi que vous en puiffiez dire, le métier de louer eft plus fûr, & par conféquent meilleur.

P. Aretin. Que voulez-vous? Je n'étois pas affez imprudent pour louer.

B ij

AUGUSTE. Et vous l'étiez bien affez pour faire des Satyres fur les Têtes couronnées.

P. ARETIN. Ce n'eft pas la même chofe. Pour faire des Satyres, il n'eft pas toujours befoin de méprifer ceux contre qui on les fait ; mais pour donner de certaines louanges fades & outrées, il me femble qu'il faut méprifer ceux mêmes à qui on les donne, & les croire bien dupes. De quel front Virgile ofoit - il vous dire qu'on ignoroit quel parti vous prendriez parmi les Dieux, & que c'étoit une chofe incertaine, fi vous vous chargeriez du foin des affaires de la Terre, ou fi vous vous feriez Dieu marin, en époufant une fille de Thétis, qui auroit volontiers acheté de toutes fes eaux l'honneur de votre alliance; ou enfin fi vous voudriez vous loger dans le Ciel auprès du Scorpion, qui tenoit la place de deux fignes, & qui, en votre confidération, fe feroit mis plus à l'étroit ?

AUGUSTE. Ne foyez pas étonné que Virgile eût ce front-là. Quand on eft loué, on ne prend pas les-louanges avec tant de rigueur; on aide à la lettre, & la pudeur de ceux qui les donnent eft bien foulagée par l'amour - propre de ceux à qui elles s'adreffent. Souvent on croit mériter des louanges, qu'on ne reçoit pas ; & comment croiroit-on ne mériter pas celles qu'on reçoit ?

P. ARETIN. Vous efpériez donc, fur la parole de Virgile, que vous épouferiez une Nymphe de la Mer, ou que vous auriez un appartement dans le Zodiaque ?

AUGUSTE. Non, non. De ces fortes de louanges-là, on en rabat quelque chofe, pour les réduire à une mefure un peu plus raifonnable ; mais à la vérité on n'en rabat guere, & on fe fait à foi-même une bonne compofition. Enfin, de quelque maniere outrée qu'on foit loué, on en tirera toujours le profit de croire qu'on eft au-deffus de toutes les louanges ordinaires, & que par fon mérite on a réduit ceux qui louoient, à paffer toutes les bornes. La vanité a bien des reffources.

P. ARETIN. Je vois bien qu'il ne faut faire aucune difficulté de pouffer les louanges dans tous les excès ; mais du moins pour celles qui font contraires les unes aux autres, comment a-t'on la hardieffe de les donner aux Princes ? Je gage, par exemple, que quand vous vous vengiez impitoyablement de vos ennemis, il n'y

avoit rien de plus glorieux, felon toute
votre Cour, que de foudroyer tout ce
qui avoit la témérité de s'oppofer à vous;
mais qu'auffi-tôt que vous aviez fait quelque action de douceur, les chofes chan-
geoient de face, & qu'on ne trouvoit plus
dans la vengeance qu'une gloire barbare
& inhumaine. On louoit une partie de
votre vie aux dépens de l'autre. Pour
moi, j'aurois craint que vous ne vous
fuffiez donné le divertiffement de me prendre par mes propres paroles, & que vous
ne m'euffiez dit : *Choififfez de la févérité
ou de la clémence, pour en faire le vrai caractere d'un Héros; mais après cela, tenez-
vous-en à votre choix.*

AUGUSTE. Pourquoi voulez-vous qu'on
y regarde de fi près? Il eft avantageux
aux Grands que toutes les matieres foient
problématiques pour la flatterie. Quoiqu'ils faffent, ils ne peuvent manquer
d'être loués; & s'ils le font fur des chofes
oppofées, c'eft qu'ils ont plus d'une forte
de mérite.

P. ARETIN. Mais quoi, ne vous ve-
noit-il jamais aucun fcrupule fur tous les
éloges dont on vous accabloit? Etoit-il
befoin de raffiner beaucoup, pour s'appercevoir qu'ils étoient attachés à votre

rang? Les louanges ne diſtinguent point les Princes, on n'en donne pas plus aux Héros qu'aux autres; mais la poſtérité diſtingue les louanges qu'on a données à différens Princes. Elle confirme les unes, & déclare les autres de viles flatteries.

AUGUSTE. Vous conviendrez donc du moins que je méritois les louanges que j'ai reçues, puiſqu'il eſt ſûr que la poſtérité les a ratifiées par ſon jugement. J'ai même en cela quelque ſujet de me plaindre d'elle; car elle s'eſt tellement accoutumée à me regarder comme le modele des Princes, qu'on les loue d'ordinaire en me les comparant, & ſouvent la comparaiſon me fait tort.

P. ARETIN. Conſolez-vous, on ne vous donnera plus ce ſujet de plainte. De la maniere dont tous les Morts qui viennent ici, parlent de Louis XIV, qui regne aujourd'hui en France, c'eſt lui qu'on regardera déſormais comme le modele des Princes, & je prévois qu'à l'avenir on croira ne les pouvoir louer davantage, qu'en leur attribuant quelque rapport avec ce grand Roi.

AUGUSTE. Hé bien, ne croyez-vous pas que ceux à qui s'adreſſera une exagération ſi forte, l'écouteront avec plaiſir?

P. ARETIN. Cela pourra être. On est
si avide de louanges, qu'on les a dis-
pensées & de la justesse, & de la vérité,
& de tous les assaisonnemens qu'elles devroient avoir.

AUGUSTE. Il paroît bien que vous
voudriez exterminer les louanges. S'il falloit n'en donner que de bonnes, qui se
mêleroit d'en donner?

P. ARETIN. Tous ceux qui en donneroient sans intérêt. Il n'appartient qu'à
eux de louer. D'où vient que votre Virgile a si bien loué Caton, en disant qu'il
préside à l'assemblée des plus gens de bien,
qui, dans les Champs Elisées, sont séparés d'avec les autres? C'est que Caton
étoit mort, & Virgile qui n'espéroit rien
ni de lui, ni de sa famille, ne lui a donné
qu'un seul vers, & a borné son éloge à
une pensée raisonnable. D'où vient qu'il
vous a si mal loué en tant de paroles au
commencement de ses Géorgiques? Il
avoit pension de vous.

AUGUSTE. J'ai donc perdu bien de
l'argent en louanges?

P. ARETIN. J'en suis fâché. Que ne
faisiez-vous ce qu'a fait un de vos suc-
cesseurs, qui aussi-tôt qu'il fut parvenu
à l'Empire, défendit par un Edit exprès

que l'on compofât jamais de vers pour
lui?

AUGUSTE. Hélas ! il avoit plus de
raifon que moi. Les vraies louanges ne
font pas celles qui s'offrent à nous, mais
celles que nous attachons.

***

DIALOGUE II.

SAPHO, LAURE.

LAURE.

IL eft vrai que dans les paffions que
nous avons eues toutes deux, les Mufes
ont été de la partie, & y ont mis beaucoup d'agrément : mais il y a cette différence, que c'étoit vous qui chantiez
vos Amans; & moi j'étois chantée par
le mien.

SAPHO. Hé bien, cela veut dire que
j'aimois autant que vous étiez aimée.

LAURE. Je n'en fuis pas furprife, car
je fais que les femmes ont d'ordinaire
plus de penchant à la tendreffe, que les
hommes. Ce qui me furprend, c'eft que
vous ayez marqué à ceux que vous aimiez, tout ce que vous fentiez pour eux,
& que vous ayez en quelque maniere at-

B v

taqué leur cœur par vos Poéfies. Le perfonnage d'une femme n'eft que de fe défendre.

SAPHO. Entre nous, j'en étois un peu fâchée ; c'eft une injuftice que les hommes nous ont faite. Ils ont pris le parti d'attaquer, qui eft bien plus aifé que celui de fe défendre.

LAURE. Ne nous plaignons point, notre parti a fes avantages. Nous qui nous défendons, nous nous rendons quand il nous plaît ; mais eux qui nous attaquent, ils ne font pas toujours vainqueurs, quand ils le voudroient bien.

SAPHO. Vous ne dites pas que fi les hommes nous attaquent, ils fuivent le penchant qu'ils ont à nous attaquer ; mais quand nous nous défendons, nous n'avons pas trop de penchant à nous défendre.

LAURE. Ne comptez-vous pour rien le plaifir de voir par tant de douces attaques fi long-tems continuées, & redoublées fi fouvent, combien ils eftiment la conquête de votre cœur ?

SAPHO. Et ne comptez-vous pour rien la peine de réfifter à ces douces attaques ? Ils en voient le fuccès avec plaifir dans tous les progrès qu'ils font auprès

de nous; & nous, nous ferions bien fâ-
chées que notre réſiſtance eût trop de
ſuccès.

LAURE. Mais enfin, quoiqu'après tous
leurs ſoins ils ſoient victorieux à bon titre, vous leur faites grace, en reconnoiſ-
ſant qu'ils le ſont. Vous ne pouvez plus
vous défendre, & ils ne laiſſent pas de
vous tenir compte de ce que vous ne vous
défendez plus.

SAPHO. Ah! cela n'empêche pas que
ce qui eſt une victoire pour eux, ne ſoit
toujours une eſpéce de défaite pour nous.
Ils ne goûtent dans le plaiſir d'être aimés,
que celui de triompher de la perſonne qui
les aime; & les Amans heureux ne ſont
heureux, que parce qu'ils ſont Conquérans.

LAURE. Quoi! auriez-vous voulu qu'on
eût établi que les femmes attaqueroient
les hommes?

SAPHO. Eh! quel beſoin y a-t'il que les
uns attaquent, & que les autres ſe défen-
dent? Qu'on s'aime de part & d'autre autant que le cœur en dira.

LAURE. Oh! les choſes iroient trop vîte, & l'amour eſt un commerce ſi agréable, qu'on a bien fait de lui donner le
plus de durée que l'on a pu. Que ſeroit-

B vj

ce, fi l'on étoit reçu dès que l'on s'offri-
roit? Que deviendroient tous ces foins
qu'on prend pour plaire, toutes ces in-
quiétudes que l'on fent quand on fe reproche de n'avoir pas affez plû, tous ces
empreffemens avec lefquels on cherche un
moment heureux, enfin tout cet agréable
mélange de plaifirs & de peines qu'on appelle amour? Rien ne feroit plus infipide,
fi l'on ne faifoit que s'entr'aimer.

SAPHO. Hé bien, s'il faut que l'amour
foit une efpece de combat, j'aimerois
mieux qu'on eût obligé les hommes à fe
tenir fur la défenfive. Auffi-bien ne m'a-
vez-vous pas dit que les femmes avoient
plus de penchant qu'eux à la tendreffe?
A ce compte, elles attaqueroient mieux.

LAURE. Oui, mais ils fe défendroient
trop bien. Quand on veut qu'un fexe réfifte, on veut qu'il réfifte autant qu'il faut
pour faire mieux goûter la victoire à celui
qui attaque, mais non pas affez pour la
remporter. Il doit n'être ni fi foible qu'il
fe rende d'abord, ni fi fort qu'il ne fe rende jamais. C'eft là notre caractere, & ce
ne feroit peut-être pas celui des hommes.
Croyez-moi, après qu'on a bien raifonné
ou fur l'amour, ou fur telle autre matiere
qu'on voudra, on trouve au bout du

compte que les chofes font bien comme
elles font, & que la réforme qu'on prétendroit y apporter gâteroit tout.

DIALOGUE III.

SOCRATE, MONTAIGNE.

MONTAIGNE.

C'EST donc vous, divin Socrate ?
Que j'ai de joie de vous voir! Je fuis
tout fraîchement venu en ce pays-ci, &
dès mon arrivée je me fuis mis à vous y
chercher. Enfin, après avoir rempli mon
Livre de votre nom & de vos éloges, je
puis m'entretenir avec vous, & apprendre
comment vous poffédiez cette vertu fi
naïve *, dont les *allures* étoient fi naturelles, & qui n'avoit point d'exemple,
même dans les heureux fiecles où vous
viviez.

SOCRATE. Je fuis bien aife de voir un
mort qui me paroît avoir été Philofophe :
mais comme vous êtes nouvellement venu
de là-haut, & qu'il y a long-tems que
je n'ai vu ici perfonne, (car on me laiffe

* Termes de Montaigne.

affez feul, & il n'y a pas beaucoup de preffe à rechercher ma converfation) trouvez bon que je vous demande des nouvelles. Comment va le monde ? N'eft-il pas bien changé ?

MONTAIGNE. Extrêmement. Vous ne le reconnoîtriez pas.

SOCRATE. J'en fuis ravi. Je m'étois toujours bien douté qu'il falloit qu'il devînt meilleur & plus fage qu'il n'étoit de mon tems.

MONTAIGNE. Que voulez-vous dire ? Il eft plus fou & plus corrompu qu'il n'a jamais été. C'eft le changement dont je voulois parler, & je m'attendois bien à favoir de vous l'hiftoire du tems que vous avez vu, & où regnoit tant de probité & de droiture.

SOCRATE. Et moi je m'attendois au contraire à apprendre des merveilles du fiecle où vous venez de vivre. Quoi ! les hommes d'à préfent ne fe font point corrigés des fottifes de l'antiquité ?

MONTAIGNE. Je crois que c'eft parce que vous êtes ancien, que vous parlez de l'antiquité fi familiérement ; mais fachez qu'on a grand fujet d'en regretter les mœurs, & que de jour en jour tout empire.

SOCRATE. Cela fe peut-il ? Il me femble

que de mon tems les chofes alloient déjà bien de travers. Je croyois qu'à la fin elles prendroient un train plus raifonnable, & que les hommes profiteroient de l'expérience de tant d'années.

MONTAIGNE. Eh! les hommes font-ils des expériences? ils font faits comme les oifeaux, qui fe laiffent toujours prendre dans les mêmes filets où l'on a déja pris cent mille oifeaux de leur efpece. Il n'y a perfonne qui n'entre tout neuf dans la vie, & les fottifes des peres font perdues pour les enfans.

SOCRATE. Mais quoi, ne fait-on point d'expérience? Je croirois que le monde devroit avoir une vieilleffe plus fage & plus réglée que n'a été fa jeuneffe.

MONTAIGNE. Les hommes de tous les fiecles ont les mêmes penchans, fur lefquels la raifon n'a aucun pouvoir. Ainfi pár-tout où il y a des hommes, il y a des fottifes, & les mêmes fottifes.

SOCRATE. Et fur ce pied-là, comment voudriez-vous que les fiecles de l'antiquité euffent mieux valu que le fiecle d'aujourd'hui?

MONTAIGNE. Ah! Socrate, je favois bien que vous aviez une maniere particuliere de raifonner, & d'envelopper fi adroitement ceux à qui vous aviez affaire, dans des argumens dont ils ne prévoyoient pas la conclusion, que vous les ameniez où il vous plaisoit, & c'est ce que vous appelliez être la sage-femme de leurs pensées, & les faire accoucher. J'avoue que me voilà accouché d'une proposition toute contraire à celle que j'avançois ; cependant je ne saurois encore me rendre. Il est sûr qu'il ne se trouve plus de ces ames *vigoureuses* & *roides* de l'antiquité, des Aristides, des Phocions, des Périclès, ni enfin des Socrates.

SOCRATE. A quoi tient-il ? Est-ce que la Nature s'est épuisée, & qu'elle n'a plus la force de produire ces grandes ames ? Et pourquoi ne se seroit-elle encore épuisée en rien, hormis en hommes raisonnables ? Aucun de ses ouvrages n'a encore dégénéré ; pourquoi n'y auroit-il que les hommes qui dégénérassent ?

MONTAIGNE. C'est un point de fait, ils dégénèrent. Il semble que la Nature nous ait autrefois montré quelques échantillons de grands hommes, pour nous persuader qu'elle en auroit su faire si elle avoit voulu, & qu'ensuite elle ait fait tout le reste avec assez de négligence.

SOCRATE. Prenez garde à une chose.

L'antiquité eſt un objet d'une eſpece par-
ticulière, l'éloignement le groſſit. Si vous
euſſiez connu Ariſtide, Phocion, Périclès,
& moi, puiſque vous voulez me mettre
de ce nombre; vous euſſiez trouvé dans
votre ſiecle des gens qui nous reſſem-
bloient. Ce qui fait d'ordinaire qu'on eſt
ſi prévenu pour l'antiquité, c'eſt qu'on
a du chagrin contre ſon ſiecle, & l'antiquité en profite. On met les anciens bien
haut, pour abaiſſer ſes contemporains.
Quand nous vivions, nous eſtimions nos
ancêtres plus qu'ils ne méritoient; & à
préſent notre poſtérité nous eſtime plus
que nous ne méritons; mais & nos ancêtres, & nous, & notre poſtérité, tout-cela
eſt bien égal, & je crois que le ſpectacle du monde ſeroit bien ennuyeux pour
qui le regarderoit d'un certain œil, car
c'eſt toujours la même choſe.

MONTAIGNE. J'aurois cru que tout
étoit en mouvement, que tout changeoit,
& que les ſiecles différens avoient leurs
différens caracteres comme les hommes.
En effet, ne voit-on pas des ſiecles ſavans,
& d'autres qui ſont ignorans? N'en voit-
on pas de naïfs, & d'autres qui ſont plus
raffinés? N'en voit-on pas de ſérieux & de
badins, de polis & de groſſiers?

SOCRATE. Il eſt vrai.

MONTAIGNE. Et pourquoi donc n'y auroit-il pas des ſiecles plus vertueux, &
d'autres plus méchans ?

SOCRATE. Ce n'eſt pas une conſé-
quence. Les habits changent; mais ce
n'eſt pas à dire que la figure des corps
change auſſi. La politeſſe ou la groſſiéreté,
la ſcience ou l'ignorance, le plus ou le
moins d'une certaine naïveté, le génie
ſérieux ou badin, ce ne ſont là que les
dehors de l'homme, & tout cela change;
mais le cœur ne change point, & tout
l'homme eſt dans le cœur. On eſt ignorant dans un ſiecle, mais la mode d'être
ſavant peut venir; on eſt intéreſſé, mais
la mode d'être déſintéreſſé ne viendra
point. Sur ce nombre prodigieux d'hommes aſſez déraiſonnables qui naiſſent en
cent ans, la nature en a peut-être deux
ou trois douzaines de raiſonnables qu'il
faut qu'elle répande par toute la terre; &
vous jugez bien qu'ils ne ſe trouvent jamais
nulle part en aſſez grande quantité pour y
faire une mode de vertu & de droiture.

MONTAIGNE. Cette diſtribution d'hommes raiſonnables ſe fait-elle également ?
Il pourroit bien y avoir des ſiecles mieux
partagés les uns que les autres.

SOCRATE. Tout au plus il y auroit quelque inégalité imperceptible. L'ordre général de la nature a l'air bien conftant.

***

DIALOGUE IV.

L'EMPEREUR ADRIEN, MARGUERITE D'AUTRICHE.

MARGUERITE D'AUTRICHE.

QU'AVEZ-VOUS ? Je vous vois tout échauffé.

ADRIEN. Je viens d'avoir une groffe conteftation avec Caton d'Utique, fur la maniere dont nous fommes morts l'un & l'autre. Je prétendois avoir paru dans cette derniere action plus Philofophe que lui.

M. D'AUTRICHE. Je vous trouve bien hardi d'ofer attaquer une mort auffi fameufe que la fienne. Ne fût-ce pas quelque chofe de fort glorieux, que de pourvoir à tout dans Utique, de mettre tous fes amis en fûreté, & de fe tuer lui-même pour expirer avec la liberté de fa Patrie, & pour ne pas tomber entre les mains d'un Vainqueur, qui cependant lui auroit infailliblement pardonné ?

ADRIEN. Oh! fi vous y examiniez de près cette mort-là, vous y trouveriez bien des chofes à redire. Premiérement, il y avoit fi long-tems qu'il s'y préparoit, & il s'y étoit préparé avec des efforts fi vifibles, que perfonne dans Utique ne doutoit que Caton ne fe dût tuer. Secondement, avant que de fe donner le coup, il eut befoin de lire plufieurs fois le Dialogue où Platon traite de l'immortalité de l'ame. Troifiémement, le deffein qu'il avoit pris le rendoit de fi maùvaife humeur, que s'étant couché, & ne trouvant point fon épée fous le chevet de fon lit (car comme on devinoit bien ce qu'il avoit envie de faire, on l'avoit ôtée de là), il appella pour la demander un de fes Efclaves, & lui déchargea fur le vifage un grand coup de poing, dont il lui caffa les dents; ce qui eft fi vrai, qu'il retira fa main toute enfanglantée.

M D'AUTRICHE. J'avoue que voilà un coup de poing qui gâte bien cette mort philofophique.

ADRIEN. Vous ne fauriez croire quel bruit il fit fur cette épée ôtée, & combien il reprocha à fon fils & à fes domeftiques, qu'ils le vouloient livrer à Céfar, pieds & poings liés. Enfin il les gronda tous de

telle forte, qu'il fallut qu'ils fortiffent de
la chambre, & le laiffaffent fe tuer.

M. D'AUTRICHE. Véritablement les
chofes pouvoient fe paffer d'une maniere
un peu plus tranquille. Il n'avoit qu'à attendre doucement le lendemain pour fe
donner la mort; il n'y a rien de plus aifé
que de mourir quand on le veut; mais
apparemment les mefures qu'il avoit prifes en comptant fur fa fermeté, étoient
prifes fi juftes, qu'il ne pouvoit plus attendre; & il ne fe fût peut-être pas tué,
s'il eût différé d'un jour.

ADRIEN. Vous dites vrai, & je vois que
vous vous connoiffez en morts géné-
reufes.

M. D'AUTRICHE. Cependant on dit
qu'après qu'on eut apporté cette épée à
Caton, & que l'on fe fut retiré, il s'en-
dormit, & ronfla. Cela feroit affez beau.

ADRIEN. Et le croyez-vous? Il venoit
de quereller tout le monde, & de battre
fes valets; on ne dort pas fi aifément
après un tel exercice. De plus, la main
dont il avoit frappé l'Efclave, lui faifoit
trop de mal pour lui permettre de s'en-
dormir; car il ne put fupporter la douleur qu'il y fentoit, & il fe la fit bander
par un Médecin, quoiqu'il fût fur le point

de fe tuer. Enfin depuis qu'on lui eut apporté fon épée jufqu'à minuit, il lut deux fois le Dialogue de Platon. Or je prouverois bien par un grand foupé qu'il donna le foir à tous fes amis, par une promenade qu'il fit enfuite, & par tout ce qui fe pafla jufqu'à ce qu'on l'eût laiffé feul dans fa chambre, que quand on lui apporta cette épée, il devoit être fort tard : d'ailleurs le Dialogue qu'il lut deux fois eft très-long; & par conféquent s'il dormit, il ne dormit guere. En vérité, je crains bien qu'il n'ait fait femblant de ronfler, pour en avoir l'honneur auprès de ceux qui écoutoient à la porte de fa chambre.

M. D'AUTRICHE. Vous ne faites pas mal la critique de fa mort, qui ne laiffe pas d'avoir toujours dans le fond quelque chofe de fort héroïque. Mais par où pouvez-vous prétendre que la vôtre l'emporte ? Autant qu'il m'en fouvient, vous êtes mort dans votre lit tout uniment, & d'une maniere qui n'a rien de remarquable.

ADRIEN. Quoi! n'eft-ce rien de remarquable que ces vers que je fis prefque en expirant?

Ma petite Ame, ma mignonne,
Tu t'en vas donc, ma fille, & Dieu fache où tu vas?

Tu pars feulette , & tremblotante. Hélas !
Que deviendra ton humeur folichonne ?
Que deviendront tant de jolis ébats ?

Caton traita la mort comme une affaire
trop férieufe ; mais pour moi , vous voyez
que je badinai avec elle ; & c'eft en quoi
je prétends que ma Philofophie alla bien
plus loin que celle de Caton. Il n'eft pas
fi difficile de braver fièrement la mort , que
d'en railler nonchalamment , ni de la bien
recevoir quand on l'appelle à fon fecours ,
que quand elle vient fans qu'on ait befoin d'elle.

M. D'AUTRICHE. Oui , je conviens
que la mort de Caton eft moins belle que la
vôtre ; mais par malheur je n'avois point
remarqué que vous euffiez fait ces petits
vers en quoi confifte toute fa beauté.

ADRIEN. Voilà comme tout le monde
eft fait. Que Caton fe déchire les entrailles , plutôt que de tomber entre les mains
de fon ennemi , ce n'eft peut-être pas au
fond fi grand'chofe ; cependant un trait
comme celui-là brille extrêmement dans
l'Hiftoire , & il n'y a perfonne qui n'en
foit frappé. Qu'un autre meure tout doucement , & fe trouve en état de faire des
vers badins fur fa mort , c'eft plus que ce

qu'a fait Caton; mais cela n'a rien qui frappe, & l'Histoire n'en tient presque pas compte.

M. D'AUTRICHE. Hélas! rien n'est plus vrai que ce que vous dites; & moi qui vous parle, j'ai une mort que je prétends plus belle que la vôtre, & qui a fait encore moins de bruit. Ce n'est pourtant pas une mort toute entiere; mais telle qu'elle est, elle est au-dessus de la vôtre, qui est au-dessus de celle de Caton.

ADRIEN. Comment? Que voulez-vous dire?

M. D'AUTRICHE. J'étois fille d'un Empereur. Je fus fiancée à un fils de Roi, & ce Prince, après la mort de son pere, me renvoya chez le mien malgré la promesse solemnelle qu'il avoit faite de m'épouser. Ensuite on me fiança encore au fils d'un autre Roi; & comme j'allois par mer trouver cet époux, mon vaisseau fut battu d'une furieuse tempête, qui mit ma vie en un danger très-évident. Ce fut alors que je me composai moi-même cette épitaphe.

> Cy gist Margot, la gentil' Damoiselle,
> Qu'a deux Maris & encore est pucelle.

A la vérité, je n'en mourus pas, mais

il ne tint pas à moi. Concevez bien cette espece de mort-là, vous en serez satisfait. La fermeté de Caton est outrée dans un genre, la vôtre dans un autre, la mienne est naturelle. Il est trop guindé, vous êtes trop badin, je suis raisonnable.

ADRIEN. Quoi! vous me reprochez d'a-voir trop peu craint la mort?

M. D'AUTRICHE. Oui, il n'y a pas d'ap-parence que l'on ait aucun chagrin en mou-rant; & je suis sûr que vous vous fîtes alors autant de violence pour badiner, que Caton pour se déchirer les entrailles. J'attends un naufrage à tous momens sans m'épouvanter, & je compose de sang-froid mon épitaphe, cela est fort extraor-dinaire; & s'il n'y avoit rien qui adoucît cette histoire, on auroit raison de ne la croire pas, ou de croire que je n'eusse agi que par fanfaronnade. Mais en même tems je suis une pauvre fille deux fois fiancée, & qui ai pourtant le malheur de mourir fille; je marque le regret que j'en ai, & cela met dans mon histoire toute la vraisemblance dont elle a besoin. Vos vers, prenez-y garde, ne veulent rien dire, ce n'est qu'un galimatias composé de petits termes folâtres; mais les miens ont un sens fort clair, & dont on se contente

C

d'abord ; ce qui fait voir que la nature y parle bien plus que dans les vôtres.

ADRIEN. En vérité je n'euſſe jamais cru que le chagrin de mourir avec votre virginité, eût dû vous être ſi glorieux.

M. D'AUTRICHE. Plaiſantez-en tant que vous voudrez ; mais ma mort, ſi elle peut s'appeller ainſi, a encore un avantage eſſentiel ſur celle de Caton & ſur la vôtre. Vous aviez tant fait les Philoſophes l'un & l'autre pendant votre vie, que vous vous étiez engagés d'honneur à ne craindre point la mort ; & s'il vous eût été permis de la craindre, je ne ſais ce qui en fût arrivé. Mais moi, tant que la tempête dura, j'étois en droit de trembler & de pouſſer des cris juſqu'au Ciel, ſans que perſonne y trouvât à redire, ni m'en eſtimât moins ; cependant je demeurai aſſez tranquille pour faire mon épitaphe.

ADRIEN. Entre nous, l'épitaphe ne fut-elle point faite ſur la terre ?

M. D'AUTRICHE. Ah ! cette chicane-là eſt de mauvaiſe grace ; je ne vous en ai pas fait de pareille ſur vos vers.

ADRIEN. Je me rends donc de bonne foi, & j'avoue que la vertu eſt bien grande, quand elle ne paſſe point les bornes de la nature.

DIALOGUE V.

ÉRASISTRATE, HERVÉ.

ERASISTRATE.

VOUS m'apprenez des choses merveil-leufes. Quoi ! le fang circule dans le corps ? Les veines le portent des extré-mités au cœur, & il fort du cœur pour entrer dans les arteres qui le reportent vers les extrêmités ?

HERVÉ. J'en ai fait voir tant d'expé-riences, que perfonne n'en doute plus.

ERASISTRATE. Nous nous trompions donc bien nous autres Médecins de l'an-tiquité, qui croyions que le fang n'avoit qu'un mouvement très-lent du cœur vers les extrêmités du corps ; & on vous eft bien obligé d'avoir aboli cette vieille er-reur.

HERVÉ. Je le prétends ainfi, & même on doit m'avoir d'autant plus d'obliga-tion, que c'eft moi qui ai mis les gens en train de faire toutes ces belles décou-vertes qu'on fait aujourd'hui dans l'Ana-tomie. Depuis que j'ai eu trouvé une fois

C ij

la circulation du fang; c'eft à qui trouvera un nouveau conduit, un nouveau
canal, un nouveau réfervoir. Il femble
qu'on ait refondu tout l'homme. Voyez
combien notre Médecine moderne doit
avoir d'avantages fur la vôtre. Vous vous
mêliez de guérir le corps humain, & le
corps humain ne vous étoit feulement pas
connu.

ERASISTRATE. J'avoue que les Modernes font meilleurs Phyficiens que nous,
ils connoiffent mieux la nature; mais ils
ne font pas meilleurs Médecins, nous
guériffions les malades auffi-bien qu'ils les
guériffent. J'aurois bien voulu donner à
tous ces Modernes, & à vous tout le
premier, le Prince Antiochus à guérir de
la fievre quarte. Vous favez comme je m'y
pris, & comme je découvris par fon pouls
qui s'émut plus qu'à l'ordinaire en la
préfence de Stratonice, qu'il étoit amoureux de cette belle Reine, & que tout
fon mal venoit de la violence qu'il fe faifoit pour cacher fa paffion. Cependant je
fis une cure auffi difficile & auffi confidérable que celle-là, fans favoir que le fang
circulât; & je crois qu'avec tout le fecours que cette connoiffance eût pu vous
donner, vous euffiez été fort embarraffé.

en ma place. Il ne s'agiſſoit point de nouveaux conduits, ni de nouveaux réſervoirs ; ce qu'il y avoit de plus important à
connoître dans le malade , c'étoit le cœur.

HERVÉ. Il n'eſt pas toujours queſtion
du cœur, & tous les malades ne ſont pas
amoureux de leur belle-mere, comme Antiochus. Je ne doute point que, faute de
ſavoir que le ſang circule, vous n'ayez
laiſſé mourir bien des gens entre vos mains.

ERASISTRATE. Quoi! vous croyez vos
nouvelles découvertes fort utiles ?

HERVÉ. Aſſurément.

ERASISTRATE. Répondez donc, s'il
vous plaît, à une petite queſtion que je
vais vous faire. Pourquoi voyons - nous
venir ici tous les jours autant de morts
qu'il en ſoit jamais venu ?

HERVÉ. Oh ! s'ils meurent, c'eſt leur
faute, ce n'eſt plus celle des Médecins.

ERASISTRATE. Mais cette circulation
du ſang, ces conduits, ces canaux, ces
réſervoirs, tout cela ne guérit donc de
rien ?

HERVÉ. On n'a peut-être pas encore eu
le loiſir de tirer quelque uſage de tout
ce qu'on a appris depuis peu ; mais il
eſt impoſſible qu'avec le tems on n'en
voie de grands effets.

C iij

ERASISTRATE. Sur ma parole, rien ne changera. Voyez-vous? Il y a une certaine mesure de connoissances utiles, que les hommes ont eu de bonne heure, à laquelle ils n'ont guere ajouté, & qu'ils ne passeront guere, s'ils la passent. Ils ont cette obligation à la nature, qu'elle leur a inspiré fort promptement ce qu'ils avoient besoin de savoir; car ils étoient perdus, si elle eût laissé à la lenteur de leur raison à le chercher. Pour les autres choses qui ne sont pas si nécessaires, elles se découvrent peu à peu, & dans de longues suites d'années.

HERVÉ. Il seroit étrange qu'en connoissant mieux l'homme, on ne le guérît pas mieux. A ce compte, pourquoi s'amuseroit-on à perfectionner la science du corps humain? Il vaudroit mieux laisser là tout.

ERASISTRATE. On y perdroit des connoissances fort agréables; mais pour ce qui est de l'utilité, je crois que découvrir un nouveau conduit dans le corps de l'homme, ou une nouvelle étoile dans le Ciel, est bien la même chose. La nature veut que dans de certains tems les hommes se succédent les uns aux autres par le moyen de la mort; il leur est permis de fe défendre contre elle jufqu'à un certain point; mais paffé cela, on aura beau faire de nouvelles découvertes dans l'Anatomie, on aura beau pénétrer de plus en plus dans les fecrets de la ftructure du corps humain, on ne prendra point la nature pour dupe, on mourra comme à l'ordinaire.

DIALOGUE VI.

BÉRÉNICE, COSME II DE MÉDICIS.

C. DE MÉDICIS.

JE viens d'apprendre de quelques Savans qui font morts depuis peu, une nouvelle qui m'afflige beaucoup. Vous faurez que Galilée, qui étoit mon Mathématicien, avoit découvert de certaines Planetes qui tournent autour de Jupiter, auxquelles il donna en mon honneur le nom d'Aftres de Médicis. Mais on m'a dit qu'on ne les connoît prefque plus fous ce nom-là, & qu'on les appelle fimplement Satellites de Jupiter. Il faut que le monde foit préfentement bien méchant & bien envieux de la gloire d'autrui.

C iv

BÉRÉNICE. Sans doute, je n'ai guere vu
d'effets plus remarquables de la malignité.

C. DE MÉDICIS. Vous en parlez bien
à votre aise, après le bonheur que vous
avez eu. Vous aviez fait vœu de couper
vos cheveux, si votre mari Ptolomée
revenoit vainqueur de je ne sais quelle
guerre. Il revint ayant défait ses ennemis;
vous consacrâtes vos cheveux dans un
Temple de Vénus, & le lendemain un
Mathématicien les fit disparoître, & pu-
blia qu'ils avoient été changés en une
constellation qu'il appella *la Chevelure de
Bérénice.* Faire passer des étoiles pour
des cheveux d'une femme, c'étoit bien
pis que de donner le nom d'un Prince à
de nouvelles Planetes; cependant votre
chevelure a réussi, & ces pauvres Astres de
Médicis n'ont pu avoir la même fortune.

BÉRÉNICE. Si je pouvois vous donner
ma chevelure céleste, je vous la donnerois pour vous consoler, & même je serois assez généreuse pour ne prétendre
pas que vous me fussiez fort obligé de
ce présent-là.

C. DE MÉDICIS. Il seroit pourtant
considérable : & je voudrois que mon
nom fût aussi assuré de vivre que le vôtre.

BÉRÉNICE. Hélas! quand toutes les conſtellations porteroient mon nom, enſerois-je mieux? Il feroit là-haut dans le Ciel, & moi je n'en ſerois pas moins ici-bas. Les hommes ſont plaiſans; ils ne peuvent ſe dérober à la mort, & ils tâchent à lui dérober deux ou trois ſyllabes qui leur appartiennent. Voilà une belle chicane qu'ils s'aviſent de lui faire. Ne vaudroit-il pas mieux qu'ils conſentiſſent de bonne, grace à mourir, eux & leurs noms?

C. DE MÉDICIS. Je ne ſuis point de vôtre avis; on ne meurt que le moins qu'il eſt poſſible, & tout mort qu'on eſt, on tâche à tenir encore à la vie, par un marbre où l'on eſt repréſenté, par des pierres que l'on a élevées les unes ſur les autres, par ſon tombeau même. On ſe noie, & on s'accroche à tout cela.

BÉRÉNICE. Oui, mais les choſes qui devroient garantir nos noms de la mort, meurent elles-mêmes à leur maniere. A quoi attacherez-vous votre immortalité? Une Ville, un Empire même, ne vous en peut pas bien répondre.

C. DE MÉDICIS. Ce n'eſt pas une mauvaiſe invention, que de donner ſon nom à des Aſtres; ils demeurent toujours.

BÉRÉNICE. Encore de la maniere dont

C v

j'en entends parler, les Aftres eux-mêmes font-ils fujets à caution. On dit qu'il y en a de nouveaux qui viennent, & d'anciens qui s'en vont; & vous verrez qu'à la longue il ne me reftera peut-être pas un cheveu dans le Ciel. Du moins ce qui ne peut manquer à nos noms, c'eft une mort, pour ainfi dire, grammaticale; quelques changemens de lettres les mettent en état de ne pouvoir plus fervir qu'à donner de l'embarras aux Savans. Il y a quelque tems que je vis ici-bas des Morts qui conteftoient avec beaucoup de chaleur l'un contre l'autre. Je m'approchai, je demandai qui ils étoient, & on me répondit que l'un étoit le Grand Conftantin, & l'autre un Empereur Barbare. Ils difputoient fur la préférence de leurs grandeurs paffées. Conftantin difoit qu'il avoit été Empereur de Conftantinople; & le Barbare, qu'il l'avoit été de Stamboul. Le premier, pour faire valoir fa Conftantinople, difoit qu'elle étoit fituée fur trois Mers, fur le Pont-Euxin, fur le Bofphore de Thrace, & fur la Propontide. L'autre répliquoit que Stamboul commandoit auffi à trois Mers, à la Mer noire, au Détroit, & à la Mer de Marmara. Ce rapport de Conftantinople & de Stamboul étonna

Constantin; mais après qu'il se fut infor-
mé exactement de la situation de Stamboul, il fut encore bien plus surpris de
trouver que c'étoit Constantinople, qu'il
n'avoit pu reconnoître à cause du changement des noms. *Hélas ! s'écria-t'il, j'eusse
aussi bien fait de laisser à Constantinople son
premier nom de Bisance. Qui démêlera le
nom de Constantin dans Stamboul? Il y tire
bien à sa fin.*

C. DE MÉDICIS. De bonne foi, vous
me consolez un peu, & je me résous à
prendre patience. Après tout, puisque
nous n'avons pu nous dispenser de mourir, il est assez raisonnable que nos noms
meurent aussi; ils ne sont pas de meilleure
condition que nous.

DIALOGUES
DES
MORTS MODERNES.

DIALOGUE I.

ANNE DE BRETAGNE, MARIE D'ANGLETERRE.

A. DE BRETAGNE.

ASSURÉMENT ma mort vous fit grand plaifir. Vous paffâtes auffi-tôt la mer pour aller époufer Louis XII, & vous faifir du Trône que je laiffois vuide. Mais vous n'en jouîtes guere, & je fus vengée de vous par votre jeuneffe même, & par votre beauté, qui vous rendoient trop aimable aux yeux du Roi, & le confoloient trop aifément de ma perte; car elles hâterent fa mort, & vous empêcherent d'être long-tems Reine.

M. D'ANGLETERRE. Il eft vrai que la

Royauté ne fit que fe montrer à moi, & difparut en moins de rien.

A. DE BRETAGNE. Et après cela, vous devintes Duchefse de Suffolc? C'étoit une belle chûte. Pour moi, grace au Ciel, j'ai eu une autre deftinée. Quand Charles VIII mourut, je ne perdis point mon rang par fa mort, & j'époufai fon fuccefseur ; ce qui eft un exemple de bonheur fort fingulier.

M. D'ANGLETERRE. M'en croiriez-vous, fi je vous difois que je ne vous ai jamais envié ce bonheur-là ?

A. DE BRETAGNE. Non, je conçois trop bien ce que c'eft que d'être Duchefse de Suffolc, après qu'on a été Reine de France.

M. D'ANGLETERRE. Mais j'aimois le Duc de Suffolc.

A. DE BRETAGNE. Il n'importe. Quand on a goûté les douceurs de la Royauté, en peut-on goûter d'autres ?

M. D'ANGLETERRE. Oui, pourvu que ce foient celles de l'amour. Je vous afsure que vous ne devez point me vouloir de mal de ce que je vous ai fuccédé ; fi j'eufse toujours pu difpofer de moi, je n'eufse été que Duchefse, & je retournai bien vite en Angleterre pour y prendre ce titre, dès que je fus déchargée de celui de Reine.

A. DE BRETAGNE. Aviez-vous les sentimens si peu élevés?

M. D'ANGLETERRE. J'avoue que l'ambition ne me touche point. La nature a
fait aux hommes des plaisirs simples, ai-
sés, tranquilles, & leur imagination leur
en a fait qui sont embarrassans, incertains, difficiles à acquérir; mais la nature
est bien plus habile à leur faire des plaisirs, qu'ils ne le sont eux-mêmes. Que ne
se reposent-ils sur elle de ce soin-là. Elle
a inventé l'amour, qui est fort agréable,
& ils ont inventé l'ambition, dont il n'é-
toit point besoin.

A. DE BRETAGNE. Qui vous dit que
les hommes aient inventé l'ambition? La
nature n'inspire pas moins les desirs de
l'élévation & du commandement, que le
penchant de l'amour.

M. D'ANGLETERRE. l'ambition est ai-
sée à reconnoître pour un ouvrage de l'i-
magination; elle en a le caractere. Elle
est inquiete, pleine de projets chimériques; elle va au-delà de ses souhaits, dès
qu'ils sont accomplis; elle a un terme
qu'elle n'attrape jamais.

A. DE BRETAGNE. Et malheureusement
l'amour en a un qu'il attrape trop tôt.

M. D'ANGLETERRE. Ce qui en arrive,

c'eſt qu'on peut être pluſieurs fois heureux
par l'amour, & qu'on ne le peut être une
ſeule fois par l'ambition ; ou s'il eſt poſſible
qu'on le ſoit, du moins ces plaiſirs-là ſont
faits pour trop peu de gens ; & par conſé-
quent ce n'eſt point la nature qui les propoſe aux hommes, car ſes faveurs ſont
toujours très-générales. Voyez l'amour ;
il eſt fait pour tout le monde. Il n'y a
que ceux qui cherchent leur bonheur dans
une trop grande élévation, à qui il ſemble que la nature ait envié les douceurs
de l'amour. Un Roi qui peut s'aſſurer de
cent mille bras, ne peut guere s'aſſurer
d'un cœur. Il ne ſait ſi on ne fait pas pour
ſon rang tout ce qu'on auroit fait pour la
perſonne d'un autre. Sa Royauté lui coûte
tous les plaiſirs les plus ſimples & les
plus doux.

A. DE BRETAGNE. Vous ne rendez pas
les Rois beaucoup plus malheureux par
cette incommodité que vous trouvez à
leur condition. Quand on voit ſes volontés non ſeulement ſuivies, mais préve-
nues, une infinité de fortunes qui dépendent d'un mot qu'on peut prononcer
quand on veut, tant de ſoins, tant de
deſſeins, tant d'empreſſemens, tant d'application à plaire, dont on eſt le ſeul ob-

jet ; en vérité on se console de ne pas savoir tout-à-fait au juste si on est aimé pour
son rang, ou pour sa personne. Les plaisirs de l'ambition sont faits, dites-vous,
pour trop peu de gens ; ce que vous leur
reprochez, est leur plus grand charme. En
fait de bonheur, c'est l'exception qui flatte ; & ceux qui regnent sont exceptés si
avantageusement de la condition des autres hommes, que quand ils perdroient
quelque chose des plaisirs qui sont communs à tout le monde, ils seroient récompensés du reste.

M. D'ANGLETERRE. Ah! jugez de la
perte qu'ils font par la sensibilité avec laquelle ils reçoivent ces plaisirs simples &
communs, lorsqu'il s'en présente quelqu'un à eux. Apprenez ce que me conta ici
l'autre jour une Princesse de mon sang, qui
a regné en Angleterre, & fort long-tems,
& fort heureusement, & sans mari. Elle
donnoit une premiere audience à des Am-
bassadeurs Hollandois, qui avoient à leur
suite un jeune homme bien fait. Dès qu'il
vit la Reine, il se tourna vers ceux qui
étoient auprès de lui, & leur dit quelque chose assez bas, mais d'un certain
air qui fit qu'elle devina à-peu-près ce
qu'il disoit ; car les femmes ont un ins-

tinct admirable. Les trois au quatre mots
que dit ce jeune Hollandois, qu'elle n'a-
voit pas entendus, lui tinrent plus à l'efprit que toute la harangue des Ambaffadeurs; & auffi-tôt qu'ils furent fortis elle
voulut s'affurer de ce qu'elle avoit penfé. Elle demanda à ceux à qui avoit parlé
ce jeune homme, ce qu'il leur avoit dit.
Ils lui répondirent avec beaucoup de refpect, que c'étoit une chofe qu'on n'ofoit
redire à une grande Reine, & fe défendirent long-tems de la répéter. Enfin,
quand elle fe fervit de fon autorité abfolue, elle apprit que le Hollandois s'étoit
écrié tout bas : *Ah! voilà une femme bien
faite*, & avoit ajouté quelque expreffion
affez groffiere, mais vive, pour marquer
qu'il la trouvoit à fon gré. On ne fit ce
récit à la Reine qu'en tremblant; cependant
il n'en arriva rien autre chofe, finon que
quand elle congédia les Ambaffadeurs, elle
fit au jeune Hollandois un préfent fort
confidérable. Voyez comme au travers de
tous les plaifirs de grandeur & de Royauté
dont elle étoit environnée, ce plaifir d'être
trouvée belle alla la frapper vivement.

A. DE BRETAGNE. Mais enfin elle n'eût
pas voulu l'acheter par la perte des autres.
Tout ce qui eft trop fimple n'accommode

point les hommes. Il ne fuffit pas que lés plaifirs touchent avec douceur; on veut qu'ils agitent & qu'ils tranfportent. D'où vient que la vie paftorale, telle que les Poëtes la dépeignent, n'a jamais été que dans leurs ouvrages, & ne réufliroit pas dans la pratique? Elle eft trop douce & trop unie.

M. D'ANGLETERRE. J'avoue que les hommes ont tout gâté. Mais d'où vient que la vue d'une Cour la plus fuperbe & la plus pompeufe du monde, les flatte moins que les idées qu'ils fe propofent quelquefois de cette vie paftorale? C'eft qu'ils étoient faits pour elle.

A. DE BRETAGNE. Ainfi le partage de vos plaifirs fimples & tranquilles, n'eft plus que d'entrer dans les chimeres que les hommes fe forment.

M. D'ANGLETERRE. Non, non. S'il eft vrai que peu de gens aient le goût affez bon pour commencer par ces plaifirs-là, du moins on finit volontiers par eux, quand on le peut. L'imagination a fait fa courfe fur les faux objets, & elle revient aux vrais.

DIALOGUE II.

CHARLES V, ÉRASME.

ÉRASME.

N'EN doutez point; s'il y avoit des rangs chez les Morts, je ne vous céderois pas la préféance.

CHARLES. Quoi! un Grammairien, un Savant, & pour dire encore plus, & pouffer votre mérite jufqu'où il peut aller, un homme d'efprit, prétendroit l'emporter fur un Prince qui s'eft vu maître de la meilleure partie de l'Europe?

ÉRASME. Joignez-y encore l'Amérique, & je ne vous en craindrai pas davantage. Toute cette grandeur n'étoit, pour ainfi dire, qu'un compofé de plufieurs hazards; & qui défaffembleroit toutes les parties dont elle étoit formée, vous le feroit voir bien clairement. Si Ferdinand votre grand-pere eût été homme de parole, vous n'aviez prefque rien en Italie; fi d'autres Princes que lui euffent eu l'efprit de croire qu'il y avoit des Antipodes, Chriftophe Colomb ne fe fût point adreffé à lui, & l'Amérique n'étoit point au nombre de vos Etats; fi après la mort du dernier Duc de Bourgogne, Louis XI eût bien fongé à ce qu'il faifoit, l'héritiere de Bourgogne n'étoit point pour Maximilien, ni les Pays-Bas pour vous; fi Henri de Caftille, frere de votre grandmere Ifabelle, n'eût point été en mauvaife réputation auprès des femmes, ou fi fa femme n'eût point été d'une vertu affez douteufe, la fille de Henri eût paffé pour être fa fille, & le Royaume de Caftille vous échappoit.

CHARLES. Vous me faites trembler. Il me femble qu'à l'heure qu'il eft je perds ou la Caftille, ou les Pays-Bas, ou l'Amérique, ou l'Italie.

ÉRASME. N'en raillez point. Vous ne fauriez donner un peu plus de bon fens à l'un, ou de bonne foi à l'autre, qu'il ne vous en coûte beaucoup. Il n'y a pas jufqu'à l'impuiffance de votre grand-oncle, ou jufqu'à la coquetterie de votre grandetante, qui ne vous foient néceffaires. Voyez combien c'eft un édifice délicat que celui qui eft fondé fur tant de chofes qui dépendent du hazard.

CHARLES. En vérité, il n'y a pas moyen de foutenir un examen auffi févere que le vôtre. J'avoue que vous faites difparoître toute ma grandeur & tous mes titres.

ÉRASME. Ce font là pourtant ces qualités dont vous prétendiez vous parer;
je vous en ai dépouillé fans peine. Vous
fouvient-il d'avoir oui dire que l'Athénien Cimon, ayant fait beaucoup de Per-
fes prifonniers, expofa en vente d'un côté
leurs habits, & de l'autre leurs corps tout
nus, & que comme les habits étoient
d'une grande magnificence, il y eut preffe
à les acheter, mais que pour les hommes,
perfonne n'en voulut? De bonne foi, je
crois que ce qui arriva à ces Perfes-là,
arriveroit à bien d'autres, fi l'on féparoit
leur mérite perfonnel d'avec celui que la
fortune leur a donné.

CHARLES. Mais quel eft ce mérite perfonnel?

ERASME. Faut-il le demander? Tout
ce qui eft en nous. L'efprit, par exemple,
les fciences.

CHARLES. Et l'on peut avec raifon en
tirer de la gloire?

ERASME. Sans doute. Ce ne font pas
des biens de fortune, comme la nobleffe
ou les richeffes.

CHARLES. Je fuis furpris de ce que vous
dites. Les fciences ne viennent-elles pas
aux Savans, comme les richeffes vien-

nent à la plupart des gens riches ? N'est-
ce pas par voie de fucceffion ? Vous hé-
ritez des Anciens, vous autres Hommes
doctes, ainfi que nous de nos peres. Si
on nous a laiffé tout ce que nous poffé-
dons, on vous a laiffé auffi tout ce que
vous favez; & de-là vient que beaucoup
de Savans regardent ce qu'ils ont reçu
des Anciens, avec le même refpect que
quelques gens regardent les terres & les
maifons de leurs aïeux, où ils feroient bien
fâchés de rien changer.

ÉRASME. Mais les Grands naiffent héritiers de la grandeur de leurs peres, &
les Savans n'étoient pas nés héritiers des
connoiffances des Anciens. La fcience
n'eft point une fucceffion qu'on reçoit,
c'eft une acquifition toute nouvelle que
l'on entreprend de faire; ou fi c'eft une
fucceffion, elle eft affez difficile à recueillir, pour être fort honorable.

CHARLES. Hé bien, mettez la peine qui
fe trouve à acquérir les biens de l'efprit,
contre celle qui fe trouve à conferver les
biens de la fortune, voilà les chofes égales; car enfin fi vous ne regardez que la
difficulté, fouvent les affaires du monde
en ont bien autant que les fpéculations
du cabinet.

ÉRASME. Mais ne parlons point de la fcience, tenons-nous-en à l'efprit; ce bien-là ne dépend aucunement du hazard.

CHARLES. Il n'en dépend point? Quoi! l'efprit ne confifte-t'il pas dans une certaine conformation du cerveau, & le hazard eft-il moindre, dè naître avec un cerveau bien difpofé, que de naître d'un pere qui foit Roi? Vous étiez un grand génie; mais demandez à tous les Philofophes à quoi il tenoit que vous ne fuffiez ftupide & hébété; prefque à rien, à une petite difpofition de fibres, enfin à quelque chofe que l'Anatomie la plus délicate ne fauroit jamais appercevoir. Et après cela, ces Meffieurs les beaux Efprits nous oferont foutenir qu'il n'y a qu'eux qui aient des biens indépendans du hazard, & ils fe croiront en droit de méprifer tous les autres hommes?

ÉRASME. A votre compte, être riche, ou avoir de l'efprit, c'eft le même mérite.

CHARLES. Avoir de l'efprit eft un hazard plus heureux; mais au fond c'eft toujours un hazard.

ÉRASME. Tout eft donc hazard?

CHARLES. Oui, pourvu qu'on donne ce nom à un ordre que l'on ne connoît point. Je vous laiffe à juger fi je n'ai pas dépouillé les hommes encore mieux que vous n'aviez fait; vous ne leur ôtiez que quelques avantages de la naiſſance, & je leur ôte juſqu'à ceux de l'eſprit. Si avant que de tirer vanité d'une choſe, ils vouloient s'aſſurer bien qu'elle leur appartînt, il n'y auroit guere de vanité dans le monde.

DIALOGUE III.

ÉLISABETH D'ANGLETERRE, LE DUC D'ALENÇON.

LE DUC,

MAIS pourquoi m'avez-vous ſi longtems flatté de l'eſpérance de vous épouſer, puiſque vous étiez réſolue dans l'ame à ne rien conclure?

ÉLISABETH. J'en ai bien trompé d'autres qui ne valoient pas moins que vous. J'ai été la Pénélope de mon ſiecle. Vous, le Duc d'Anjou votre frere, l'Archiduc, le Roi de Suede, vous étiez tous des pourſuivans qui en vouliez à une Iſle bien plus conſidérable que celle d'Itaque; je vous ai tenus en haleine pendant une longue

gue fuite d'années, & à la fin je me fuis
moqué de vous.

LE DUC. Il y a ici de certains Morts
qui ne tomberoient pas d'accord que vous
reffemblaffiez tout-à-fait à Pénélope; mais
on ne trouve point de comparaifons qui
ne foient défectueufes en quelque point.

ELISABETH. Si vous n'étiez pas encore
auffi étourdi que vous l'étiez, & que vous
puffiez fonger à ce que vous dites...

LE DUC. Bon, je vous confeille de
prendre votre férieux. Voilà comme vous
avez toujours fait des fanfaronnades de
virginité ; témoin cette grande contrée
d'Amérique, à laquelle vous fîtes donner
le nom de Virginie, en mémoire de la plus
douteufe de toutes vos qualités. Ce pays-
là feroit affez mal nommé, fi ce n'étoit
que par bonheur il eft dans un autre
monde ; mais il n'importe, ce n'eft pas
là de quoi il s'agit. Rendez-moi un peu
raifon de cette conduite myftérieufe que
vous avez tenue, & de tous ces projets
de mariage qui n'ont abouti à rien. Eft-
ce que les fix mariages de Henri VIII votre pere vous apprirent à ne vous point
marier, comme les courfes perpétuelles
de Charles V apprirent à Philippe II à ne
point fortir de Madrid ?

D

ELISABETH. Je pourrois m'en tenir à l[a]
raison que vous me fourniffez; en effet, mo[n]
pere paffa toute fa vie à fe marier & à fe déma[-]
rier, à répudier quelques-unes de fes fem[-]
mes, & à faire couper la tête aux autres[.]
Mais le vrai fecret de ma conduite, c'e[ft]
que je trouvois qu'il n'y avoit rien de plu[s]
joli que de former des deffeins, de fair[e]
des préparatifs, & de n'exécuter point. C[e]
qu'on a le plus ardemment defiré, dimi[-]
nue de prix dès qu'on l'obtient, & le[s]
chofes ne paffent point de notre imagina[-]
tion à la réalité, qu'il n'y ait de la perte[.]
Vous venez en Angleterre pour m'épou[-]
fer; ce ne font que bals, que fêtes, que[s]
réjouiffances; je vais même jufqu'à vou[s]
donner un anneau. Jufques-là tout eft le
plus riant du monde; tout ne confifte
qu'en apprêts & en idées; auffi ce qu'il
y a d'agréable dans le mariage eft déja
épuifé. Je m'en tiens là, & vous renvoie.

LE DUC. Franchement, vos maximes
ne m'euffent point accommodé; j'euffe
voulu quelque chofe de plus que des
chimeres.

ELISABETH. Ah! fi l'on ôtoit les chi[-]
meres aux hommes, quel plaifir leur refte[-]
roit-il? Je vois bien que vous n'aurez pas
fenti tous les agrémens qui étoient dans

votre vie ; mais en vérité vous êtes bien malheureux qu'ils aient été perdus pour vous.

LE DUC. Quoi ! quels agrémens y avoit-il dans ma vie ? Rien ne m'a jamais réussi. J'ai pensé quatre fois être Roi ; d'abord il s'agissoit de la Pologne, ensuite de l'Angleterre, & des Pays-Bas ; enfin la France devoit apparemment m'appartenir : cependant je suis arrivé ici sans avoir régné.

ELISABETH. Et voilà ce bonheur dont vous ne vous êtes pas apperçu. Toujours des imaginations, des espérances, & jamais de réalité. Vous n'avez fait que vous préparer à la Royauté pendant toute votre vie comme je n'ai fait pendant toute la mienne que me préparer au mariage.

LE DUC. Mais comme je crois qu'un mariage effectif pouvoit vous convenir, je vous avoue qu'une véritable Royauté eût été assez de mon goût.

ELISABETH. Les plaisirs ne sont point assez solides pour souffrir qu'on les approfondisse ; il ne faut que les effleurer : ils ressemblent à ces terres marécageuses, sur lesquelles on est obligé de courir légérement, sans y arrêter jamais le pied.

D ij

D I A L O G U E IV.

GUILLEAUME DE CABESTAN, ALBERT-FRIDERIC DE BRANDEBOURG,

A, F. DE BRANDEBOURG.

JE vous aime mieux d'avoir été fou auffi bien que moi. Apprenez-moi un peu l'hif-toire de votre folie : comment vit - elle ?

G, DE CABESTAN, J'étois un Poëte Provençal , fort eftimé dans mon fiecle; ce qui ne fit que me porter malheur. Je devins amoureux d'une Dame , que mes ouvrages rendirent illuftre : mais elle prit tant de goût à mes vers , qu'elle craignit que je n'en fiffe un jour pour quelqu'au-tre; & afin de s'affurer de la fidélité de ma Mufe, elle me donna un maudit breu-vage qui me fit tourner l'efprit , & me mît hors d'état de compofer.

A, F, BRANDEBOURG. Combien y a-t'il que vous étes mort?

G, DE CABESTAN, Il y a peut-être qua-tre cens ans,

A, F. DE BRANDEBOURG, Il falloit que

les Poëtes fuffent bien rares dans votre fiecle, puifqu'on les eftimoit affez pour les empoifonner de cette maniere-là. Je fuis fâché que vous ne foyez pas né dans le fiecle où j'ai vécu, vous euffiez pu faire des vers pour toutes fortes de Belles, fans aucune crainte de poifon.

G. DE CABESTAN. Je le fais. Je ne vois aucun de tous ces beaux Efprits qui vien-nent ici fe plaindre d'avoir eu ma defti-née. Mais vous, de quelle maniere devin-tes-vous fou?

A. F. DE BRANDEBOURG. D'une ma-niere fort raifonnable. Un Roi l'eft de-venu pour avoir vû un Spectre dans une forêt; ce n'étoit pas grand'chofe : mais ce que je vis étoit beaucoup plus terrible.

G. DE CABESTAN. Eh! que vîtes-vous?

A. F. DE BRANDEBOURG. L'appareil de mes noces. J'époufois Marie-Eléonore de Cleves; & je fis pendant cette grande fête des réflexions fur le mariage fi judicieu-fes, que j'en perdis le jugement.

G. DE CABESTAN. Aviez-vous dans vô-tre maladie quelques bons intervalles?

A. F. DE BRANDEBOURG. Oui.

G. DE CABESTAN. Tant pis; & moi je fus encore plus malheureux; l'efprit me revint tout-à-fait.

D iij

A. F. DE BRANDEBOURG. Je n'euſſe jamais cru que ce fût là un malheur.

G. DE CABESTAN. Quand on eſt fou, il faut l'être entiérement, & ne ceſſer jamais de l'être. Ces alternatives de raiſon & de folie n'appartiennent qu'à ces petits fous qui ne le font que par accident, & dont le nombre n'eſt nullement conſidérable. Mais voyez ceux que la Nature produit tous les jours dans ſon cours ordinaire, & dont le monde eſt peuplé; ils font toujours également fous, & ils ne ſe guériſſent jamais.

A. F. DE BRANDEBOURG. Pour moi je me ferois figuré que le moins qu'on pouvoit être fou, c'étoit toujours le mieux.

G. DE CABESTAN. Ah! vous ne ſavez donc pas à quoi ſert la folie? Elle ſert à empêcher que l'on ne ſe connoiſſe; car la vue de ſoi-même eſt bien triſte; & comme il n'eſt jamais tems de ſe connoître, il ne faut pas que la folie abandonne les hommes un ſeul moment.

A. F. DE BRANDEBOURG. Vous avez beau dire, vous ne me perſuaderez point qu'il y ait d'autres fous que ceux qui le font comme nous l'avons été tous deux. Tout le reſte des hommes a de la raiſon; autrement ce ne ſeroit rien perdre que de perdre l'esprit, & on ne distingueroit point les frénétiques d'avec les gens de bon sens.

G. DE CABESTAN. Les frénétiques sont seulement des fous d'un autre genre. Les folies de tous les hommes étant de même nature, elles se sont si aisément ajustées ensemble, qu'elles ont servi à faire les plus forts liens de la société humaine ; témoins ce desir d'immortalité, cette fausse gloire, & beaucoup d'autres principes, sur quoi roule tout ce qui se fait dans le monde ; & l'on n'appelle plus fous que de certains fous qui sont, pour ainsi dire, hors d'œuvre, & dont la folie n'a pu s'accorder avec celles de tous les autres, ni entrer dans le commerce ordinaire de la vie.

A. F. DE BRANDEBOURG. Les frénétiques sont si fous, que le plus souvent ils se traitent de fous les uns les autres ; mais les autres hommes se traitent de personnes sages.

G. DE CABESTAN. Ah! que dites-vous? Tous les hommes s'entre-montrent au doigt, & cet ordre est fort judicieusement établi par la Nature. Le Solitaire se moque du Courtisan, mais en récompense il ne le va point troubler à la Cour ; le Courtisan se moque du Solitaire, mais il le laisse en repos dans sa retraite. S'il y avoit quelque parti qui fût reconnu pour le seul parti raisonnable, tout le monde voudroit l'embrasser, & il y auroit trop de presse; il vaut mieux qu'on se divise en plusieurs petites troupes, qui ne s'entr'embarrassent point, parce que les uns rient de ce que les autres font.

A. F. DE BRANDEBOURG. Tout mort que vous êtes, je vous trouve bien fou avec vos raisonnemens; vous n'êtes pas encore bien guéri du breuvage qu'on vous donna.

G. DE CABESTAN. Et voilà l'idée qu'il faut qu'un fou conçoive toujours d'un autre. La vraie sagesse distingueroit trop ceux qui la posséderoient; mais l'opinion de sagesse égale tous les hommes, & ne les satisfait pas moins.

DIALOGUE V.

AGNÈS SOREL, ROXELANE.

A. SOREL.

A vous dire le vrai, je ne comprends point votre galanterie turque. Les Belles du Serrail ont un Amant qui n'a qu'à dire,

je le veux ; elles ne goûtent jamais le plaifir de la réfiftance, & elles ne lui four-
niffent jamais le plaifir de la victoire ; c'eft-
à-dire, que tous les agrémens de l'amour
font perdus pour les Sultans & pour leurs
Sultanes.

ROXELANE. Que voulez-vous ? Les
Empereurs Turcs, qui font extrêmement
jaloux de leur autorité, ont négligé, par
des raifons de politique, ces douceurs
de l'amour fi raffinées. Ils ont craint que
les Belles qui ne dépendroient pas abfolument d'eux, n'ufurpaffent trop de pouvoir fur leur efprit, & ne fe mêlaffent
trop des affaires.

A. SOREL. Hé bien, que favent-ils fi
ce feroit un malheur ? L'amour eft quelquefois bon à bien des chofes ; & moi
qui vous parle, fi je n'avois été Maîtreffe
d'un Roi de France, & fi je n'avois eu
beaucoup d'empire fur lui, je ne fais où
en feroit la France à l'heure qu'il eft.
Avez-vous ouï dire combien nos affaires
étoient défefpérées fous Charles VII, &
en quel état fe trouvoit réduit tout le
Royaume, dont les Anglois étoient prefque entiérement les maîtres ?

ROXELANE. Ouï, comme cette hiftoire
fait grand bruit, je fais qu'une certaine

D v

Pucelle sauva la France. C'est donc vous qui étiez cette Pucelle-là ? Et comment étiez-vous en même tems Maîtresse du Roi ?

A. SOREL. Vous vous trompez ; je n'ai rien de commun avec la Pucelle dont on vous a parlé. Le Roi, dont j'étois aimée, vouloit abandonner son Royaume aux usurpateurs étrangers, & s'aller cacher dans un pays de montagnes ; où je n'eusse pas été trop aise de le suivre. Je m'avisai d'un stratagême pour le détourner de ce dessein. Je fis venir un Astrologue, avec qui je m'entendois secrétement ; & après qu'il eut fait semblant de bien étudier ma nativité, il me dit un jour en présence de Charles VII, que tous les Astres étoient trompeurs, ou que j'inspirerois une longue passion à un grand Roi. Aussi-tôt je dis à Charles : *Vous ne trouverez donc pas mauvais, Sire, que je passe à la Cour d'Angleterre ; car vous ne voulez plus être Roi, & il n'y a pas assez de tems que vous m'aimez pour avoir rempli ma destinée.* La crainte qu'il eut de me perdre, lui fit prendre la résolution d'être Roi de France, & il commença dès-lors à se rétablir. Voyez combien la France est obligée à l'amour, & combien ce Royaume doit être galant, quand ce ne feroit que par reconnóiffance.

ROXELANE. Il eft vrai , mais j'en reviens à ma Pucelle. Qu'a-t'elle donc fait ? L'Hif-toire fe feroit-elle affez trompée pour at-tribuer à une jeune Payfanne pucelle ce qui appartenoit à une Dame de la Cour , Maîtreffe du Roi ?

A. SOREL. Quand l'Hiftoire fe feroit trompée jufqu'à ce point , ce ne feroit pas une fi grande merveille. Cependant il eft fûr que la Pucelle aima beaucoup les Soldats ; mais moi j'avois auparavant ani-mé le Roi. Elle fut d'un grand fecours à ce Prince ; qu'elle trouva ayant les armes à la main contre les Anglois ; mais fans moi elle ne l'eût pas trouvé en cet état. Enfin, vous ne douterez plus de la part que j'ai dans cette grande affaire , quand vous faurez le témoignage qu'un des fuc-cesseurs * de Charles VII a rendu en ma faveur dans ce quatrain : :

Gentille Agnès , plus d'honneur en mérite,
La caufe étant de France recouvrer ,
Que ce que peut dedans un Cloître ouvrer ,
Clofe Nonnain , ou bien dévot Hermite.

Qu'en dites-vous , Roxelane ? Vous m'a-vouerez que fi j'euffe été une Sultane com-

* François I.

D vj

me vous, & que je n'euſſe pas eu le droit
de faire à Charles VII la menace que je lui
fis, il étoit perdu.

ROXELANE. J'admire la vanité que vous
tirez de cette petite action. Vous n'aviez
nulle peine à acquérir beaucoup de pouvoir ſur l'eſprit d'un Amant, vous qui
étiez libre & maîtreſſe de vous-même; mais
moi, toute Eſclave que j'étois, je ne laiſ-
ſui pas de m'aſſervir le Sultan. Vous avez
fait Charles VII Roi preſque malgré lui;
& moi de Soliman j'en fis mon époux malgré qu'il en eût.

A. SOREL. Hé quoi! on dit que les
Sultans n'épouſent jamais.

ROXELANE. J'en conviens; cependant
je me mis en tête d'épouſer Soliman,
quoique je ne puſſe l'amener au mariage
par l'eſpérance d'un bonheur, qu'il n'eût
pas encore obtenu. Vous allez entendre
un ſtratagême plus fin que le vôtre. Je
commençai à bâtir des Temples, & à faire
beaucoup d'autres actions pieuſes; après
quoi je fis paroître une mélancolie profonde. Le Sultan m'en demanda la cauſe
mille & mille fois; & quand j'eus fait
toutes les façons néceſſaires, je lui dis
que le ſujet de mon chagrin étoit, que
toutes mes bonnes actions, à ce que m'a-

voient dit nos Docteurs, ne me servoient
de rien, & que comme j'étois Esclave,
je ne travaillois que pour Soliman mon
Seigneur. Aussi-tôt Soliman m'affranchit,
afin que le mérite de mes bonnes actions
tombât sur moi-même. Mais quand il voulut vivre avec moi comme à l'ordinaire, &
me traiter en Sultane du Serrail, je lui
marquai beaucoup de surprise, & lui re-
présentai avec un grand sérieux, qu'il n'a-
voit nul droit sur la personne d'une femme libre. Soliman avoit la conscience délicate ; il alla consulter ce cas à un Docteur
de la Loi, avec qui j'avois intelligence.
Sa réponse fut, que le Sultan se gardât
bien de prétendre rien sur moi qui n'é-
tois plus son Esclave, & que s'il ne
m'épousoit, je ne pouvois être à lui.
Alors le voilà plus amoureux que jamais.
Il n'avoit qu'un seul parti à prendre, mais
un parti fort extraordinaire & même dangereux à cause de la nouveauté ; cependant il le prit, & m'épousa.

A. SOREL. J'avoue qu'il est beau d'af-
sujettir ceux qui se précautionnent tant
contre notre pouvoir.

ROXELANE. Les hommes ont beau faire ;
quand on les prend par les passions, on
les mene où l'on veut. Qu'on me fasse

revivre, & qu'on me donne l'homme du
monde le plus impérieux, je ferai de lui
tout ce qu'il me plaira, pourvu que j'aie
beaucoup d'esprit, assez de beauté, &
peu d'amour.

DIALOGUE VI.

JEANNE Iere DE NAPLES,
ANSELME, Soldat autrichien de
sienes.

J. DE NAPLES.

QUOI, ne pouvez-vous pas me faire
quelque prédiction? Vous n'avez pas oublié toute l'Astrologie que vous saviez
autrefois?

ANSELME. Et comment la mettre en
pratique? Nous n'avons point ici de Ciel
ni d'Etoiles.

J. DE NAPLES. Il n'importe. Je vous
dispense d'observer les regles si exactement.

ANSELME. Il seroit plaisant qu'un
Mort fît des prédictions. Mais encore,
sur quoi voudriez-vous que j'en fisse?

J. DE NAPLES. Sur moi, sur ce qui
me regarde.

ANSELME. Bon! Vous êtes morte, &

vous le ferez toujours ; voilà tout ce que j'ai à vous prédire. Eſt-ce que notre condition ou nos affaires peuvent changer ?

J. DE NAPLES. Non , mais auſſi c'eſt ce qui m'ennuie cruellement ; & quoique je fache qu'il ne m'arrivera rien , ſi vous vouliez pourtant me prédire quelque choſe , cela ne laiſſeroit pas de m'occuper. Vous ne ſauriez croire combien il eſt triſte de n'enviſager aucun avenir. Une petite prédiction , je vous en prie , telle qu'il vous plaira.

ANSELME. On croiroit , à voir votre inquiétude , que vous ſeriez encore vivante. C'eſt ainſi qu'on eſt fait là-haut. On n'y ſauroit être en patience ce qu'on eſt ; on anticipe toujours ſur ce qu'on ſera ; mais ici il faut que l'on ſoit plus ſage.

J. DE NAPLES. Ah! les hommes n'ont-ils pas raiſon d'en uſer comme ils font ? Le préſent n'eſt qu'un inſtant , & ce ſeroit grand'pitié qu'ils fuſſent réduits à borner là toutes leurs vues. Ne vaut-il pas mieux qu'ils les étendent le plus qu'il leur eſt poſſible , & qu'ils gagnent quelque choſe ſur l'avenir? C'eſt toujours autant dont ils ſe mettent en poſſeſſion par avance.

ANSELME. Mais auſſi ils empruntent tellement ſur l'avenir par leurs imagina-

tions & par leurs espérances, que quand
il est enfin présent, ils trouvent qu'il est
tout épuisé, & ils ne s'en accommodent
plus. Cependant ils ne se défont point de
leur impatience ni de leur inquiétude ; le
grand leurre des hommes, c'est toujours
l'avenir ; & nous autres Astrologues, nous
le savons mieux que personne. Nous leur
disons hardiment qu'il y a des signes froids
& des signes chauds ; qu'il y en a de
mâles & de femelles ; qu'il y a des Planetes bonnes & mauvaises, & d'autres
qui ne sont ni bonnes ni mauvaises d'elles-
mêmes, mais qui prennent l'un ou l'autre
caractere, selon la compagnie où elles se
trouvent ; & toutes ces fadaises sont fort
bien reçues, parce qu'on croit qu'elles
menent à la connoissance de l'avenir.

J. DE NAPLES. Quoi, n'y menent-elles
pas en effet ? Je trouve bon que vous, qui
avez été mon Astrologue, me disiez du
mal de l'Astrologie !

ANSELME. Ecoutez, un Mort ne voudroit pas mentir. Franchement je vous
trompois avec cette Astrologie que vous
estimez tant.

J. DE NAPLES. Oh ! je ne vous en crois
pas vous-même. Comment m'eussiez-vous
prédit que je devois me marier quatre

fois? Y avoit-il la moindre apparence
qu'une perfonne un peu raifonnable s'en
gageât quatre fois de fuite dans le mariage? Il falloit bien que vous euffiez lu cela
dans les Cieux.

ANSELME. Je les confultai beaucoup
moins que vos inclinations; mais après
tout, quelques Prophéties qui réuffiffent
ne prouvent rien. Voulez-vous que je
vous mene à un Mort qui vous contera
une hiftoire affez plaifante? Il étoit Aftro-
logue, & ne croyoit non plus que moi
à l'Aftrologie. Cependant, pour effayer
s'il y avoit quelque chofe de fûr dans
fon art, il mit un jour tous fes foins à
bien obferver les regles, & prédit à quelqu'un des événemens particuliers, plus
difficiles à deviner que vos quatre mariages. Tout ce qu'il avoit prédit arriva.
Il ne fut jamais plus étonné. Il alla revoir auffi-tôt tous les calculs aftronomi-
ques qui avoient été le fondement de fes
prédictions. Savez-vous ce qu'il trouva? Il s'étoit trompé; & fi fes fupputa-
tions euffent été bien faites, il auroit
prédit tout le contraire de ce qu'il avoit
prédit.

J. DE NAPLES. Si je croyois que cette
hiftoire fût vraie, je ferois bien fâché

qu'on ne la fût pas dans le monde, pour
se détromper des Astrologues.

ANSELME. On fait bien d'autres histoires à leur désavantage, & leur métier
ne laisse pas d'être toujours bon. On ne
se désabusera jamais de tout ce qui regarde l'avenir; il a un charme trop puis-
sant. Les hommes, par exemple, sacrifient
tout ce qu'ils ont à une espérance; & tout
ce qu'ils avoient, & ce qu'ils viennent
d'acquérir, ils le sacrifient encore à une
autre espérance; & il semble que ce soit
là un ordre malicieux établi dans la Nature, pour leur ôter toujours d'entre les
mains ce qu'ils tiennent. On ne se soucie
guere d'être heureux dans le moment où
l'on est; on remet à l'être dans un tems
qui viendra, comme si ce tems qui viendra devoit être autrement fait que celui
qui est déja venu.

J. DE NAPLES. Non, il n'est pas fait autrement, mais il est bon qu'on se l'imagine.

ANSELME. Et que produit cette belle
opinion? Je sais une petite fable qui vous
le dira bien. Je l'ai apprise autrefois à la
Cour d'Amour *, qui se tenoit dans vôtre Comté de Provence. Un homme avoit
soif, & étoit assis sur le bord d'une fon-

* C'étoit une espece d'Académie.

taine ; il ne vouloit point boire de l'eau
qui couloit devant lui, parce qu'il espéroit qu'au bout de quelque tems il en alloit venir une meilleure. Ce tems étant
passé : *Voici encore la même eau*, disoit-il,
ce n'est point celle-là dont je veux boire,
j'aime mieux attendre encore un peu. Enfin, comme l'eau étoit toujours la même,
il attendit si bien, que la source vint à
tarir, & il ne but point.

J. DE NAPLES. Il m'en est arrivé autant ; je crois que de tous les Morts qui
sont ici, il n'y en a pas un à qui la vie
n'ait manqué, avant qu'il en eût fait l'u-
sage qu'il en vouloit faire. Mais qu'importe, je compte pour beaucoup le plaisir de prévoir, d'espérer, de craindre même, & d'avoir un avenir devant soi. Un
Sage, selon vous, feroit comme nous
autres Morts, pour qui le présent & l'a-
venir font parfaitement semblables, & ce
Sage par conséquent s'ennuieroit autant
que je fais.

ANSELME. Hélas ! c'est une plaisante
condition que celle de l'homme, si elle
est telle que vous le croyez. Il est né pour
aspirer à tout, & pour ne jouir de rien,
pour marcher toujours, & pour n'arriver
nulle part.

DIALOGUES

DES

MORTS ANCIENS.

DIALOGUE I.

HEROSTRATE, DÉMÉTRIUS DE PHALÈRE.

HEROSTRATE.

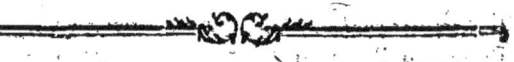

TROIS cens, foixante Statues élevées dans Athenes à votre honneur ! c'est beaucoup.

DÉMÉTRIUS. Je m'étois faifi du Gouvernement, & après cela il étoit affez aifé d'obtenir du peuple des Statues.

HEROSTRATE. Vous étiez bien content de vous être ainfi multiplié vous - même trois cens foixante fois, & de ne rencontrer que vous dans toute une Ville.

DÉMÉTRIUS. Je l'avoue ; mais hélas ! cette joie ne fut pas d'affez longue durée. La face des affaires changea. Du jour au lendemain il ne reftera pas une feule de mes Statues. On les abattit, on les brifa.

HEROSTRATE. Voilà un terrible revers! Et qui fut celui qui fit cette belle expédition?

DÉMÉTRIUS. Ce fut Démétrius Poliorcete, fils d'Antigonus.

HEROSTRATE. Démétrius Poliorcete! J'aurois bien voulu être en fa place. Il y avoit beaucoup de plaifir à abattre un fi grand nombre de Statues faites pour un même homme.

DÉMÉTRIUS. Un pareil fouhait n'eft digne que de celui qui a brûlé le Temple d'Ephèfe. Vous confervez encore votre ancien caractere.

HEROSTRATE. On m'a bien reproché cet embrafement du Temple d'Ephèfe; toute la Grece en a fait beaucoup de bruit; mais en vérité cela eft pitoyable, on ne juge guere fainement des chofes.

DÉMÉTRIUS. Je fuis d'avis que vous vous plaigniez de l'injuftice qu'on vous a faite de détefter une fi belle action, & de la loi par laquelle les Ephéfiens défendirent que l'on prononçât jamais le nom d'Heroftrate.

HEROSTRATE. Je n'ai pas du moins fujet de me plaindre de l'effet de cette loi;

car les Ephéfiens furent de bonnes gens,
qui ne s'apperçurent pas que défendre de
prononcer un nom, c'étoit l'immortalifer.
Mais leur loi même fur quoi étoit-elle fondée? J'avois une envie démefurée de faire
parler de moi, & je brûlai leur Temple.
Ne devoient-ils pas fe tenir bienheureux
que mon ambition ne leur coûtât pas davantage? On ne les en pouvoit quitter à
meilleur marché. Un autre auroit peut-
être ruiné toute la Ville & tout leur Etat.

DÉMÉTRIUS. On diroit, à vous entendre, que vous étiez en droit de ne rien
épargner pour faire parler de vous, &
que l'on doit compter pour des graces
tous les maux que vous n'avez pas faits.

HEROSTRATE. Il eft facile de vous prouver le droit que j'avois de brûler le Temple d'Ephèfe. Pourquoi l'avoit-on bâti
avec tant d'art & de magnificence? Le
deffein de l'Architecte n'étoit-il pas de
faire vivre fon nom?

DÉMÉTRIUS. Apparemment.

HEROSTRATE. Hé bien, ce fut pour
faire vivre auffi mon nom que je brûlai ce
Temple.

DÉMÉTRIUS. Le beau raifonnement!
Vous eft-il permis de ruiner pour votre
gloire les ouvrages d'un autre?

HEROSTRATE. Oui. La vanité qui avoit
élevé ce Temple par les mains d'un autre, l'a pu ruiner par les miennes. Elle a
un droit légitime fur tous les ouvrages
des hommes; elle les a faits, & elle les
peut détruire. Les plus grands Etats même n'ont pas fujet de fe plaindre qu'elle
les renverfe, quand elle y trouve fon compte; ils ne pourroient pas prouver une
origine indépendante d'elle. Un Roi, qui
pour honorer les funérailles d'un cheval,
feroit rafer la Ville de Bucephalie, lui fe-
roit-il une injuftice? Je ne le crois pas;
car on ne s'avifa de bâtir cette Ville que
pour affurer la mémoire de Bucephale, &
par conféquent elle eft affectée à l'honneur des chevaux.

DÉMÉTRIUS. Selon vous, rien ne feroit
en fûreté. Je ne fais fi les hommes même
y feroient.

HEROSTRATE. La vanité fe joue de leurs
vies, ainfi que de tout le refte. Un pere
laiffe le plus d'enfans qu'il peut, afin de
perpétuer fon nom; un Conquérant, afin
de perpétuer le fien, extermine le plus
d'hommes qu'il lui eft poffible.

DÉMÉTRIUS. Je ne m'étonne pas que
vous employiez toutes fortes de raifons
pour foutenir le parti des deftructeurs;

mais enfin, si c'est un moyen d'établir
sa gloire, que d'abattre les monumens de
la gloire d'autrui, du moins il n'y a pas
de moyen moins noble que celui-là.

HEROSTRATE. Je ne sais s'il est moins
noble que les autres ; mais je sais qu'il est
nécessaire qu'il se trouve des gens qui le
prennent.

DÉMÉTRIUS. Nécessaire!

HEROSTRATE. Assurément. La terre ressemble à de grandes tablettes où chacun
veut écrire son nom. Quand ces tablettes
sont pleines, il faut bien effacer les noms
qui y sont déja écrits, pour y en mettre
de nouveaux. Que seroit-ce, si les monumens des anciens subsistoient? Les
modernes n'auroient pas où placer les
leurs. Pouviez-vous espérer que trois cens
soixante Statues fussent long-tems sur
pied? Ne voyez-vous pas bien que votre
gloire tenoit trop de place?

DÉMÉTRIUS. Ce fut une plaisante vengeance que celle que Démétrius Poliorcete exerça sur mes Statues. Puisqu'elles
étoient une fois élevées dans toute la Ville
d'Athènes, ne valoit-il pas autant les y
laisser?

HEROSTRATE. Oui; mais avant qu'elles
fussent élevées, ne valoit-il pas autant ne
les

les point élever? Ce font les paffions qui
font & qui défont tout. Si la raifon do-
minoit fur la terre, il ne s'y pafferoit rien.
On dit que les Pilotes craignent au dernier point ces mers pacifiques où l'on ne
peut naviguer, & qu'ils veulent du vent,
au hazard d'avoir des tempêtes. Les paffions font chez les hommes des vents qui
font néceffaires pour mettre tout en mouvement, quoiqu'ils caufent fouvent des
orages.

DIALOGUE II.

CALLIRHÉE, PAULINE.

PAULINE.

POUR moi, je tiens qu'une femme eft
en péril dès qu'elle eft aimée avec ardeur.
De quoi un Amant paffionné ne s'avife-
t'il pas pour arriver à fes fins? J'avois
long-tems réfifté à Mundus, qui étoit
un jeune Romain fort bien fait; mais enfin
il remporta la victoire par un ftratagême.
J'étois fort dévote au Dieu Anubis. Un
jour une Prêtreffe de ce Dieu me vint dire
de fa part qu'il étoit amoureux de moi,

E

& qu'il me demandoit un rendez-vous
dans son Temple. Maîtresse d'Anubis!
figurez-vous quel honneur. Je ne man-
quai pas au rendez-vous, j'y fus reçue
avec beaucoup de marques de tendresse;
mais à vous dire la vérité, cet Anubis,
c'étoit Mundus. Voyez si je pouvois m'en
défendre. On dit bien que des femmes se
sont rendues à des Dieux déguisés en hommes, & quelquefois en bêtes; à plus forte
raison devra-t'on se rendre à des hommes
déguisés en Dieux.

CALLIRHÉE. En vérité, les hommes sont
bien remplis d'artifice. J'en parle par expérience, & il m'est arrivé presque la même
aventure qu'à vous. J'étois une fille de la
Troade; & sur le point de me marier, j'allai, selon la coûtume du pays, accom-
pagnée d'un grand nombre de personnes,
& fort parée, offrir ma virginité au Fleuve
Scamandre. Après que je lui eus fait mon
compliment, voici Scamandre qui sort
d'entre ses roseaux, & qui me prend au
mot. Je me crus fort honorée, peut-être
n'y eut-il pas jusqu'à mon Fiancé qui ne
le crût aussi. Tout le monde se tint dans
un silence respectueux; mes Compagnes
envioient secrétement ma félicité, & Scamandre se retira dans ses roseaux quand

il voulut. Mais combien fus-je étonnée
un jour que je rencontrai ce Scamandre
qui se promenoit dans une petite Ville de
la Troade, & que j'appris que c'étoit
un Capitaine Athénien qui avoit sa flotte
sur cette côte-là!

PAULINE. Quoi, vous l'aviez donc pris
pour le vrai Scamandre?

CALLIRHÉE. Sans doute.

PAULINE. Et étoit-ce la mode en votre
pays que le Fleuve acceptât les offres que
les filles à marier venoient lui faire?

CALLIRHÉE. Non; & peut-être s'il eût
eu coutume de les accepter, on ne les
lui eût pas faites. Il se contentoit des
honnêtetés qu'on avoit pour lui, & n'en
abusoit pas.

PAULINE. Vous deviez donc bien avoir
le Scamandre pour suspect?

CALLIRHÉE. Pourquoi? une jeune fille
ne pouvoit-elle pas croire que toutes les
autres n'avoient pas eu assez de beauté
pour plaire au Dieu, ou qu'elles ne lui
avoient fait que de fausses offres auxquelles il n'avoit pas daigné répondre? Les
femmes se flattent si aisément. Mais vous
qui ne voulez pas que j'aie été la dupe
du Scamandre, vous l'avez bien été d'A-
nubis.

E ij

PAULINE. Non pas tout-à-fait. Je me doutois un peu qu'Anubis pouvoit être un simple mortel.

CALLIRHÉE. Et vous l'allâtes trouver ? Cela n'est pas excusable.

PAULINE. Que voulez-vous ? J'entendois dire à tous les Sages, que si l'on n'aidoit soi-même à se tromper, on ne goûteroit guere de plaisirs.

CALLIRHÉE. Bon, aider à se tromper ! Ils ne l'entendoient pas apparemment dans ce sens-là. Ils vouloient dire que les choses du monde les plus agréables font dans le fond si minces, qu'elles ne toucheroient pas beaucoup, si l'on y faisoit une réflexion un peu sérieuse. Les plaisirs ne font pas faits pour être examinés à la rigueur, & on est tous les jours réduit à leur passer bien des choses sur lesquelles il ne seroit pas à propos de se rendre difficile. C'est là ce que vos Sages....

PAULINE. C'est aussi ce que je veux dire. Si je me fusse rendue difficile avec Anubis, j'eusse bien trouvé que ce n'étoit pas un Dieu; mais je lui passai sa Divinité sans vouloir l'examiner trop curieusement. Et où est l'Amant dont on souffriroit la tendresse, s'il falloit qu'il essuyât un examen de notre raison ?

CALLIRHÉE. La mienne n'étoit pas si rigoureuse. Il se pouvoit trouver tel Amant qu'elle eût consenti que j'aimasse ; & enfin il est plus aisé de se croire aimée d'un homme sincere & fidele, que d'un Dieu.

PAULINE. De bonne foi, c'est presque la même chose. J'eusse été aussi-tôt persuadée de la fidélité & de la constance de Mundus, que de sa Divinité.

CALLIRHÉE. Ah ! il n'y a rien de plus outré que ce que vous dites. Si l'on croit que des Dieux aient aimé ; du moins on ne peut pas croire que cela soit arrivé souvent ; mais on a vu souvent des Amans fideles qui n'ont point partagé leur cœur, & qui ont sacrifié tout à leurs Maîtresses.

PAULINE. Si vous prenez pour de vraies marques de fidélité les soins, les empressemens, des sacrifices, une préférence entiere, j'avoue qu'il se trouvera assez d'Amans fideles ; mais ce n'est pas ainsi que je compte. J'ôte du nombre de ces Amans tous ceux dont la passion n'a pu être assez longue pour avoir le loisir de s'éteindre d'elle-même, ou assez heureuse pour en avoir sujet. Il ne me reste que ceux qui ont tenu bon contre le tems & contre les faveurs, & ils sont à-peu-près en même quantité que les Dieux qui ont aimé des Mortelles.

E iij

CALLIRHÉE. Encore faut-il qu'il se trouve de la fidélité, même selon cette idée. Car qu'on aille dire à une femme qu'on est un Dieu épris de son mérite, elle n'en croira rien; qu'on lui jure d'être fidele, elle le croira. Pourquoi cette différence? C'est qu'il y a des exemples de l'un, & qu'il n'y en a pas de l'autre.

PAULINE. Pour les exemples, je tiens la chose égale; mais ce qui fait qu'on ne donne pas dans l'erreur de prendre un homme pour un Dieu, c'est que cette erreur-là n'est pas soutenue par le cœur. On ne croit pas qu'un Amant soit une Divinité, parce qu'on ne le souhaite pas; mais on souhaite qu'il soit fidele, & on croit qu'il l'est.

CALLIRHÉE. Vous vous moquez. Quoi, toutes les femmes prendroient leurs Amans pour des Dieux, si elles souhaitoient qu'ils le fussent!

PAULINE. Je n'en doute presque pas. Si cette erreur étoit nécessaire pour l'amour, la Nature auroit disposé notre cœur à nous l'inspirer. Le cœur est la source de toutes les erreurs dont nous avons besoin; il ne nous refuse rien dans cette matiere-là.

DIALOGUE III.

CANDAULE, GIGÈS.

CANDAULE.

PLUS j'y penfe, & plus je trouve qu'il n'étoit point néceffaire que vous me fif-fiez mourir.

GIGÈS. Que pouvois-je faire? Le lendemain que vous m'eûtes fait voir les beautés cachées de la Reine, elle m'envoya quérir, me dit qu'elle s'étoit apperçue que vous m'aviez fait entrer le foir dans fa chambre, & me fit fur l'offenfe qu'avoit reçue fa pudeur, un très-beau difcours, dont la conclufion étoit qu'il falloit me réfoudre à mourir, ou à vous tuer, & à l'époufer en même tems; car, à ce qu'elle prétendoit, il étoit de fon honneur, ou que je poffédaffe ce que j'avois vu, ou que je ne puffe jamais me vanter de l'avoir vu. J'entendis bien ce que tout cela vouloit dire. L'outrage n'étoit pas fi grand, que la Reine n'eût bien pu le diffimuler, & fon honneur pouvoit vous laiffer vivre, fi elle eût voulu; mais franchement elle étoit dégoûtée de vous, & elle

E iv

fut ravie d'avoir un prétexte de gloire pour se défaire de son mari. Vous jugez bien que dans l'alternative qu'elle me proposoit, je n'avois qu'un parti à prendre.

CANDAULE. Je crains fort que vous n'eussiez pris plus de goût pour elle, qu'elle n'avoit de dégoût pour moi. Ah! que j'eus tort de ne pas prévoir l'effet que sa beauté feroit sur vous, & de vous prendre pour un trop honnête homme!

GIGÈS. Reprochez-vous plutôt d'avoir été si sensible au plaisir d'être le mari d'une femme bien faite, que vous ne pûtes vous en taire.

CANDAULE. Je me reprocherois la chose du monde la plus naturelle. On ne sauroit cacher sa joie dans un extrême bonheur.

GIGÈS. Cela seroit pardonnable, si c'étoit un bonheur d'amant; mais le vôtre étoit un bonheur de mari. On peut être indiscret pour une maîtresse; mais pour une femme! Et que croiroit-on du mariage, si l'on en jugeoit par ce que vous fîtes? On s'imagineroit qu'il n'y auroit rien de plus délicieux.

CANDAULE. Mais sérieusement, pensez-vous qu'on puisse être content d'un bonheur qu'on possède sans témoins? Les plus braves veulent être regardés pour être braves ; & les gens heureux veulent être aussi regardés pour être parfaitement heureux. Que sais-je même s'ils ne se résoudroient pas à l'être moins pour le paroître davantage ? Il est toujours sûr qu'on ne fait point de montre de sa félicité, sans faire aux autres une espece d'insulte dont on se sent satisfait.

GIGÈS. Il seroit fort aisé, selon vous, de se venger de cette insulte. Il ne faudroit que fermer les yeux, & refuser aux gens ces regards, où si vous voulez, ces sentimens de jalousie qui font partie de leur bonheur.

CANDAULE. J'en conviens. J'entendois l'autre jour conter à un Mort qui avoit été Roi de Perse, qu'on le menoit captif & chargé de chaînes dans la Ville capitale d'un grand Empire. L'Empereur victorieux, environné de toute sa Cour, étoit assis sur un Trône magnifique & fort élevé ; tout le peuple remplissoit une grande Place qu'on avoit ornée avec beaucoup de soin. Jamais spectacle ne fut plus pompeux. Quand ce Roi parut après une longue marche de Prisonniers & de dépouilles, il s'arrêta vis-à-vis de l'Empereur, & s'écria d'un air gai : *Sottise, sottise, & tou-*

E v

tes chofes fottifes. Il difoit que ces feuls mots avoient gâté à l'Empereur tout fon triomphe ; & je le conçois fi bien, que je crois que je n'euffe pas voulu triompher à ce prix-là du plus cruel & du plus redoutable de mes ennemis.

GIGÈS. Vous n'euffiez donc plus aimé la Reine, fi je ne l'euffe pas trouvée belle, & fi en la voyant je me fuffe écrié : *Sottife, fottife* ?

CANDAULE. J'avoue que ma vanité de mari en eût été bleffée. Jugez fur ce pied-là combien l'amour d'une femme aimable doit flatter fenfiblement, & combien la difcrétion doit être une vertu difficile.

GIGÈS. Ecoutez ; tout Mort que je fuis, je ne veux dire cela à un Mort qu'à l'oreille ; il n'y a pas tant de vanité à tirer de l'amour d'une Maîtreffe. La Nature a fi bien établi le commerce de l'amour, qu'elle n'a pas laiffé beaucoup de chofes à faire au mérite. Il n'y a point de cœur à qui elle n'ait deftiné quelqu'autre cœur ; elle n'a pas pris foin d'affortir toujours enfemble toutes les perfonnes dignes d'eftime ; cela eft fort mêlé, & l'expérience ne fait que trop voir que le choix d'un femme aimable ne prouve rien, ou prefque rien en faveur de celui fur qui il tombe.

Il me femble que ces raifons-là devroient
faire des Amans difcrets.

CANDAULE. Je vous déclare que les
femmes ne voudroient point d'une difcrétion de cette efpece , qui ne feroit fondée
que fur ce qu'on ne fe feroit pas un grand
honneur de leur amour.

GIGÈS. Ne fuffit-il pas de s'en faire un
plaifir extrême ? La tendreffe profitera de
ce que j'ôterai à la vanité.

CANDAULE. Non , elles n'accepteroient
pas ce parti.

GIGÈS. Mais fongez que l'honneur gâte
tout cet amour dès qu'il y entre. D'abord
c'eft l'honneur des femmes qui eft contraire aux intérêts des Amans ; & puis
du débris de cet honneur-là , les Amans
s'en compofent un autre , qui eft fort
contraire aux intérêts des femmes. Voilà
ce que c'eft que d'avoir mis l'honneur
d'une partie dont il ne devoit point être.

DIALOGUE IV.

HÉLENE, FULVIE.

HÉLENE.

IL faut que je fâche de vous, Fulvie, une chofe qu'Augufte m'a dite depuis peu. Et-il vrai que vous conçûtes pour lui quelque inclination; mais que comme il n'y répondit pas, vous excitâtes votre mari Marc-Antoine à lui faire la guerre.

FULVIE. Rien n'eft plus vrai, ma chere Hélene ; car parmi nous autres Mortes, cet aveu ne tire pas à conféquence. Marc-Antoine étoit fou de la Comédienne Cithéride, & j'euffe bien voulu me venger de lui en me faifant aimer d'Augufte; mais Augufte étoit difficile en Maîtreffes. Il ne me trouva ni affez jeune, ni affez belle; & quoique je lui fiffe entendre qu'il s'embarquoit dans la guerre civile faute d'avoir quelques foins pour moi, il me fût impoffible d'en tirer aucune complaifance. Je vous dirai même, fi vous voulez, des vers qu'il fit fur ce fujet, & qui ne font pas trop à mon honneur. Les voici.

Parce qu'Antoine eſt charmé de Glaphire,
    (C'eſt ainſi qu'il appelle Cithéride)
Fulvie à ſes beaux yeux me veut aſſujettir.
Antoine eſt infidele. Hé bien donc, eſt-ce à dire
Que des fautes d'Antoine on me fera patir ?
    Qui, moi, que je ſerve Fulvie ?
    Suffit-il qu'elle en ait envie ?
A ce compte on verroit ſe retirer vers moi
    Mille épouſes mal ſatisfaites.
Aime-moi, me dit-elle, ou combattons : mais quoi ?
Elle eſt bien laide ! Allons, ſonnez, trompettes.

HÉLENE. Nous avons donc cauſé, vous & moi, les deux plus grandes guerres qui aient peut-être jamais été ; vous celle d'Antoine & d'Auguſte, & moi celle de Troye.

FULVIE. Mais il y a cette différence, que vous avez cauſé la guerre de Troye par votre beauté, & moi celle d'Auguſte & d'Antoine par ma laideur.

HÉLENE. En récompenſe, vous avez un autre avantage ſur moi ; c'eſt que votre guerre eſt beaucoup plus plaiſante que la mienne. Mon mari ſe venge de l'affront qu'on lui a fait en m'aimant, ce qui eſt aſſez naturel ; & le vôtre vous venge de l'affront qu'on vous a fait en ne vous aimant pas, ce qui n'eſt pas trop ordinaire aux maris.

FULVIE. Oui; mais Antoine ne favoit
pas qu'il faifoit la guerre pour moi; &
Ménelas favoit bien que c'étoit pour vous
qu'il la faifoit. C'eft là un point qu'on
ne lui fauroit pardonner; car au lieu que
Ménelas, fuivi de toute la Gréce, affié-
gea Troye pendant dix ans, pour vous
retirer d'entre les bras de Pâris; n'eft-il
pas vrai que fi Pâris eût voulu abfolument vous rendre, Ménelas eût dû
foutenir dans Sparte un fiege de dix ans,
pour ne vous pas recevoir? De bonne
foi, je trouve qu'ils avoient tous perdu
l'efprit, tant Grecs que Troyens. Les uns
étoient fous de vous redemander, & les
autres l'étoient encore plus de vous rete-
nir. D'où vient que tant d'honnêtes gens
fe facrifioient aux plaifirs d'un jeune homme qui ne favoit ce qu'il faifoit? Je ne pouvois m'empêcher de rire, en lifant cet
endroit d'Homere, où après neuf ans de
guerre, & un combat dans lequel on vient
tout fraîchement de perdre beaucoup de
monde, il s'affemble un Confeil devant le
Palais de Priam. Là Antenor eft d'avis
que l'on vous rende, & il n'y avoit pas,
ce me femble, à balancer; on devoit
feulement fe repentir de s'être avifé un
peu tard de cet expédient. Cependant

Paris témoigne que la propofition lui dé-
plaît; & Priam, qui à ce que dit Homere,
eft égal aux Dieux en fageffe, embarraffé
de voir fon Confeil qui fe partage fur
une affaire fi difficile, & ne fachant quel
parti prendre, ordonne que tout le monde
aille fouper.

HÉLENE. Du moins la guerre de Troye
avoit cela de bon, qu'on en découvroit
aifément le ridicule; mais la guerre civile
d'Augufte & d'Antoine ne paroiffoit pas
ce qu'elle étoit. Lorfqu'on voyoit tant
d'Aigles romaines en campagne, on n'a-
voit garde de s'imaginer que ce qui
les animoit fi cruellement les unes contre les autres, c'étoit le refus qu'Augufte vous avoit fait de fes bonnes graces.

FULVIE. Ainfi vont les chofes parmi les
hommes. On y voit de grands mouvemens,
mais les refforts en font d'ordinaire affez
ridicules. Il eft important, pour l'honneur
des événemens les plus confidérables, que
les caufes en foient cachées.

DIALOGUE V.

PARMENISQUE, THÉOCRITE DE CHIO.

THÉOCRITE.

Tout de bon, ne pouviez-vous plus rire après que vous eûtes descendu dans l'Antre de Trophonius ?

PARMENISQUE. Non. J'étois d'un férieux extraordinaire.

THÉOCRITE. Si j'eusse su que l'Antre de Trophonius avoit cette vertu, j'eusse bien dû y faire un petit voyage. Je n'ai que trop ri pendant ma vie, & même elle eût été plus longue si j'eusse moins ri. Une mauvaise raillerie m'a amené dans le lieu où nous sommes. Le Roi Antigonius étoit borgne. Je l'avois cruellement offensé ; cependant il avoit promis de n'en avoir aucun ressentiment, pourvu que j'allasse me préfenter devant lui. On m'y conduisoit presque par force ; & mes amis me disoient pour m'encourager : *Allez, ne craignez rien, votre vie est en sûreté, dès que vous aurez paru aux yeux du Roi. Ah !* leur répondis-je, *si je ne puis obtenir ma*

grace fans paroître à fes yeux, je fuis perdu.
Antigonius qui étoit difpofé à me pardonner un crime, ne me put pardonner cette
plaifanterie, & il m'en coûta la tête pour
avoir raillé hors de propos.

PARMENISQUE. Je ne fais fi je n'euffe
point voulu avoir votre talent de railler,
même à ce prix-là.

THÉOCRITE. Et moi, combien vou-
drois-je préfentement avoir acheté votre
férieux!

PARMENISQUE. Ah! vous n'y fongez
pas. Je penfai mourir du férieux que vous
fouhaitez fi fort. Rien ne me divertiffoit
plus ; je faifois des efforts pour rire, & je
n'en pouvois venir à bout. Je ne jouif-
fois plus de tout ce qu'il y a de ridicule
dans le monde ; ce ridicule étoit devenu
trifte pour moi. Enfin défefpéré d'être fi
fage, j'allai à Delphes, & je priois inf-
tamment le Dieu de m'enfeigner un moyen
de rire. Il me renvoya en termes ambigus
au pouvoir maternel; je crus qu'il entendoit ma Patrie. J'y retourne, mais ma
Patrie ne put vaincre mon férieux. Je com-
mençois à prendre mon parti, comme dans
une maladie incurable, lorfque je fis par
hazard un voyage à Délos. Là, je con-
templai avec furprife la magnificence des

Temples d'Apollon & la beauté de fes Statues. Il étoit par-tout en marbre ou en or, & de la main des meilleurs Ouvriers de la Gréce; mais quand je vins à une Latone de bois, qui étoit très-mal faite, & qui avoit tout l'air d'une vieille, je m'éclatai de rire, par la comparaifon des Statues du fils à celle de la mere. Je ne puis vous exprimer affez combien je fus étonné, content, charmé d'avoir ri. J'en-tendis alors le vrai fens de l'Oracle. Je ne préfentai point d'offrandes à tous ces Apol-lons d'or ou de marbre. La Latone de bois eut tous mes dons & tous mes vœux. Je lui fis je ne fais combien de facrifices, je l'enfumai toute d'encens, & j'euffe élevé un Temple *à Latone qui fait rire*, fi j'euffe été en état d'en faire la dépenfe.

THÉOCRITE. Il me femble qu'Apollon pouvoit vous rendre la faculté de rire, fans que ce fût aux dépens de fa mere. Vous n'auriez vu que trop d'objets qui étoient propres à faire le même effet que Latone.

PARMENISQUE. Quand on eft de mau-vaife humeur, on trouve que les hommes ne valent pas la peine qu'on en rie; ils font faits pour être ridicules, & ils le font, cela n'eft pas étonnant; mais une Déeffe

qui fe met à l'être, l'eft bien davantage.
D'ailleurs Apollon vouloit apparemment
me faire voir que mon férieux étoit un
mal qui ne pouvoit être guéri par tous
les remedes humains, & que j'étois réduit dans un état où j'avois befoin du fecours même des Dieux.

THÉOCRITE. Cette joie & cette gaieté
que vous enviez, eft encore un bien plus
grand mal. Tout un Peuple en a autrefois été atteint, & en a extrêmement
fouffert.

PARMENISQUE. Quoi, il s'eft trouvé
tout un Peuple trop difpofé à la gaieté &
à la joie?

THÉOCRITE. Oui, c'étoient les Tirinthiens.

PARMENISQUE. Les heureufes gens!

THÉOCRITE. Point du tout. Comme ils
ne pouvoient plus prendre leur férieux fur
rien, tout alloit en défordre parmi eux.
S'ils s'affembloient fur la place, tous
leurs entretiens rouloient fur des folies,
au lieu de rouler fur les affaires publiques;
s'ils recevoient des Ambaffadeurs, ils les
tournoient en ridicules; s'ils tenoient le
Confeil de Ville, les avis des plus gra-
ves Sénateurs n'étoient que des bouffon-
neries; & en toutes fortes d'occafions,

une parole ou une action raifonnable eût
été un prodige chez les Tirinthiens. Ils fe
fentirent enfin incommodés de cet efprit
de plaifanterie, du moins autant que vous
l'aviez été de votre trifteffe, & ils allerent confulter l'Oracle de Delphes, auffi-
bien que vous, mais pour une fin bien dif-
férente, c'eft-à-dire pour lui demander
les moyens de recouvrer un peu de férieux. L'Oracle répondit que s'ils pouvoient facrifier un taureau à Neptune fans
rire, il feroit déformais en leur pouvoir
d'être plus fages. Un facrifice n'eft pas
une action fi plaifante d'elle-même ; cependant pour la faire férieufement, ils y apporterent bien des préparatifs. Ils réfolu-
rent de n'y recevoir point de jeunes gens,
mais feulement des vieillards, & non pas
encore toutes fortes de vieillards, mais
feulement ceux qui avoient ou des maladies, ou beaucoup de dettes, ou des femmes bien incommodes. Quand toutes ces
perfonnes choifies furent fur le bord de
la Mer pour immoler la victime, il fut befoin, malgré les femmes, les dettes, les
maladies, & l'âge, qu'ils compofaffent
leur air, baiffaffent les yeux à terre, &
fe mordiffent les levres ; mais par malheur
il fe trouva là un enfant qui s'y étoit

coulé. On voulut le chaffer felon l'ordre, & il cria : *Quoi, avez-vous peur que je n'a-vale votre taureau ?* Cette fottife déconcerta toutes ces gravités contrefaites. On éclata de rire, le facrifice fut troublé, & la raifon ne revint point aux Tirinthiens. Ils eurent grand tort, après que le taureau leur eut manqué, de ne pas fonger à cet Antre de Trophonius ; qui avoit la vertu de rendre les gens fi férieux, & qui fit un effet fi remarquable fur vous.

PARMENISQUE. A la vérité je defcendis dans l'Antre de Trophonius ; mais l'Antre de Trophonius, qui m'attrifta fi fort, n'eft pas ce qu'on penfe.

THÉOCRITE. Et qu'eft-ce donc ?

PARMENISQUE. Ce font les réflexions. J'en avois fait, & je ne riois plus. Si l'Oracle eût ordonné aux Tirinthiens d'en faire, ils étoient guéris de leur enjouement.

THÉOCRITE. J'avoue que je ne fais pas trop ce que c'eft que les réflexions ; mais je ne puis concevoir pourquoi elles feroient fi chagrines. Ne fauroit-on avoir des vues faines qui ne foient en même tems triftes? N'y a-t-il que l'erreur qui foit gaie ; & la raifon n'eft-elle faite que pour nous tuer ?

PARMENISQUE. Apparemment l'intention de la Nature n'a pas été qu'on pensât avec beaucoup de raffinement ; car elle vend ces sortes de penfées-là bien cher. Vous voulez faire des réflexions, nous dit-elle ; prenez-y garde, je m'en vengerai par la triftesse qu'elles vous cauferont.

THÉOCRITE. Mais vous ne me dites point pourquoi la Nature ne veut pas qu'on pousse les réflexions jufqu'où elles peuvent aller.

PARMENISQUE. Elle a mis les hommes au monde pour y vivre ; & vivre, c'eft ne favoir ce que l'on fait la plupart du tems. Quand nous découvrons le peu d'importance de ce qui nous occupe & de ce qui nous touche, nous arrachons à la Nature fon fecret ; on devient trop fage, & on n'eft pas affez homme ; on penfe, & on ne veut plus agir ; voilà ce que la Nature ne trouve pas bon.

THÉOCRITE. Mais la raifon qui vous fait penfer mieux que les autres, ne laiffe pas de vous condamner à agir comme eux.

PARMENISQUE. Vous dites vrai. Il y a une raifon qui nous met au-deffus de tout par les penfées ; il doit y en avoir enfuite une autre qui nous ramene à tout par les actions ; mais à ce compte-là même, ne vaut-il pas prefque autant n'a-voir point penfé ?

DIALOGUE VI.

BRUTUS, FAUSTINE.

BRUTUS.

QUOI, se peut-il que vous ayez pris plaisir à faire mille infidélités à l'Empereur Marc-Aurele, à un mari qui avoit toutes les complaisances imaginables pour vous, & qui étoit sans contredit le meilleur homme de tout l'Empire Romain?

FAUSTINE. Et se peut-il que vous ayez assassiné Jules-César qui étoit un Empereur si doux & si modéré?

BRUTUS. Je voulois épouvanter tous les Usurpateurs par l'exemple de César, que sa douceur & sa modération n'avoient pu mettre en sûreté.

FAUSTINE. Et si je vous disois que je voulois effrayer tellement tous les maris, que personne n'osât songer à l'être après l'exemple de Marc-Aurele, dont la bonté avoit été si mal payée?

BRUTUS. C'étoit là un beau dessein! Il faut qu'il soit des maris; car qui gouverneroit les femmes? Mais Rome n'avoit pas besoin d'être gouvernée par César.

FAUSTINE. Qui vous l'a dit? Rome commençoit à avoir des fantaisies auffi déréglées & des humeurs auffi étranges que celles qu'on attribue à la plûpart des femmes; elle ne pouvoit plus fe paffer de maître, mais elle ne fe plaifoit pourtant pas à en avoir un. Les femmes font juftement du même caractere. On doit convenir auffi que les hommes font trop jaloux de leur domination. Ils l'exercent dans le mariage, c'eft déja un grand article; mais ils voudroient même l'exercer en amour, quand ils demandent qu'une Maîtreffe leur foit fidelle; fidelle, veut dire foumife. L'empire devroit être également partagé entre l'Amant & la Maîtreffe; cependant il paffe toujours de l'un ou de l'autre côté & prefque toujours du côté de l'Amant.

BRUTUS. Vous voilà étrangement révoltée contre tous les hommes.

FAUSTINE. Je fuis Romaine, & j'ai des fentimens Romains fur la liberté.

BRUTUS. Je vous affure qu'à ce comptelà tout l'Univers eft plein de Romaines; mais avouez que les Romains tels que moi font un peu plus rares.

FAUSTINE, Tant mieux qu'ils foient fi rares. Je ne crois pas qu'un honnête homme

me voulût faire ce que vous avez fait, &
affaffiner fon bienfaiteur.

BRUTUS. Je ne crois pas non plus qu'il
y eût d'honnêtes femmes qui vouluffent
imiter votre conduite. Pour la mienne,
vous ne fauriez difconvenir qu'elle n'ait
été affez ferme. Il a fallu bien du courage
pour n'être pas touché par l'amitié que
Céfar avoit pour moi.

FAUSTINE. Croyez-vous qu'il ait fallu
moins de courage pour tenir bon contre
la douceur & la patience de Marc-Aurele?
Il regardoit avec indifférence toutes les
infidélités que je lui faifois; il ne me vouloit pas faire l'honneur d'être jaloux; il
m'ôtoit le plaifir de le tromper. J'en étois
en fi grande colere, qu'il me prenoit quelquefois envie d'être femme de bien; cependant je me fauvai toujours de cette
foibleffe. Et après ma mort même, Marc-
Aurele ne m'a-t-il pas fait le déplaifir de
me bâtir des Temples, de me donner des
Prêtres, d'inftituer en mon honneur des Fêtes Fauftiniennes? Cela n'eft-il pas capable
de faire enrager? M'avoir fait un Apothéofe
magnifique? M'avoir érigée en Déeffe?

BRUTUS. J'avoue que je ne connois
plus les femmes. Voilà les plaintes du
monde les plus bizarres.

F

FAUSTINE. N'eussiez-vous pas mieux aimé être obligé de conjurer contre Silla que contre César ? Silla eût excité votre indignation & votre haine par son extrême cruauté. J'eusse bien mieux aimé aussi avoir à tromper un homme jaloux ; ce même César, par exemple, de qui nous parlons. Il avoit une vanité insupportable ; il vouloit avoir l'Empire de la Terre tout entier, & sa femme toute entiere ; & parce qu'il vit que Claudius partageoit l'une avec lui, & Pompée l'autre, il ne put souffrir ni Pompée, ni Clodius. Que j'eusse été heureuse avec César.

BRUTUS. Il n'y a qu'un moment que vous vouliez exterminer tous les maris, & à cette heure vous aimez mieux les plus méchans.

FAUSTINE. Je voudrois qu'il n'y en eût point, afin que les femmes fussent toujours libres; mais s'il faut qu'il y en ait, les plus méchans sont ceux qui me plaisent davantage, par le plaisir que l'on a de reprendre sa liberté.

BRUTUS. Je crois que pour les femmes votre humeur, le meilleur est qu'il y ait des maris. Le sentiment de la liberté est plus vif, il y entre plus de malignité,

DIALOGUES

DES

MORTS ANCIENS

AVEC

LES MODERNES.

DIALOGUE I.

SENEQUE, SCARRON.

SENEQUE.

Vous me comblez de joie en m'apprenant que les Stoïciens subsistent encore, & que dans ces derniers tems vous avez fait profession de cette Secte.

SCARRON. J'ai été, sans vanité, plus Stoïcien que vous, plus que Chrisipe, & plus que Zénon votre fondateur. Vous étiez tous en état de philosopher à votre aise ; vous, en votre particulier, vous aviez des richesses immenses. Pour les autres, ou ils ne manquoient pas de bien,

F ij

ou ils jouiſſoient d'une aſſez bonne ſanté, ou enfin ils avoient tous leurs mem-
bres; ils alloient, ils venoient à la maniere ordinaire des hommes. Mais moi,
j'étois dans une très-mauvaiſe fortune, tout contrefait, preſque ſans figure
humaine, immobile, attaché à un lieu comme un tronc d'arbre, ſouffrant continuelle-
ment; & j'ai fait voir que tous ces maux
s'arrêtoient au corps, & ne pouvoient paſſer
juſqu'à l'ame du Sage; le chagrin a toujours eu la honte de ne pouvoir entrer chez
moi par tous les chemins qu'il s'étoit faits.

SENEQUE. Je ſuis ravi de vous entendre
parler ainſi. A votre langage ſeul, je vous reconnoîtrois pour un grand Stoïcien. Et n'é-
tiez-vous pas l'admiration de votre Siecle?

SCARRON. Oui, je l'étois. Je ne me con-
tentois pas de ſouffrir mes maux avec patience, je leur inſultois par les railleries.
La fermeté eût fait honneur à un autre,
mais j'allois juſqu'à la gaieté.

SENEQUE. O ſageſſe Stoïcienne, tu n'es
donc pas une chimere, comme on ſe le
perſuade! Tu te trouves parmi les hommes; & voici un Sage que tu n'avois
pas rendu moins heureux que Jupiter
même. Venez, que je vous préſente à
Zénon & à nos autres Stoïciens; je veux

qu'ils voient le fruit des admirables leçons qu'ils ont données au monde.

SCARRON. Vous m'obligerez beaucoup, de me faire connoître à des Morts si illustres.

SENEQUE. Comment vous nommerai-je à eux ?

SCARRON. Scarron.

SENEQUE. Scarron ? Je connois ce nom-là. N'ai-je point oui parler de vous à plusieurs modernes qui font ici ?

SCARRON. Cela se peut.

SENEQUE. N'avez-vous pas fait quantité de vers plaifans, comiques ?

SCARRON. Oui ; j'ai même été l'inventeur d'un genre de Poéfie qu'on appelle le *Burlefque*. C'est tout ce qu'il y a de plus outré en fait de plaifanteries.

SENEQUE. Mais vous n'étiez donc pas un Philofophe ?

SCARRON. Pourquoi non.

SENEQUE. Ce n'est pas l'occupation d'un Stoïcien, que de faire des Ouvrages de plaifanterie, & de fonger à faire rire.

SCARRON. Oh ! je vois bien que vous n'avez pas compris les perfections de la plaifanterie. Toute fageffe y eft renfermée. On peut tirer du ridicule de tout ; j'en

tirerois de vos Ouvrages même, fi je voulois, & fort aifément; mais tout ne produit pas du férieux, & je vous défie de
tourner jamais mes Ouvrages de maniere
qu'ils en produifent. Cela ne veut-il pas
dire que le ridicule domine par-tout, &
que les chofes du monde ne font pas faites pour être traitées férieufement? J'ai
mis en vers burlefques la divine Eneïde
de votre Virgile ; & l'on ne fauroit mieux
faire voir que le magnifique & le ridicule
font fi voifins qu'ils fe touchent. Tout
reffemble à ces Ouvrages de perfpective,
où des figures difperfées çà & là vous
forment, par exemple, un Empereur, fi
vous le regardez d'un certain point; chan-
gez ce point de vue, ces mêmes figures
vous repréfentent un Gueux.

SENEQUE. Je vous plains de ce qu'on
n'a pas compris que vos vers badins fuffent faits pour mener les gens à des réflexions fi profondes. On vous eût ref-
pecté plus qu'on n'a fait, fi l'on eût fu
combien vous étiez grand Philofophe ;
mais il n'étoit pas facile de le deviner par
les Pieces qu'on dit que vous avez données au Public.

SCARRON. Si j'avois fait de gros volumes pour prouver que la pauvreté, les

maladies, ne doivent donner aucune atteinte à la gaieté du Sage, n'euſſent-ils pas
été dignes d'un Stoïcien?

SENEQUE. Cela eſt ſans difficulté.

SCARRON. Et j'ai fait je ne ſais combien
d'Ouvrages qui prouvent que malgré la
pauvreté, malgré les maladies, j'avois
cette gaieté; cela ne vaut-il pas mieux?
Vos Traités de Morale ne ſont que des
ſpéculations ſur la ſageſſe; mais mes vers
en étoient une pratique continuelle.

SENEQUE. Je ſuis certain que votre prétendue ſageſſe n'étoit pas un effet de votre
raiſon, mais de votre tempérament.

SCARRON. Et c'eſt là la meilleure eſpece de ſageſſe qui ſoit au monde.

SENEQUE. Bon! Cè ſont de plaiſans
Sages, que ceux qui le ſont par tempérament. S'ils ne ſont pas fous, doit-on leur
en tenir compte? Le bonheur d'être vertueux peut quelquefois venir de la Nature;
mais le mérite de l'être ne peut jamais venir que de la raiſon.

SCARRON. On ne fait ordinairement
guere de cas de ce que vous appellez un
mérite; car ſi un homme a quelque vertu, & qu'on puiſſe démêler qu'elle ne lui
ſoit pas naturelle, on ne la compte preſque pour rien. Il ſembleroit pourtant que

parce qu'elle est acquise à force de soins, elle en devroit être plus estimée ; n'importe, c'est un pur effet de la raison, on ne s'y fie pas.

SENEQUE. On doit encore moins se fier à l'inégalité du tempérament de vos Sages. Ils ne sont Sages que selon qu'il plaît à leur sang. Il faudroit savoir comment les parties intérieures de leur corps sont disposées, pour savoir jusqu'où ira leur vertu. Ne vaut-il pas mieux incomparablement ne se laisser conduire qu'à la raison, & se rendre si indépendant de la Nature, qu'on soit en état de n'en craindre plus de surprise ?

SCARRON. Ce seroit le meilleur, si cela étoit possible ; mais par malheur la Nature garde toujours ses droits ; elle a ses premiers mouvemens qu'on ne lui peut jamais ôter ; ils ont souvent bien fait du chemin avant que la raison en soit avertie ; & quand elle s'est mise enfin en devoir d'agir, elle trouve déja bien du désordre : encore est-ce une grande question que de savoir si elle pourra le réparer. En vérité, je ne m'étonne pas si l'on voit tant de gens qui ne se fient pas tout-à-fait à la raison.

SENEQUE. Il n'appartient pourtant qu'à

elle de gouverner les hommes, & de régler tout dans l'Univers.

SCARRON. Cependant elle n'eſt guere en état de faire valoir ſon autorité. J'ai oui dire que quelque cent ans après votre mort, un Philoſophe Platonicien demanda à l'Empereur qui regnoit alors, une petite Ville de Calabre toute ruinée, pour la rebâtir, la policer ſelon les Loix de la République de Platon, & l'appeller Platonopolis; mais l'Empereur la refuſa au Philoſophe, & ne ſe fia pas aſſez à la raiſon du divin Platon, pour lui donner le Gouvernement d'une Bicoque. Jugez par-là combien la raiſon a perdu de ſon crédit. Si elle étoit eſtimable le moins du monde, il n'y auroit que les hommes qui la puſſent eſtimer; & les hommes ne l'eſtiment pas.

***

DIALOGUE II.

ARTEMISE, RAIMOND LULLE.

ARTEMISE.

CELA m'eſt tout-à-fait nouveau. Vous dites qu'il y a un ſecret pour changer les

F v

métaux en or, & que ce fecret s'appelle
la Pierre Philofophale, ou le grand Œuvre.

R. LULLE. Oui, & je l'ai cherché long-
tems.

ARTEMISE. L'avez-vous trouvé?

R. LULLE. Non; mais tout le monde
l'a cru, & on le croit encore. La vérité eft que ce fecret-là n'eft qu'une chimere.

ARTEMISE. Pourquoi donc le cherchiez-
vous?

R. LULLE. Je n'en ai été défabufé
qu'ici-bas.

ARTEMISE. C'eft, ce me femble, avoir
attendu un peu tard.

R. LULLE. Je vois bien que vous avez
envie de me railler. Nous nous reffemblons
pourtant plus que vous ne croyez.

ARTEMISE. Moi, je vous reffemble-
rois? Moi qui fus un modele de fidélité
conjugale, qui bus le fang de mon mari,
qui lui éleva un fuperbe monument admiré
de tout l'Univers, comment pourrois-je
reffembler à un homme qui a paffé fa vie
à chercher le fecret de changer les métaux en or?

R. LULLE. Oui, oui, je fais bien ce que
je dis. Après toutes les belles chofes dont
vous venez de vous vanter, vous devintes

folle d'un jeune homme qui ne vous aimoit pas. Vous lui facrifiâtes ce bâtiment
magnifique dont vous eufliez pu tirer
tant de gloire, & les cendres de Mau-
fole que vous aviez avalées, ne furent
pas un affez bon remede contre une nouvelle paffion.

ARTEMISE. Je ne vous croyois pas fi
bien inftruit de mes affaires. Cet endroit
de ma vie étoit affez inconnu, & je ne
m'imaginois pas qu'il y eût bien des gens
qui le fuffent.

R. LULLE. Vous avouerez donc que
nos deftinées ont du rapport, en ce qu'on
nous a fait à tous deux un honneur que
nous ne méritions pas; à vous de croire
que vous aviez toujours été fidelle aux
mânes de vôtre mari, & à moi de croire
que j'étois venu à bout du grand Œuvre.

ARTEMISE. Je l'avouerai très-volon_
tiers. Le Public eft fait pour être la dupe
de beaucoup de chofes; il faut profiter
des difpofitions où il eft.

R. LULLE. Mais n'y auroit-il plus rien
qui nous fût commun à tous deux?

ARTEMISE. Jufqu'à préfent je me trouve
fort bien de vous reffembler. Dites.

R. LULLE. N'avons-nous point tous
deux cherché une chofe qui ne fe peut

trouver ; vous le secret d'être fidelle à votre mari, & moi celui de changer les métaux en or ? Je crois qu'il en est de la fidélité conjugale comme du grand Œuvre.

ARTEMISE. Il y a des gens qui ont si mauvaise opinion des femmes, qu'ils diront peut-être que le grand Œuvre n'est pas assez impossible pour entrer dans cette comparaison.

R. LULLE. Oh! je vous le garantis aussi impossible qu'il faut.

ARTEMISE. Mais d'où vient qu'on le cherche, & que vous-même qui paroissez avoir été homme de bon sens, vous avez donné dans cette rêverie ?

R. LULLE. Il est vrai qu'on ne peut trouver la Pierre Philosophale, mais il est bon qu'on la cherche. En la cherchant on trouve de fort beaux secrets qu'on ne cherchoit pas.

ARTEMISE. Ne vaudroit-il pas mieux chercher ces secrets qu'on peut trouver, que de songer à ceux qu'on ne trouvera jamais ?

R. LULLE. Toutes les sciences ont leur chimére, après laquelle elles courent sans la pouvoir attraper ; mais elles attrapent en chemin d'autres connoissances fort utiles. Si la Chymie a sa Pierre Philosophale,

la Géométrie fa Quadrature du Cercle,
l'Aftronomie fes Longitudes, les Mécha-
niques leur mouvement perpétuel; il eft
impoffible de trouver tout cela, mais fort
utile de le chercher. Je vous parle une
Langue que vous n'entendez peut-être
pas bien, mais vous entendrez bien du
moins que la Morale a auffi fa chimere;
c'eft le défintéreffement, la parfaite amitié.
On n'y parviendra jamais, mais il eft bon
que l'on prétende y parvenir. Du moins
en le prétendant, on parvient à beaucoup
d'autres vertus, ou à des actions dignes
de louange & d'eftime.

ARTEMISE. Encore une fois, je ferois
d'avis qu'on laiffât là toutes les chimeres,
& qu'on ne s'attachât qu'à la recherche
de ce qui eft réel.

R. LULLE. Pourrez-vous le croire? Il
faut qu'en toutes chofes les hommes fe
propofent un point de perfection au-delà
même de leur portée. Ils ne fe mettroient
jamais en chemin, s'ils croyoient n'arriver qu'où ils arriveront effectivement; il
faut qu'ils aient devant les yeux un terme
imaginaire qui les anime. Qui m'eût dit
que la Chymie n'eût pas dû m'apprendre
à faire de l'or, je l'euffe négligée. Qui
vous eût dit que l'extrême fidélité dont

vous vous piquiez à l'égard de votre mari, n'étoit point naturelle, vous n'euſſiez pas pris la peine d'honorer la mémoire de Mauſole par un tombeau magnifique. On perdroit courage, ſi on n'étoit pas ſoutenu par des idées fauſſes.

ARTEMISE. Il n'eſt donc pas inutile que les hommes ſoient trompés?

R. LULLE. Comment inutile? Si par malheur la vérité ſe montroit telle qu'elle eſt, tout ſeroit perdu; mais il paroît bien qu'elle ſait de quelle importance il eſt qu'elle ſe tienne toujours aſſez bien cachée.

DIALOGUE III.
APICIUS, GALILÉE.

APICIUS.

AH! que je ſuis fâché de n'être pas né dans votre Siecle!

GALILÉE. Il me ſemble que de l'humeur dont vous étiez, vous deviez vous accommoder aſſez bien du Siecle où vous vécûtes. Vous ne vouliez que manger délicieuſement, & vous vous trouvâtes au monde & dans Rome, juſtement lorſque

Rome étoit maîtresse paisible de l'Univers, qu'on y voyoit arriver de tous côtés les oiseaux & les poissons les plus rares, & qu'enfin toute la terre sembloit n'avoir été subjuguée par les Romains que pour contribuer à leur bonne chere.

APICIUS. Mais mon siecle étoit ignorant, & s'il y eût eu un homme comme vous, j'eusse été le chercher au bout du monde. Les voyages ne me coûtoient rien. Savez-vous celui que je fis pour une certaine sorte de poisson dont je mangeois à Minturne dans la Campanie? On me dit que ce poisson-là étoit bien plus gros en Afrique; aussi-tôt j'équipe un vaisseau, & fais voile en Afrique. La navigation fut difficile & dangereuse. Quand nous approchâmes des côtes d'Afrique, je ne sais combien de Barques de Pêcheurs vinrent au-devant de moi, car ils étoient déja avertis de mon voyage, & m'apporterent de ces poissons qui en étoient le sujet. Je ne les trouvai pas plus gros que ceux de Minturne; & dans le même moment, sans être touché de la curiosité de voir un Pays que je n'avois jamais vu, sans avoir égard aux prieres de l'Equipage qui vouloit se rafraîchir à terre, j'o donnai aux Pilotes que l'on retournât en Italie.

Vous pouvez croire que j'eusse essuyé bien plus volontiers cette fatigue-là pour vous.

GALILÉE. Je ne puis deviner quel eût été votre dessein. J'étois un pauvre Savant accoutumé à une vie frugale, toujours attaché aux Etoiles, & fort peu habile en ragoûts.

APICIUS. Mais vous avez inventé les Lunettes de longue vûe; après vous on a fait pour les oreilles ce que vous aviez fait pour les yeux, & j'entends dire qu'on a inventé des Trompettes qui redoublent & grossissent la voix. Enfin vous avez perfectionné & vous avez appris aux autres à perfectionner les sens. Je vous eusse prié de travailler pour le sens du goût, & d'imaginer quelque instrument qui augmentât le plaisir de manger.

GALILÉE. Fort bien, comme si le goût n'avoit pas naturellement toute sa perfection.

APICIUS. Pourquoi l'a-t'il plutôt que la vue?

GALILÉE. La vue est aussi très-parfaite. Les hommes ont de fort bons yeux.

APICIUS. Et qui sont donc les mauvais yeux auxquels vos Lunettes peuvent servir?

Galilée. Ce font les yeux des Philofophes. Ces gens-là, à qui il importe de favoir fi le Soleil a des taches, fi les Planetes tournent fur leur centre, fi la Voie de Lait eft compofée de petites Etoiles, n'ont pas les yeux affez bons pour découvrir ces objets aufli clairement & aufli diftinctement qu'il faudroit; mais les autres hommes, à qui tout cela eft indifférent, ont la vue admirable. Si vous ne voulez que jouir des chofes, rien ne vous manque pour en jouir, mais tout vous manque pour les connoître. Les hommes n'ont befoin de rien, & les Philofophes ont befoin de tout. L'art n'a point de nouveaux inftrumens à donner aux uns, & jamais il n'en donnera affez aux autres.

Apicius. Je confens que l'art ne donne pas au commun des hommes de nouveaux inftrumens pour mieux manger, mais je voudrois qu'il en donnât aux Philofophes, comme il leur donne des Lunettes pour mieux voir, & alors je les tiendrois bien payés des foins que la Philofophie leur coûte; car enfin à quoi fert-elle, fi elle ne fait des découvertes? & qu'a-t'on affaires des découvertes, fi ce n'eft fur les plaifirs?

Galilée. Il y a long-tems que l'on a fait cette plainte.

APICIUS. Mais puifque la raifon fait quelquefois des acquifitions nouvelles, pourquoi les fens n'en feroient-ils pas auffi? Il feroit bien plus important qu'ils en fiffent.

GALILÉE. Ils en vaudroient beaucoup moins. Ils font fi parfaits, qu'ils ont trouvé d'abord tous les plaifirs qui les pouvoient flatter. Si la raifon trouve de nouvelles connoiffances, il faut l'en plaindre; c'eft qu'elle étoit naturellement très-imparfaite.

APICIUS. Et les Rois de Perfe qui propofoient de grandes récompenfes à ceux qui inventeroient de nouveaux plaifirs, étoient-ils fous?

GALILÉE. Oui. Je fuis affuré qu'ils ne fe font pas ruinés à ces fortes de récompenfes. Inventer de nouveaux plaifirs, il eût fallu auparavant faire naître dans les hommes de nouveaux befoins.

APICIUS. Quoi, chaque plaifir feroit fondé fur un befoin? J'aimerois autant abandonner l'un pour l'autre. La Nature ne nous auroit donc rien donné gratuitement?

GALILÉE. Ce n'eft pas ma faute. Mais vous qui condamnez mon avis, vous avez plus d'intérêt qu'un autre qu'il foit vrai.

S'il se trouvoit des plaisirs nouveaux, vous consoleriez-vous jamais de n'avoir pas été réservé pour vivre dans les derniers tems où vous eussiez profité des découvertes de tous les Siecles ? Pour les connoissances nouvelles, je sais que vous ne les envierez pas à ceux qui les auront.

APICIUS. J'entre dans votre sentiment, il favorise mes inclinations plus que je ne croyois. Je vois que ce n'est pas un grand avantage que les connoissances, puisqu'elles sont abandonnées à ceux qui veulent s'en saisir, & que la Nature n'a pas pris la peine d'égaler sur cela les hommes de tous les siecles ; mais les plaisirs sont de plus grand prix. Il y auroit eu trop d'injustice à souffrir qu'un siecle en pût avoir plus qu'un autre, & par cette raison le partage en a été égal.

DIALOGUE IV.

PLATON, MARGUERITE D'ÉCOSSE.

M. D'ÉCOSSE.

VENEZ à mon fecours, divin Platon venez prendre mon parti, je vous en conjure.

PLATON. De quoi s'agit-il?

M. D'ÉCOSSE. Il s'agit d'un baifer que je donnai avec affez d'ardeur à un favant homme * fort laid. J'ai beau dire encor à préfent pour ma juftification ce que je dis alors, que j'avois voulu baifer cette bouche d'où étoient forties tant de belles paroles ; il y a là je ne fais combien d'Ombres qui fe moquent de moi, & qui me foutiennent que de telles faveurs ne font que pour les bouches qui font belles, & non pour celles qui parlent bien, & que la fcience ne doit point être payée en même monnoie que la beauté. Venez apprendre à ces Ombres, que ce qui eft véritablement digne de caufer des paffions

* Alain Chartier.

happe à la vue, & qu'on peut être char-
é du beau, même au travers de l'en-
eloppe d'un corps très-laid dont il fera
vêtu.

PLATON. Pourquoi voulez-vous que
aille débiter ces choses-là ? Elles ne font
as vraies.

M. D'ÉCOSSE. Vous les aviez déja dé-
itées mille & mille fois.

PLATON. Oui, mais c'étoit pendant ma
ie. J'étois Philosophe, & je voulois par-
r d'amour ; il n'eût pas été de la bien-
ance de mon caractere que j'en eusse
arlé comme les Auteurs des Fables *
Miléfiennes, je couvrois ces matieres-là
'un galimatias philosophique, comme
'un nuage, qui empêchoit que les yeux
e tout le monde ne les reconnussent pour
e qu'elles étoient.

M. D'ÉCOSSE. Je ne crois pas que vous
ongiez à ce que vous me dites. Il faut
ien que vous ayez parlé d'un autre amour
ue de l'amour ordinaire, quand vous
vez décrit fi pompeusement ces voyages
ue les Ames allées font dans des chariots
fur la derniere voûte des Cieux, où elles
contemplent le beau dans son essence ;
leurs chûtes malheureuses d'un lieu si élevé

* Romans de ce tems-là.

jufques fur la terre , par la faute d'un de leurs chevaux qui eſt très-mal aiſé à mener ; le froiſſement de leurs ailes ; leur ſéjour dans les corps , ce qui leur arrive à la rencontre d'un beau viſage qu'elles réconnoiſſent pour une copie de ce beau qu'elles ont vu dans le Ciel ; leurs ailes qui ſe réchauffent , qui recommencent à pouſſer , & dont elles tâchent de ſe ſervir pour s'envoler vers ce qu'elles aiment ; enfin cette crainte , cette horreur, cette épouvante dont elles ſont frappées à la vue de la beauté qu'elles ſavent qui eſt divine , cette ſainte fureur qui les tranſporte , & cette envie qu'elles ſentent de faire des ſacrifices à l'objet de leur amour, comme on en fait aux Dieux.

PLATON. Je vous aſſure que tout cela bien entendu & fidellement traduit , veut ſeulement dire que les belles perſonnes ſont propres à inſpirer bien des tranſports.

M. D'ÉCOSSE. Mais , ſelon vous , on ne s'arrête point à la beauté corporelle , qui ne fait que rappeller le ſouvenir d'une beauté infiniment plus charmante. Seroit-il poſſible que tous ces mouvemens ſi vifs que vous aviez dépeints , ne fuſſent cauſés que par de grands yeux , une petite bouche , & un teint frais ? Ah ! donnez-

leur pour objet la beauté de l'ame , fi vous
voulez les juftifier , & vous juftifier vous-
même de les avoir dépeints.

PLATON. Voulez-vous que je vous dife
la vérité ? La beauté de l'efprit donne de
l'admiration , celle de l'ame donne de l'eftime, & celle du corps de l'amour. L'eftime & l'admiration font affez tranquilles ;
il n'y a que l'amour qui foit impétueux.

M. D'ÉCOSSE. Vous êtes devenu liber-
tin depuis votre mort ; car non feulement
pendant votre vie vous parliez un autre
langage fur l'amour, mais vous mettiez
en pratique les idées fublimes que vous
en aviez conçues. N'avez-vous pas été
amoureux d'Arquéanaffe de Colophon,
lorfqu'elle étoit vieille ? Ne fîtes-vous pas
ces Vers pour elle ?

L'aimable Arquéanaffe a mérité ma foi.
    Elle a des rides ; mais je voi
Une Troupe d'Amours fe jouer dans fes rides;
Vous qui pûtes la voir avant que fes appas
Euffent du cours des ans reçu ces petits vuides ;
    Ah! que ne fouffrites-vous pas ?

Affurément cette Troupe d'Amours qui
fe joüoient dans les rides d'Arquéanaffe,
c'étoient les agrémens de fon efprit que
l'âge avoit perfectionné. Vous plaigniez

ceux qui l'avoient vue jeune, parce que
fa beauté avoit fait des impreſſions trop
fenſibles ſur eux, & vous aimiez en elle
le mérite qui ne pouvoit être détruit par
les années.

PLATON. Je vous ſuis trop obligé de
ce que vous voulez bien interpréter ſi
favorablement une petite Satyre que je
fis contre Arquéanaſſe, qui croyoit me
donner de l'amour à l'âge qu'elle avoit.
Mes paſſions n'étoient point ſi métaphy-
ſiques que vous penſez, & je puis vous
le prouver par d'autres Vers que j'ai faits.
Si j'étois encore vivant, je ferois la même cérémonie que je fais faire à mon Socrate, lorſqu'il va parler d'amour ; je me
couvrirois le viſage, & vous ne m'enten-
driez qu'au travers d'un voile : mais ici
ces façons-là ne ſont pas néceſſaires. Voici
mes Vers.

Lorſqu'Agathis par un baiſer de flâme
Conſent à me payer des maux que j'ai ſentis,
Sûr mes levres ſoudain je ſens venir mon ame
Qui veut paſſer ſur celles d'Agathis.

M. D'ÉCOSSE. Eſt-ce Platon que j'entends ?

PLATON. Lui-même.

M. D'ÉCOSSE. Quoi, Platon avec ſes
épaules

épaules quarrées, fa figure férieufe, &
toute la Philofophie qu'il avoit dans la
tête, Platon a connu cette efpece de baifer?

PLATON. Oui.

M. D'ÉCOSSE. Mais fongez-vous bien
que le baifer que je donnai à mon Savant,
fut tout-à-fait philofophique, & que celui que vous donnâtes à votre Maîtreffe,
ne le fut point du tout; que je fis votre
perfonnage, & que vous fîtes le mien?

PLATON. J'en tombe d'accord; les Philofophes font galans, tandis que ceux qui
feroient nés pour être galans, s'amufent
à être Philofophes. Nous laiffons courir
après les chimeres de la philofophie les
gens qui ne les connoiffent pas, & nous
nous rabattons fur ce qu'il y a de réel.

M. D'ÉCOSSE. Je vois que je m'étois
très-mal adreffée à l'Amant d'Agathis,
pour la défenfe de mon baifer. Si j'avois
eu de l'amour pour ce Savant fi laid,
je trouverois encore bien moins mon
compte avec vous. Cependant l'efprit peut
caufer des paffions par lui-même, & bien
en prend aux femmes. Elles fe fauvent de
ce côté-là, fi elles ne font pas belles.

PLATON. Je ne fais fi l'efprit caufe des
paffions; mais je fais bien qu'il met le
corps en état d'en faire naître fans le fe-

G

cours de la beauté, & lui donne l'agrément qui lui manquoit. Et ce qui en est une preuve, c'est qu'il faut que le corps soit de la partie, & fourniffe toujours quelque chofe du fien, c'est-à-dire, tout au moins de la jeuneffe; car s'il ne s'aide point du tout, l'efprit lui eft abfolument inutile.

M. D'ÉCOSSE. Toujours de la matiere dans l'amour!

PLATON. Telle eft fa nature. Donnez-lui, fi vous voulez, l'efprit feul pour objet, vous n'y gagnerez rien; vous ferez étonnée qu'il rentrera auffi-tôt dans la matiere. Si vous n'aimiez que l'efprit de votre Savant, pourquoi le baifâtes-vous? C'eft que le corps eft deftiné à recueillir le profit des paffions que l'efprit-même auroit infpirées.

DIALOGUE V.

STRATON, RAPHAËL D'URBIN.

STRATON.

JE ne m'attendois pas que le confeil que je donnai à mon Efclave, dût pro-

duire des effets si heureux. Il me valut
là-haut la vie & la royauté tout ensemble;
& ici il m'attire l'admiration de tous les
Sages.

RAPHAEL D'URBIN. Et quel est ce conseil ?

STRATON. J'étois à Tyr. Tous les Es-
claves de cette Ville se révolterent, &
égorgerent leurs Maîtres; mais un Esclave que j'avois, eut assez d'humanité
pour épargner ma vie, & pour me dérober à la fureur de tous les autres. Ils con-
vinrent de choisir pour Roi celui d'entr'eux qui à un certain jour appercevroit
le premier le lever du Soleil. Ils s'assem-
blerent dans une campagne. Toute cette
multitude avoit les yeux attachés sur la
partie orientale du ciel, d'où le Soleil devoit sortir; mon Esclave seul, que j'avois
instruit de ce qu'il avoit à faire, regar
doit vers l'Occident. Vous ne doutez pas
que les autres ne le traitassent de fou.
Cependant en leur tournant le dos, il vit
les premiers rayons du Soleil qui parois-
soient sur le haut d'une Tour fort élevée,
& ses compagnons en étoient encore à chercher vers l'Orient le corps même du Soleil. On admira la subtilité d'esprit qu'il
avoit eu; mais il avoua qu'il me la devoit,

G ij

& que je vivois encore, & auffi-tôt je fus
élu Roi, comme un homme divin.

R. D'URBIN. Je vois bien que le confeil
que vous donnâtes à votre Efclave, vous
fut fort utile, mais je ne vois pas ce qu'il
avoit d'admirable.

STRATON. Ah! tous les Philofophes qui
font ici, vous répondront pour moi, que
j'appris à mon Efclave ce que tous les Sages doivent pratiquer; que pour trouver
la vérité, il faut tourner le dos à la multitude, & que les opinions communes
font la regle des opinions faines, pourvu
qu'on les prenne à contre-fens.

R. D'URBIN. Ces Philofophes-là parlent
bien en Philofophes. C'eft leur métier de
médire des opinions communes & des
préjugés; cependant il n'y a rien ni de
plus commode, ni de plus utile.

STRATON. A la maniere dont vous en
parlez, on devine bien que vous ne vous
êtes pas mal trouvé de les fuivre.

R. D'URBIN. Je vous affure que fi je
me déclare pour les préjugés, c'eft fans
intérêt; car au contraire ils me donnerent
dans le monde un affez grand ridicule.
On travailloit à Rome dans les ruines
pour en retirer des Statues, & comme
j'étois bon Sculpteur & bon Peintre, on

m'avoit choifi pour juger fi elles étoient
antiques. Michel-Ange, qui étoit mon
concurrent, fit fecrettement une Statue de
Bacchus parfaitement belle. Il lui rompit
un doigt après l'avoir faite, & l'enfouit
dans un lieu où il favoit qu'on devoit
creufer. Dès qu'on l'eut trouvée, je dé-
clarai qu'elle étoit antique. Michel-Ange
foutint que c'étoit une figure moderne.
Je me fondois principalement fur la beauté
de la Statue, qui dans les principes de
l'Art méritoit de venir d'une main Grecque ; & à force d'être contredit, je pouffai
le Bacchus jufqu'au tems de Policlete
ou de Phidias. A la fin Michel-Ange
montra le doigt rompu, ce qui étoit un
raifonnement fans replique. On fe moqua
de ma préoccupation ; mais fans cette
préoccupation qu'euffé-je fait ? J'étois Juge, & cette qualité-là veut qu'on décide.

STRATON. Vous euffiez décidé felon la
raifon.

R. D'URBIN. Et la raifon décide-t'elle ?
Je n'euffe jamais fu, en la confultant, fi
la Statue étoit antique ou non ; j'euffe
feulement fu qu'elle étoit très - belle ;
mais le préjugé vient au fecours, qui me
dit qu'une belle Statue doit être antique,
voilà une décifion, & je juge.

STRATON. Il fe pourroit bien faire que la raifon ne fourniroit pas des principes inconteftables fur des matieres auffi peu importantes que celle-là ; mais fur-tout ce qui regarde la conduite des hommes, elle a des décifions très-fûres ; le malheur eft qu'on ne la confulte pas.

R. D'URBIN. Confultons-la fur quelque point, pour voir ce qu'elle établira. Demandons-lui s'il faut qu'on pleure ou qu'on rie à la mort de fes amis & de fes parens. D'un côté, vous dira-t'elle, ils font perdus pour vous ; pleurez. D'un autre côté, ils font délivrés des miferes de la vie ; riez. Voilà des réponfes de la raifon ; mais la coutume du Pays nous détermine. Nous pleurons, fi elle nous l'ordonne, & nous pleurons fi bien, que nous ne concevons pas qu'on puiffe rire fur ce fujet-là : ou nous en riòns, & nous en riòns fi bien, que nous ne concevons pas qu'on puiffe pleurer.

STRATON. La raifon n'eft pas toujours fi irréfolue. Elle laiffe à faire au préjugé ce qui ne mérite pas qu'elle faffe elle-même ; mais fur combien de chofes très-confidérables a-t'elle des idées nettes, d'où elle tire des conféquences qui ne le font pas moins ?

R. D'URBIN. Je fuis fort trompé fi elles ne font en petit nombre, ces idées nettes.

STRATON. Il n'importe, on ne doit ajouter qu'à elles une foi entiere.

R. D'URBIN. Cela ne fe peut, parce que la raifon nous propofe un trop petit nombre de maximes certaines, & que notre efprit eft fait pour en croire davantage. Ainfi le furplus de fon inclination à croire va au profit des préjugés, & les fauffes opinions achevent de la remplir.

STRATON. Eh quel befoin de fe jetter dans l'erreur? Ne peut-on pas dans les chofes douteufes fufpendre fon jugement? La raifon s'arrête quand elle ne fait quel chemin prendre.

R. D'URBIN. Vous dites vrai, elle n'a point alors d'autre fecret pour ne point s'écarter, que de ne pas faire un feul pas: mais cette fituation eft un état violent pour l'efprit humain; il eft en mouvement, il faut qu'il aille. Tout le monde ne fait pas douter, on a befoin de lumieres pour y parvenir, & de force pour s'en tenir là. D'ailleurs le doute eft fans action, & il faut de l'action parmi les hommes.

STRATON. Auffi doit-on conferver les préjugés de la coutume pour agir comme un autre homme; mais on doit fe défaire des préjugés de l'esprit pour penser en homme sage.

R. D'URBIN. Il vaut mieux les conserver tous. Vous ignorez apparemment les deux réponses de ce vieillard Samnite, à qui ceux de sa Nation envoyerent demander ce qu'ils avoient à faire, quand ils eurent enfermé dans le Pas des Fourches Caudines toute l'armée des Romains leurs ennemis mortels, & qu'ils furent en pouvoir d'ordonner souverainement de leur destinée. Le vieillard répondit que l'on passât au fil de l'épée tous les Romains. Son avis parut trop dur & trop cruel, & les Samnites renvoyerent vers lui pour lui en représenter les inconvéniens. Il répondit que l'on donnât la vie à tous les Romains, sans conditions. On ne suivit ni l'un ni l'autre conseil, & on s'en trouva mal. Il en va de même des préjugés; il faut les conserver tous, ou les exterminer tous absolument. Autrement ceux dont vous vous êtes défait, vous font entrer en défiance de toutes les opinions qui vous restent. Le malheur d'être trompé sur bien des choses, n'est pas récompensé par le plaisir de l'être sans le savoir; & vous n'avez ni les lumieres de la vérité, ni l'agrément de l'erreur.

STRATON. S'il n'y a pas de moyen d'éviter l'alternative que vous propofez, on ne doit pas balancer à prendre fon parti. Il faut fe défaire de tous fes préjugés.

R. D'URBIN. Mais la raifon chaffera de notre efprit toutes fes anciennes opinions, & n'en mettra pas d'autres en la place. Elle y caufera une efpece de vuide. Et qui peut le foutenir? Non, non, avec auffi peu de raifon qu'en ont les hommes, il leur faut autant de préjugés qu'ils ont accoutumé d'en avoir. Les préjugés font le fupplément de la raifon. Tout ce qui manque d'un côté, on le trouve de l'autre.

DIALOGUE VI.

LUCRECE, BARBE PLOMBERGE.

B. PLOMBERGE.

Vous ne voulez pas me croire; cependant il n'y a rien de plus vrai. L'Empereur Charles V eut avec la Princeffe que je vous ai nommée, une intrigue à laquelle je fervis de prétexte; mais la chofe alla plus loin. La Princeffe me pria de vouloir bien auffi être la mere d'un petit Prince

G v

qui vint au jour, & j'y confentis pour lui faire plaifir. Vous voilà bien étonnée! N'avez-vous pas oui dire que quelque mérite qu'ait une perfonne, il faut qu'elle fe mette encore au-deffus de ce mérite par le peu d'eftime qu'elle en doit faire ; que les gens d'efprit, par exemple, doivent être en cette maniere au-deffus de leur efprit même? Pour moi j'étois au-deffus de ma vertu, j'en avois plus que je ne me fouciois d'en avoir.

LUCRECE. Bon ! vous badinez, on ne peut jamais en avoir trop.

B. PLOMBERGE. Sérieufement, qui voudroit me renvoyer au monde, à condition que je ferois une perfonne accomplie, je ne crois pas que j'acceptaffe le parti ; je fais qu'étant fi parfaite, je donnerois du chagrin à trop de gens ; je demanderois toujours à avoir quelque défaut ou quelque foibleffe pour la confolation de ceux avec qui j'aurois à vivre.

LUCRECE. C'eft-à-dire, qu'en faveur des femmes qui n'avoient pas tant de vertu, vous aviez un peu adouci la vôtre.

B. PLOMBERGE. J'en avois adouci les apparences, de peur qu'elles ne me regardaffent comme leur accufatrice auprès du Public, fi elles m'euffent crue beaucoup plus févere qu'elles.

LUCRECE. Elles vous étoient en vérité fort obligées, & fur-tout la Princeſſe, qui étoit aſſez heureuſe d'avoir trouvé une mere pour ſes enfans. Et ne vous en donna-t'elle qu'un ?

B. PLOMBERGE. Non.

LUCRECE. Je m'en étonne ; elle devoit profiter davantage de la commodité qu'elle avoit ; car vous ne vous embarraſſiez point du tout de la réputation.

B. PLOMBERGE. Je vais vous ſurprendre. Sachez que l'indifférence que j'ai eue pour la réputation m'a réuſſi. La vérité s'eſt fait connoître malgré tous mes ſoins, & on a démêlé à la fin que le Prince qui paſſoit pour mon fils, ne l'étoit point ; on m'a rendu plus de juſtice que je n'en demandois ; & il me ſemble qu'on m'ait voulu récompenſer par-là de ce que je n'avois point fait parade de ma vertu, & de ce que j'avois généreuſement diſpenſé le Public de l'eſtime qu'il me devoit.

LUCRECE. Voilà une belle eſpece de généroſité ! Il ne faut point là-deſſus faire de grace au Public.

B. PLOMBERGE. Vous le croyez ? Il eſt bien bizarre ; il tâche quelquefois à ſe révolter contre ceux qui prétendent lui impoſer d'une maniere trop impérieuſe la né-

ceffité de les eftimer. Vous devriez favoir
cela mieux que perfonne. Il y a eu des
gens qui ont été en quelque forte bleffés de
votre trop d'ardeur pour la gloire ; ils ont
fait ce qu'ils ont pu pour ne vous pas tenir
autant de compte de votre mort qu'elle
le méritoit.

LUCRECE. Et quel moyen ont-ils trouvé
d'attaquer une action fi héroïque ?

B. PLOMBERGE. Que fais-je ? Ils ont dit
que vous vous étiez tuée un peu tard ;
que votre mort en eût valu mille fois davantage, fi vous n'euffiez pas attendu les
derniers efforts de Tarquin ; mais qu'apparemment vous n'aviez pas voulu vous
tuer à la légere, & fans bien favoir pourquoi. Enfin il paroît qu'on ne vous a rendu
juftice qu'à regret, & à moi on me l'a rendue avec plaifir. Peut-être a-ce été parce
que vous couriez trop après la gloire, &
que moi je la laiffois venir, fans fouhaiter même qu'elle vînt.

LUCRECE. Ajoutez que vous faifiez tout
ce qui vous étoit poffible pour l'empêcher de venir.

B. PLOMBERGE. Mais n'eft-ce rien que
d'être modefte ? Je l'étois affez pour vouloir bien que ma vertu fût inconnue. Vous,
au contraire, vous mîtes toute la vôtre

en étalage & en pompe. Vous ne voulûtes même vous tuer que dans une affemblée de parens. La vertu n'eft-elle pas
contente du témoignage qu'elle fe rend
à elle-même? N'eft-il pas d'une grande
ame de méprifer cette chimere de gloire?

LUCRECE. Il s'en faut bien garder. Ce
feroit une fageffe trop dangereufe. Cette
chimere-là eft ce qu'il y a de plus puiffant
au monde. Elle eft l'ame de tout, on la
préfére à tout; & voyez comme elle peuple les Champs Elifées : la gloire nous
amene ici plus de gens que la fievre. Je
fuis du nombre de ceux qu'elle y a ame-
nés; j'en puis parler.

B. PLOMBERGE. Vous êtes donc bien
prife pour dupe, auffi-bien qu'eux, vous
qui êtes morte de cette maladie-là? Car
du moment qu'on eft ici-bas, toute la
gloire imaginable ne fait aucun bien.

LUCRECE. C'eft là un des fecrets du
lieu où nous fommes; il ne faut pas que
les Vivans le fachent.

B. PLOMBERGE. Quel mal y auroit-il
qu'ils fe défiffent d'une idée qui les trompe?

LUCRECE. On ne feroit plus d'actions
héroïques.

B. PLOMBERGE. Pourquoi? On les feroit par la vue de fon devoir. C'eft une

vue bien plus noble. Elle n'eſt fondée que
ſur la raiſon.

LUCRECE. Et c'eſt juſtement ce qui la
rend trop foible. La gloire n'eſt fondée
que ſur l'imagination, & elle eſt bien plus
forte. La raiſon elle-même n'approuve-
roit pas que les hommes ne ſe conduiſiſ-
ſent que par elle; elle fait trop que le ſecours de l'imagination lui eſt néceſſaire.
Lorſque Curtius étoit ſur le point de ſe
ſacrifier pour ſa Patrie, & de ſauter tout
armé & à cheval dans ce gouffre qui s'é-
toit ouvert au milieu de Rome; ſi on lui
eût dit : *Il eſt de votre devoir de vous jetter
dans cet abyme; mais ſoyez ſûr que perſonne ne parlera jamais de votre action* : de
bonne foi je crains bien que Curtius n'eût
fait retourner ſon cheval en arriere. Pour
moi je ne réponds point que je me fuſſe
tuée, ſi je n'euſſe enviſagé que mon devoir. Pourquoi me tuer? J'euſſe cru que
mon devoir n'étoit point bleſſé par la violence qu'on m'avoit faite; tout au plus
j'euſſe cru le ſatisfaire par des larmes :
mais pour ſe faire un nom, il falloit ſe
percer le ſein, & je me le perçai.

B. PLOMBERGE. Vous dirai-je ce que
j'en penſe? J'aimerois autant qu'on ne fît
point de grandes actions, que de les faire

par un principe auffi faux que celui de
la gloire.

LUCRECE. Vous allez un peu trop vîte.
Au fond tous les devoirs fe trouvent remplis, quoiqu'on ne les rempliffe pas par
la vue du devoir; toutes les grandes actions qui doivent être faites par les hommes, fe trouvent faites : enfin l'ordre que
la Nature a voulu établir dans l'Univers,
va toujours fon train; ce qu'il y a à dire,
c'eft que ce que la Nature n'auroit pas
obtenu de notre raifon, elle l'obtient de
notre folie.

DIALOGUES
DES
MORTS MODERNES.

DIALOGUE I.

SOLIMAN, JULIETTE DE GONZAGUE.

SOLIMAN.

AH! pourquoi eſt-ce ici la premiere fois que je vous vois? Pourquoi ai-je perdu toute la peine que j'ai priſe pendant ma vie à vous faire chercher? J'euſſe eu dans mon Serrail la plus belle perſonne de l'I-talie; & à préſent je ne vois qu'une Ombre qui n'a point de traits, & qui reſſemble à toutes les autres.

J. DE GONZAGUE. Je ne puis trop vous remercier de l'amour que vous eûtes pour moi, ſur la réputation que j'avois d'être belle. Cela même redoubla beaucoup cette réputation, & je vous dois les plus

agréables momens que j'aie paſſés. Sur-
tout je me ſouviendrai toujours avec
plaiſir de la nuit où le Pirate Barberouſſe,
à qui vous aviez donné ordre de m'enle-
ver, penſa me ſurprendre dans Cayette,
& m'obligea de ſortir de la Ville dans un
déſordre & avec une précipitation extrême.

SOLIMAN. Par quelle raiſon preniez-
vous la fuite, ſi vous étiez bien aiſe qu'on
vous cherchât de ma part?

J. DE GONZAGUE. J'étois ravie qu'on
me cherchât, & plus encore qu'on ne
pût m'attraper. Rien ne me flattoit plus
que de penſer que je manquois au bonheur de l'heureux Soliman, & qu'on me
trouvoit à dire dans le Serrail, dans un
lieu ſi rempli de belles perſonnes; mais
je n'en voulois pas davantage. Le Serrail
n'eſt agréable que pour celles qui y ſont
ſouhaitées, & non pour celles qu'on y
renferme.

SOLIMAN. Je vois bien ce qui vous
faiſoit peur; ce grand nombre de Rivales ne vous eût point accommodée. Peut-
être auſſi craigniez-vous que parmi tant
de femmes aimables il n'y en eût beaucoup qui ne fiſſent que ſervir d'ornement
au Serrail.

J. DE GONZAGUE. Vous me donnez là
de jolis fentimens.

SOLIMAN. Qu'eft-ce que le Serrail avoit
donc de fi terrible ?

J. DE GONZAGUE. J'y euffe été bleffée
au dernier point de la vanité de vous autres Sultans , qui pour faire montre de
votre grandeur , y enfermez je ne fais
combien de belles perfonnes , dont la
plupart vous font inutiles , & ne laiffent
pas d'être perdues pour le refte de la terre.
D'ailleurs croyez-vous que l'on s'accommode d'un Amant dont les déclarations
d'amour font des ordres indifpenfables ,
& qui ne foupire que fur le ton d'une
autorité abfolue? Non , je n'étois pas propre pour le Serrail , il n'étoit pas befoin que vous me fiffiez chercher, je
n'euffe jamais fait votre bonheur.

SOLIMAN. Comment en êtes-vous fi
fûre ?

J. DE GONZAGUE. C'eft que je fais que
vous n'euffiez pas fait le mien.

SOLIMAN. Je n'entends pas bien la conféquence. Qu'importe que j'euffe fait votre bonheur ou non ?

J. DE GONZAGUE. Quoi , vous concevez qu'on puiffe être heureux en amour
par une perfonne que l'on ne rend pas

heureufe; qu'il y ait, pour ainfi dire, des plaifirs folitaires qui n'aient pas befoin de fe communiquer; & qu'on en jouiffe quand on ne les donne pas? Ah! ces fentimens font horreur à des cœurs bien faits.

SOLIMAN. Je fuis Turc, il me feroit pardonnable de n'avoir pas toute la délicateffe poffible. Cependant il me femble que je n'ai pas tant de tort. Ne venez-vous pas de condamner bien fortement la vanité?

J. DE GONZAGUE. Oui.

SOLIMAN. Et n'eft-ce pas un mouvement de vanité, que de vouloir faire le bonheur des autres? N'eft-ce pas une fierté infupportable, de ne confentir que vous me rendiez heureux, qu'à condition que je vous rendrai heureufe auffi? Un Sultan eft plus modefte, il reçoit du plaifir de beaucoup de femmes très-aimables, à qui il ne fe pique point d'en donner. Ne riez point de ce raifonnement, il eft plus folide qu'il ne vous paroît. Songez-y, étudiez le cœur humain, & vous trouverez que cette délicateffe que vous eftimez tant, n'eft qu'une efpece de rétribution orgueilleufe; on ne veut rien devoir.

J. GONZAGUE. Hé bien donc, je conviens que la vanité eft néceffaire.

SOLIMAN. Vous la blâmiez tant tout-à-l'heure ?

J. DE GONZAGUE. Oui, celle dont je parlois ; mais j'approuve fort celle-ci. Avez-vous de la peine à concevoir que les bonnes qualités d'un homme tiennent à d'autres qui font mauvaifes, & qu'il feroit dangereux de le guérir de ses défauts ?

SOLIMAN. Mais on ne fait à quoi s'en tenir. Que faut-il donc penfer de la vanité ?

J. DE GONZAGUE. A un certain point, c'eft vice ; un peu en-deçà, c'eft vertu.

DIALOGUE II.

PARACELSE, MOLIERE.

MOLIERE.

N'y eût-il que votre nom, je ferois charmé de vous, Paracelfe ! On croiroit que vous feriez quelque Grec ou quelque Latin, & on ne s'aviferoit jamais de penfer que Paracelfe étoit un Philofophe Suiffe.

PARACELSE. J'ai rendu ce nom auffi illuftre qu'il eft beau. Mes Ouvrages font d'un grand fecours à tous ceux qui veulent entrer dans les fecrets de la Nature, & fur-tout à ceux qui s'élevent jufqu'à la connoiffance des Génies & des Habitans élémentaires.

MOLIERE. Je conçois aifément que ce font là les vraies Sciences. Connoître les hommes que l'on voit tous les jours, ce n'eft rien ; mais connoître les Génies que l'on ne voit point, c'eft toute autre chofe.

PARACELSE. Sans doute. J'ai enfeigné fort exactement quelle eft leur nature, quels font leurs emplois, leurs inclinations, leurs différens ordres, quels pouvoirs ils ont dans l'Univers.

MOLIERE. Que vous étiez heureux d'avoir toutes ces lumieres ! Car à plus forte raifon vous faviez parfaitement tout ce qui regarde l'homme ; & cependant beaucoup de perfonnes n'ont pu feulement aller jufques-là.

PARACELSE. Oh! il n'y a fi petit Philofophe qui n'y foit parvenu.

MOLIERE. Je le crois. Vous n'aviez donc plus rien qui vous embarraffât fur la nature de l'ame humaine, fur fes fonctions, fur fon union avec le corps ?

PARACELSE. Franchement il ne fe peut pas qu'il ne refte toujours quelques dif-

ficultés fur ces matieres; mais enfin on
en fait autant que la Philofophie en peut
apprendre.

MOLIERE. Et vous n'en faviez pas davantage?

PARACELSE. Non. N'eft-ce pas bien
affez?

MOLIERE. Affez. Ce n'eft rien du tout.
Et vous fautiez ainfi par-deffus les hommes que vous ne connoiffiez pas, pour
aller aux Génies?

PARACÉLSE. Les Génies ont quelque
chofe qui pique bien plus la curiofité naturelle.

MOLIERE. Oui; mais il n'eft pardonnable de fonger à eux, qu'après qu'on n'a
plus rien à connoître dans les hommes.
On diroit que l'efprit humain a tout épuifé, quand on voit qu'il fe forme des objets de fciences qui n'ont peut-être aucune réalité, & dont il s'embarraffe à plaifir; cependant il eft für que des objets
très-réels lui donneroient, s'il vouloit,
affez d'occupation.

PARACELSE. L'efprit néglige naturellement les Sciences trop fimples, & court
après celles qui font myftérieufes. Il n'y
a que celles-là fur lefquelles il puiffe exercer toute fon activité.

MOLIERE. Tant pis pour l'esprit ; ce que vous dites est tout-à-fait à sa honte. La vérité se présente à lui ; mais parce qu'elle est simple, il ne la reconnoît point, & il prend des mystères ridicules pour elle, seulement parce que ce sont des mystères. Je suis persuadé que si la plupart des gens voyoient l'ordre de l'Univers tel qu'il est, comme ils n'y remarqueroient ni vertus des nombres, ni propriétés des Planetes, ni fatalités attachées à de certains tems ou à de certaines révolutions, ils ne pourroient pas s'empêcher de dire sur cet ordre admirable : *Quoi, n'est-ce que cela ?*

PARACELSE. Vous traitez de ridicules des mystères où vous n'avez su pénétrer, & qui en effet sont réservés aux grands hommes.

MOLIERE. J'estime bien plus ceux qui ne comprennent point ces mystères-là, que ceux qui les comprennent ; mais malheureusement la Nature n'a pas fait tout le monde capable de n'y rien entendre.

PARACELSE. Mais vous qui décidez avec tant d'autorité, quel métier avez-vous donc fait pendant votre vie ?

MOLIERE. Un métier bien différent du vôtre. Vous avez étudié les vertus des Génies, & moi j'ai étudié les sottises des hommes.

PARACELSE. Voilà une belle étude! Ne fait-on pas bien que les hommes font fujets à faire affez de fottifes?

MOLIERE. On le fait en gros & confufé-ment; mais il en faut venir aux détails, & alors on eft furpris de l'étendue de cette fcience.

PARACELSE. Et à la fin quel ufage en faifiez-vous?

MOLIERE. J'affemblois dans un certain lieu le plus grand nombre de gens que je pouvois, & là je leur faifois voir qu'ils étoient tous des fots.

PARACELSE. Il falloit de terribles dif-cours pour leur perfuader une pareille vérité.

MOLIERE. Rien n'eft plus facile. On leur prouve leurs fottifes, fans employer de grands tours d'éloquence, ni des rai-fonnemens bien médités. Ce qu'ils font eft fi ridicule, qu'il ne faut qu'en faire autant devant eux, & vous les voyez auffi-tôt crever de rire.

PARACELSE. Je vous entends, vous étiez Comédien. Pour moi, je ne conçois pas le plaifir qu'on prend à la Comédie. On y va rire des mœurs qu'elle repréfente; & que ne rit-on des mœurs mêmes?

MOLIERE. Pour rire des chofes du monde,

de, il faut en quelque façon en être de-hors, & la Comédie vous en tire. Elle vous donne tout en spectacle, comme si vous n'y aviez point de part.

PARACELSE. Mais on rentre aussi-tôt dans ce tout dont on s'étoit moqué, & on recommence à en faire partie.

MOLIERE. N'en doutez pas. L'autre jour, en me divertissant, je fis ici une fable sur ce sujet. Un jeune oison voloit avec la mauvaise grace qu'ont tous ceux de son espece quand ils volent, & pendant ce vol d'un moment qui ne l'élevoit qu'à un pied de terre, il insultoit au reste de la basse-cour. *Malheureux Animaux*, disoit-il, *je vous vois au-dessous de moi, & vous ne savez pas fendre ainsi les airs.* La moquerie fut courte, l'oison retomba dans le même tems.

PARACELSE. A quoi donc servent les réflexions que la Comédie fait faire, puisqu'elles ressemblent au vol de cet oison, & qu'au même instant on retombe dans les sottises communes?

MOLIERE. C'est beaucoup que de s'être moqué de soi; la Nature nous y a donné une merveilleuse facilité pour nous empêcher d'être la dupe de nous-mêmes. Combien de fois arrive-t-il que dans le

H

tems qu'une partie de nous fait quelc
chofe avec ardeur & avec empreffemei
une autre partie s'en moque? Et s'il
étoit befoin même, on trouveroit ence
une troifieme partie qui fe moqueroit c
deux premieres enfemble. Ne diroit-
pas que l'homme foit fait de pieces ra
portées?

PARACELSE. Je ne vois pas qu'il y
matiere fur tout cela d'exercer beauco
fon efprit. Quelques légeres réflexion
quelques plaifanteries fouvent mal fc
dées, ne méritent pas une grande eftim
mais quels efforts de méditation ne fa
droit-il pas faire pour traiter des fuj
plus relevés?

MOLIERE. Vous revenez à vos Génie
& moi je ne reconnois que mes Sots. C
pendant, quoique je n'aie jamais travai
que fur ces fujets fi expofés aux yeux
tout le monde, je puis vous prédire q
mes Comédies vivront plus que vos fub
mes Ouvrages. Tout eft fujet aux cha
gemens de la mode; les productions
l'efprit ne font pas au-deffus de la def
née des habits. J'ai vu je ne fais combi
de Livres & de genres d'écrire enter
avec leurs Auteurs, ainfi que chez ce
tains Peuples on enterre avec les Mo

les chofes qui leur ont été les plus pré-
cieufes pendant leur vie. Je connois parfaitement quelles peuvent être les révolutions de l'Empire des Lettres, & avec
tout cela je garantis la durée de mes Pieces.
J'en fais bien la raifon. Qui veut peindre
pour l'immortalité, doit peindre des fots.

DIALOGUE III.

MARIE STUART, DAVID RICCIO.

D. RICCIO.

NON, je ne me confolerai jamais de
ma mort.

M. STUART. Il me femble cependant
qu'elle fut affez belle pour un Muficien.
Il fallut que les principaux Seigneurs de
la Cour d'Ecoffe, & le Roi mon mari lui-
même, confpiraffent contre toi; & l'on
n'a jamais pris plus de mefures, ni fait
plus de façon pour faire mourir aucun
Prince.

D. RICCIO. Une mort fi magnifique
n'étoit point faite pour un miférable joueur
de lut que la pauvreté avoit envoyé d'Ita-

H ij

lie en Ecoffe. Il eût mieux valu que vous m'eufliez laiffé paffer doucement mes jours à votre Mufique, que de m'élever dans un rang de Miniftre d'Etat, qui a fans doute abrégé ma vie.

M. STUART. Je n'euffe jamais cru te trouver fi peu fenfible aux graces que je t'ai faites. Etoit-ce une légere diftinction que de te recevoir tous les jours feul à ma table? Crois-moi, Riccio, une faveur de cette nature ne faifoit point de tort à ta réputation.

D. RICCIO. Elle ne me fit point d'autre tort, finon qu'il fallut mourir pour l'avoir reçue trop fouvent. Hélas! je dînois tête à tête avec vous comme à l'ordinaire, lorfque je vis entrer le Roi accompagné de celui qui avoit été choifi pour être un de mes meurtriers, parce que c'étoit le plus affreux Ecoffois qui ait jamais été, & qu'une longue fievre quarte dont il relevoit, l'avoit encore rendu plus effroyable. Je ne fais s'il me donna quelques coups, mais autant qu'il m'en fouvient, je mourus de la feule frayeur que fa vue me fit.

M. STUART. J'ai rendu tant d'honneur à ta mémoire, que je t'ai fait mettre dans le tombeau des Rois d'Ecoffe,

D. RICCIO. Je suis dans le tombeau des Rois d'Ecosse ?

M. STUART. Il n'est rien de plus vrai.

D. RICCIO. J'ai si peu senti le bien que cela m'a fait, que vous m'en apprenez maintenant la premiere nouvelle. O mon lut! faut-il que je t'aie quitté, pour m'amuser à gouverner un Royaume !

M. STUART. Tu te plains ? Songe que ma mort a été mille fois plus malheureuse que la tienne.

D. RICCIO. Oh! vous étiez née dans une condition sujette à de grands revers ; mais moi j'étois né pour mourir dans mon lit. La Nature m'avoit mis dans la meilleure situation du monde pour cela; point de bien, beaucoup d'obscurité, un peu de voix seulement & de génie pour jouer du lut.

M. STUART. Ton lut te tient toujours au cœur. Hé bien, tu as eu un méchant moment; mais combien as-tu eu auparavant de journées agréables ? Qu'eusses-tu fait, si tu n'eusses jamais été que Musicien ? tu te serois bien ennuyé dans une fortune si médiocre.

D. RICCIO. J'eusse cherché mon bonheur dans moi-même.

M. STUART. Va, tu es un fou. Tu t'es gâté depuis ta mort, par des réflexions

H iij

oifives, ou par le commerce que tu as eû
avec les Philofophes qui font ici. C'eſt
bien aux hommes à avoir leur bonheur dans
eux-mêmes!

D. RICCIO. Il ne leur manque que d'en
être perſuadés. Un Poëte de mon pays
décrit un Château enchanté, où des
Amans & des Amantes fe cherchent fans
ceſſe avec beaucoup d'empreſſement &
d'inquiétude, ſe rencontrent à chaque moment, & ne ſe reconnoiſſent jamais. Il y a
un charme de la même nature ſur le bonheur des hommes; il eſt dans leurs propres
penſées, mais ils n'en ſavent rien; il ſe
préſente mille fois à eux, & ils le vont
chercher bien loin.

M. STUART. Laiſſe-là le jargon & les
chimeres des Philofophes. Lorſque rien ne
contribue à nous rendre heureux, ſommes-
nous d'humeur à prendre la peine de l'être
par notre raiſon?

D. RICCIO. Le bonheur mériteroit pourtant bien qu'on prît cette peine-là.

M. STUART. On la prendroit inutilement, il ne ſauroit s'accorder avec elle;
on ceſſe d'être heureux, ſi-tôt que l'on
ſent l'effort que l'on fait pour l'être. Si
quelqu'un ſentoit les parties de ſon corps
travailler pour s'entretenir dans une bonne

difposition, croirois-tu qu'il fe portât bien? Moi, je tiendrois qu'il feroit malade. Le bonheur eft comme la fanté, il faut qu'il foit dans les hommes, fans qu'ils l'y mettent; & s'il y a un bonheur que la raifon produife, il reffemble à ces fantés qui ne fe foutiennent qu'à force de remedes, & qui font toujours très-foibles & très-incertaines.

DIALOGUE. IV.

LE TROISIEME FAUX DÉMÉTRIUS, DESCARTES.

DESCARTES.

JE dois connoître les Pays du Nord prefqu'auffi-bien que vous. J'ai paffé une bonne partie de ma vie à philofopher en Hollande; & enfin j'ai été mourir en Suede, Philofophe plus que jamais.

LE FAUX DÉMÉTRIUS. Je vois par le plan que vous me faites de votre vie, qu'elle a été bien douce; elle n'a été occupée que par la Philofophie; il s'en faut bien que j'aie vécu fi tranquillement.

DESCARTES. Ç'a été votre faute. De

H iv

quoi vous avifiez-vous de vouloir vous faire Grand-Duc de Mofcovie, & de vous fervir dans ce deffein des moyens dont vous vous fervîtes ? Vous entreprîtes de vous faire paffer pour le Prince Démétrius, à qui le Trône appartenoit, & vous aviez déja devant les yeux l'exemple de deux Faux Démétrius, qui ayant pris ce nom l'un après l'autre, avoient été reconnus pour ce qu'ils étoient, & avoient péri malheureufement. Vous deviez bien vous donner la peine d'imaginer quelque tromperie plus nouvelle ; il n'y avoit plus d'apparence que celle-là, qui étoit déja ufée, dût réuffir.

LE FAUX DÉMÉTRIUS. Entre nous, les Mofcovites ne font pas des peuples bien raffinés. C'eft leur folie que de prétendre reffembler aux anciens Grecs ; mais Dieu fait fur quoi cela eft fondé.

DESCARTES. Encore n'étoient-ils pas fi fots, qu'ils puffent fe laiffer duper par trois Faux Démétrius de fuite. Je fuis affuré que quand vous commençâtes à vouloir paffer pour Prince, ils difoient prefque tous d'un air de dédain : *Quoi, eft-il queftion encore de voir des Démétrius ?*

LE FAUX DÉMÉTRIUS. Je ne laiffai pourtant pas de me faire un parti confidérable. Le nom de Démétrius étoit aimé,

on couroit toujours après ce nom. Vous
favez ce que c'eft que le Peuple.

DESCARTES. Et les mauvais fuccès
qu'avoient eu les deux autres Démétrius,
ne vous faifoit-il point de peur ?

LE FAUX DÉMÉTRIUS. Au contraire,
il m'encourageoit. Ne devoit-on pas croire
qu'il falloit être le vrai Démétrius, pour
ofer paroître après ce qui étoit arrivé
aux deux autres ? C'étoit encore affez
de hardieffe, quelque vrai Démétrius
qu'on fût.

DESCARTES. Mais quand vous euf-
fiez été le premier qui euffiez pris ce nom,
comment aviez-vous le front de le prendre, fans être affuré de le pouvoir foutenir par des preuves très-vraifembla-
bles ?

LE FAUX DÉMÉTRIUS. Mais vous qui
me faites tant de queftions, & qui êtes
fi difficile à contenter, comment ofiez-vous
vous ériger en Chef d'une Philofophie
nouvelle, où toutes les vérités inconnues
jufqu'alors, devoient être renfermées.

DESCARTES. J'avois trouvé beaucoup
de chofes affez apparentes pour me pouvoir flatter qu'elles étoient vraies, &
affez nouvelles pour pouvoir faire une
fecte à part.

H v

LE FAUX DÉMÉTRIUS. Et n'étiez-vous
point effrayé par l'exemple de tant de
Philofophes, qui avec des opinions auffi
bien fondées que les vôtres, n'avoient pas
laiffé d'être reconnus à la fin pour de
mauvais Philofophes? On vous en nom-
meroit un nombre prodigieux, & vous ne
me fauriez nommer que deux Faux Démétrius qui avoient été avant moi. Je n'é-
tois que le troifieme dans mon efpece qui
euffe entrepris de tromper les Mofcovites;
mais vous n'étiez pas le millieme dans la
vôtre qui euffiez entrepris d'en faire ac-
croire à tous les hommes.

DESCARTES. Vous faviez bien que vous
n'étiez pas le Prince Démétrius : mais moi
je n'ai publié que ce que j'ai cru vrai,
& je ne l'ai pas cru fans apparence. Je
ne fuis revenu de ma Philofophie que depuis que je fuis ici.

LE FAUX DÉMÉTRIUS. Il n'importe,
votre bonne foi n'empêchoit pas que vous
n'euffiez befoin de hardieffe pour affurer
hautement que vous aviez enfin découvert la vérité. On a déja été trompé par
tant d'autres qui l'affuroient auffi, que
quand il fe préfente de nouveaux Philofophes, je m'étonne que tout le monde
ne dife d'une voix : *Quoi, eft-il encore*

queſtion de Philoſophes & de Philoſophie?

DESCARTES. On a quelque raiſon d'être toujours trompé par les promeſſes des Philoſophes. Il ſe découvre de tems en tems quelques petites vérités peu importantes, mais qui amuſent. Pour ce qu' regarde le fond de la Philoſophie, j'avoue que cela n'avance guere. Je crois auſſi que l'on trouve quelquefois la vérité ſur des articles conſidérables; mais le malheur eſt qu'on ne ſait pas qu'on l'ait trouvée ; car la Philoſophie (je crois qu'un Mort peut dire tout ce qu'il veut) reſſemble à un certain Jeu à quoi jouent les Enfans, où l'un d'entr'eux qui a les yeux bandés, court après les autres. S'il en attrape quelqu'un il eſt obligé de le nommer: s'il ne le nomme pas, il faut qu'il lâche ſa priſe & recommence à courir. Il en va de même de la vérité. Il n'eſt pas que nous autres Philoſophes, quoique nous ayons les yeux bandés, nous ne l'attrapions quelquefois ; mais quoi? nous ne lui pouvons pas ſoutenir que c'eſt elle que nous avons attrapée, & dès ce moment-là elle nous échappe.

LE FAUX DÉMÉTRIUS. Il n'eſt que trop viſible qu'elle n'eſt point faite pour nous. Auſſi vous verrez qu'à la fin on ne ſon-

H vj

gera plus à la trouver, on perdra courage, & on fera bien.

DESCARTES. Je vous garantis que vôtre prédiction n'est pas bonne. Les hommes ont un courage incroyable pour les choses dont ils font une fois entêtés. Chacun croit que ce qui a été refusé à tous les autres lui est réservé. Dans vingt-quatre mille ans il viendra des Philosophes qui se vanteront de détruire toutes les erreurs qui auront regné pendant trente mille, & il y aura des gens qui croiront qu'en effet on ne fera alors que commencer à ouvrir les yeux.

LE FAUX DÉMÉTRIUS. Quoi ! c'étoit hazarder infiniment, que de vouloir tromper les Moscovites pour la troisieme fois ; & à vouloir tromper tous les hommes pour la trente millieme, il n'y aura rien à hazarder ? Ils font donc encore plus dupes que les Moscovites ?

DESCARTES. Oui, sur le chapitre de la vérité. Ils en font plus amoureux que les Moscovites ne l'étoient du nom de Démétrius.

LE FAUX DÉMÉTRIUS. Si j'avois à recommencer, je ne voudrois point être Faux Démétrius, je me ferois philosophe : mais si on venoit à se dégoûter de la Phi-

lofophie & à défefpérer de pouvoir découvrir la vérité.... car je craindrois toujours cela.

DESCARTES. Vous aviez bien plus fujet de craindre, quand vous étiez Prince.
Croyez que les hommes ne fe découra-
geront point : cela ne leur arriva jamais.
Puifque les Modernes ne découvrent pas
la vérité plus que les Anciens, il eft
bien jufte qu'ils aient au moins autant
d'efpérance de la découvrir. Cette efpérance eft toujours agréable, quoique vaine.
Si la vérité n'eft due ni aux uns ni aux
autres, du moins le plaifir de la même
erreur leur eft dû.

DIALOGUE V.

LA DUCHESSE DE VALENTINOIS, ANNE DE BOULEN.

A. DE BOULEN.

J'ADMIRE votre bonheur. Il femble que
S. Valier votre pere ne commette un crime
que pour faire votre fortune. Il eft condamné à perdre la tête, vous allez demander fa grace au Roi; être jolie, & deman-

der des graces à un jeune Prince, c'eſt
s'engager à en faire ; & auſſi-tôt vous voilà
Maîtreſſe de François I.

LA DUCHESSE. Le plus grand bonheur
que j'aie eu en cela, eſt d'avoir été amenée
à la galanterie par l'obligation où eſt une
fille de ſauver la vie à ſon pere. Le penchant que j'y avois pouvoit aiſément être
caché ſous un prétexte ſi honnête & ſi favorable.

A. DE BOULEN. Mais votre goût ſe déclara bientôt par les ſuites ; car vos galanteries durerent plus long-tems que le
péril de votre pere.

LA DUCHESSE. Il n'importe. En fait
d'amour, toute l'importance eſt dans les
commencemens. Le monde ſait bien que
qui fait un pas, en fera davantage ; il ne
s'agit que de bien faire ce premier pas.
Je me flatte que ma conduite n'a pas mal
répondu à l'occaſion que la fortune m'of-
frit, & que je ne paſſerai pas dans l'Hiſtoire pour n'avoir été que médiocrement
habile. On admiroit que le Connétable de
Montmorency eût été le Miniſtre & le Favori de trois Rois ; mais j'ai été la Maîtreſſe de deux, & je prétends que c'eſt davantage.

A. DE BOULEN. Je n'ai garde de diſconvenir de votre habileté ; mais je crois que la miénne l'a furpaffée. Vous vous êtes fait aimer long-tems ; mais je me fuis fait époufer. Un Roi vous rend des foins ; tant qu'il a le cœur touché, cela ne lui coûte rien. S'il vous fait Reine, ce n'eft qu'à l'extrêmité, & quand il n'a plus d'efpérance.

LA DUCHESSE. Vous faire époufer, n'étoit pas une grande affaire ; mais me faire toujours aimer, en étoit une. Il eft aifé d'irriter l'amour, quand on ne le fatisfait pas ; & fort mal aifé de ne pas l'éteindre, quand on le fatisfait. Enfin vous n'aviez qu'à refufer toujours avec la même févérité, & il falloit que j'accordaffe toujours avec de nouveaux agrémens.

A. DE BOULEN. Puifque vous me preffez fi fort par vos raifons, il faut que j'ajoute à ce que j'ai dit, que fi je me fuis fait époufer, ce n'eft pas pour avoir eu beaucoup de vertu.

LA DUCHESSE. Et moi, fi je me fuis fait aimer très-conftamment, ce n'eft pas pour avoir eu beaucoup de fidélité.

A. DE BOULEN. Je vous dirai donc encore, que je n'avois ni vertu, ni réputation de vertu.

LA DUCHESSE. Je l'avois compris ainfi ;

car j'euſſe compté la réputation pour la
vertu même.

A. DE BOULEN. Il me ſemble que vous
ne devez pas mettre au nombre de vos
avantages, des infidélités que vous fîtes à
votre Amant, & qui, ſelon toutes les apparences, furent ſecretes. Elles ne peuvent ſervir à relever votre gloire. Mais
quand je commençai à être aimée du Roi
d'Angleterre, le Public qui étoit inſtruit
de mes aventures, ne me garda point le
ſecret, & cependant je triomphai de la
Renommée.

LA DUCHESSE. Je vous prouverois peut-
être, ſi je voulois, que j'ai été infidelle
à Henri II avec aſſez peu de myſtere pour
m'en pouvoir faire honneur ; mais je ne
veux pas m'arrêter ſur ce point-là. Le
manque de fidélité ſe peut ou cacher, ou
réparer ; mais comment cacher, comment
réparer le manque de jeuneſſe ? J'en ſuis
pourtant venue à bout. J'étois coquette,
& je me faiſois adorer ; ce n'eſt rien, mais
j'étois âgée. Vous, vous étiez jeune, &
vous vous laiſſâtes couper la tête. Toute
grand'mere que j'étois, je ſuis aſſurée que
j'aurois eu aſſez d'adreſſe pour empêcher
qu'on ne me la coupât.

A. DE BOULEN. J'avoue que c'eſt là la

tache de ma vie ; n'en parlons point. Je
ne puis me rendre fur votre âge même ,
qui eſt votre fort. Il étoit aſſurément moins
difficile à déguiſer, que la conduite que
j'avois eue. Je devois avoir bien troublé
la raiſon de celui qui ſe réſolvoit à me
prendre pour ſa femme ; mais il ſuffiſoit
que vous euſſiez prévenu en votre faveur ,
& accoutumé peu à peu aux changemens
de votre beauté, les yeux de celui qui
vous trouvoit toujours belle.

LA DUCHESSE. Vous ne connoiſſez pas
bien les hommes. Quand on paroît aimable à leurs yeux, on paroît à leur eſprit
tout ce qu'on veut, vertueuſe même,
quoiqu'on ne ſoit rien moins ; la difficulté
n'eſt que de paroître aimable à leurs yeux
auſſi long-tems qu'on voudroit.

A. DE BOULEN. Vous m'avez convain-
cue, je vous céde ; mais du moins que
je ſache de vous par quel ſecret vous ré-
parâtes votre âge. Je ſuis morte, & vous
pouvez me l'apprendre, ſans craindre que
j'en profite.

LA DUCHESSE. De bonne foi, je ne le
ſais pas moi-même. On fait preſque toujours les grandes choſes ſans ſavoir comment on les fait, & on eſt tout ſurpris
qu'on les a faites. Demandez à Céſar com-

ment il fe rendit le maître du monde ; peut-être ne vous répondra-t'il pas aifément.

A. DE BOULEN. La comparaifon eft glorieufe.

LA DUCHESSE. Elle eft jufte. Pour être aimée à mon âge, j'ai eu befoin d'une fortune pareille à celle de Céfar. Ce qu'il y a de plus heureux, c'eft qu'aux gens qui ont exécuté d'auffi grandes chofes que lui & moi, on ne manque point de leur attribuer après coup des deffeins & des fecrets infaillibles, & de leur faire beaucoup plus d'honneur qu'ils ne méritoient.

DIALOGUE VI.

FERNAND CORTEZ, MONTEZUME.

F. CORTEZ.

Avouez la vérité. Vous étiez bien groffiers, vous autres Américains, quand vous preniez les Efpagnols pour des hommes defcendus de la fphere de feu, parce qu'ils avoient du canon, & quand leurs Navires vous paroiffoient de grands oifeaux qui voloient fur la mer.

MONTEZUME. J'en tombe d'accord.
Mais je veux vous demander si c'étoit un
Peuple poli que les Athéniens.

F. CORTEZ. Comment ? Ce font eux
qui ont enfeigné la politeffe au refte des
hommes.

MONTEZUME. Et que dites-vous de la
maniere dont fe fervit le tyran Pififtraté
pour rentrer dans la Citadelle d'Athènes,
d'où il avoit été chaffé ? N'habilla-t'il pas
une Femme en Minerve ? (car on dit que
Minerve étoit la Déeffe qui protégeoit
Athènes) Ne monta-t'il pas fur un cha-
riot avec cette Déeffe de fa façon, qui
traverfa toute la Ville avec lui, en le tenant par la main, & en criant aux Athéniens : *Voici Pififtrate que je vous amene,*
& que je vous ordonne de recevoir ? Et ce
Peuple fi habile & fi fpirituel ne fe foumit-
il pas à ce tyran, pour plaire à Minerve,
qui s'en étoit expliquée de fa propre
bouche ?

F. CORTEZ. Qui vous en a tant appris
fur le chapitre des Athéniens ?

MONTEZUME. Depuis que je fuis ici, je
me fuis mis à étudier l'Hiftoire par les
converfations que j'ai eues avec différens
Morts. Mais enfin vous conviendrez que
les Athéniens étoient un peu plus dupes

que nous. Nous n'avions jamais vu de Navires ni de Canons, mais ils avoient vu des femmes; & quand Pififtrate entreprit de les réduire fous fon obéiffance par le moyen de fa Déeffe, il leur marqua affurément moins d'eftime, que vous ne nous en marquâtes en nous fubjuguant avec votre Artillerie.

F. CORTEZ. Il n'y a point de Peuple qui ne puiffe donner une fois dans un panneau groffier. On eft furpris, la multitude entraîne les gens de bon fens. Que vous dirai-je? Il fe joint encore à cela des circonftances qu'on ne peut pas deviner, & qu'on ne remarqueroit peut-être pas quand on les verroit.

MONTEZUME. Mais a-ce été par furprife que les Grecs ont cru dans tous les tems, que la fcience de l'avenir étoit contenue dans un trou fouterrain, d'où elle fortoit en exhalaifons? Et par quel artifice leur avoit-on perfuadé que quand la Lune étoit éclipfée, ils pouvoient la faire revenir de fon évanouiffement par un bruit effroyable? Et pourquoi n'y avoit-il qu'un petit nombre de gens qui ofaffent fe dire à l'oreille, qu'elle étoit obfcurcie par l'ombre de la Terre? Je ne dis rien des Romains, & de ces Dieux qu'ils prioient à manger dans leurs jours de réjouiſſance, & de ces Poulets ſacrés dont l'appétit décidoit de tout dans la Capitale du monde. Enfin vous ne ſauriez me reprocher une ſottiſe de nos Peuples d'Amérique, que je ne vous en fourniſſe une plus grande de vos Contrées; & même je m'engage à ne vous mettre en ligne de compte que des ſottiſes Grecques ou Romaines.

F. CORTEZ. Avec ces ſottiſes-là cependant, les Grecs & les Romains ont inventé tous les Arts & toutes les Sciences, dont vous n'aviez pas la moindre idée.

MONTEZUME. Nous étions bienheureux d'ignorer qu'il y eût des Sciences au monde; nous n'euſſions peut-être pas eu aſſez de raiſon pour nous empêcher d'être Savans. On n'eſt pas toujours capable de ſuivre l'exemple de ceux d'entre les Grecs qui apporterent tant de ſoins à ſe préſerver de la contagion des Sciences de leurs voiſins. Pour les Arts, l'Amérique avoit trouvé des moyens de s'en paſſer, plus admirables peut-être que les Arts même de l'Europe. Il eſt aiſé de faire des Hiſtoires, quand on ſait écrire; mais nous ne ſavions point écrire, & nous faiſions des Hiſtoires. On peut faire des Ponts, quand on ſait bâtir dans l'eau; mais la diſ ficulté eft de n'y point favoir bâtir, & de faire des Ponts. Vous devez vous fouve-nir que les Efpagnols ont trouvé dans nos terres des énigmes où ils n'ont rien entendu; je veux dire, par exemple, des pierres prodigieufes, qu'ils ne concevoient pas qu'on eût pu élever fans machines auffi haut qu'elles étoient élevées. Que dites-vous à tout cela? Il me femble que jufqu'à préfent vous ne m'avez pas trop bien prouvé les avantages de l'Europe fur l'Amérique.

F. CORTEZ. Ils font affez prouvés par tout ce qui peut diftinguer les Peuples polis d'avec les Peuples barbares. La ci-vilité regne parmi nous; la force & la violence n'y ont point de lieu; toutes les Puiffances y font modérées par la juftice; toutes les guerres y font fondées fur des caufes légitimes; &, même voyez à quel point nous fommes fcrupuleux; nous n'al-lâmes porter la guerre dans votre Pays, qu'après que nous eûmes examiné fort rigoureufement s'il nous appartenoit, & décidé cette queftion pour nous.

MONTEZUME. Sans doute c'étoit trai-ter des Barbares avec plus d'égard qu'ils ne méritoient; mais je crois que vous êtes civiles & juftes les uns avec les autres,

comme vous étiez fcrupuleux avec nous.
Qui ôteroit à l'Europe fes formalités, la
rendroit bien femblable à l'Amérique. La
civilité mefure tous vos pas, dicte toutes
vos paroles, embarraffe tous vos difcours,
& gêne toutes vos actions ; mais elle ne
va point jufqu'à vos fentimens, & toute la
juftice qui devroit fe trouver dans vos deffeins, ne fe trouve que dans vos prétextes.

F. CORTEZ. Je ne vous garantis point
les cœurs. On ne voit les hommes que
par-dehors. Un héritier qui perd un pa-
rent, & gagne beaucoup de bien, prend
un habit noir ! Eft-il bien affligé? Non apparemment. Cependant s'il ne le prenoit
pas, il blefferoit la raifon.

MONTEZUME. J'entends ce que vous
voulez dire. Ce n'eft pas la raifon qui
gouverne parmi vous ; mais du moins elle
fait fa proteftation que les chofes devroient
aller autrement qu'elles ne vont ; que les
héritiers, par exemple, devroient regretter leurs parens ; ils reçoivent cette proteftation, & pour lui en donner acte,
ils prennent un habit noir. Vos formalités
ne fervent qu'à marquer un droit qu'elle
a, & que vous ne lui laiffez pas exercer ;
& vous ne faites pas, mais vous repré-
fentez ce que vous devriez faire.

F. CORTEZ. N'est-ce pas beaucoup? La raison a si peu de pouvoir chez vous, qu'elle ne peut seulement rien mettre dans vos actions, qui vous avertisse de ce qui y devroit être.

MONTEZUME. Mais vous vous souvenez d'elle aussi inutilement, que de certains Grecs dont on m'a parlé ici, se souvenoient de leur origine. Ils s'étoient établis dans la Toscane, pays barbare selon eux, & peu à peu ils en avoient si bien pris les coutumes, qu'ils avoient oublié les leurs. Ils sentoient pourtant je ne sais quel déplaisir d'être devenus Barbares, & tous les ans à certain jour ils s'assembloient. Ils lisoient en Grec les anciennes Loix qu'ils ne suivoient plus, & qu'à peine entendoient-ils encore; ils pleuroient, & puis se séparoient. Au sortir de-là, ils reprenoient gaiement la maniere de vivre du pays. Il étoit question chez eux des Loix Grecques, comme chez vous de la raison. Ils savoient que ces Loix étoient au monde; ils en faisoient mention, mais légérement & sans fruit; encore les regrettoient-ils en quelque sorte. Mais pour la raison que vous avez abandonnée, vous ne la regrettez point du tout. Vous avez pris l'habitude de la connoître & de la mépriser.

F.

F. CORTEZ. Du moins quand on la connoît mieux, on est bien plus en état de la suivre.

MONTEZUME. Ce n'est donc que par cet endroit que nous vous cédons ? Ah ! que n'avions-nous des Vaisseaux pour aller découvrir vos Terres, & que ne nous avisions-nous de décider qu'elles nous appartenoient ! Nous eussions eu autant de droit de les conquérir, que vous en eûtes de conquérir les nôtres.

JUGEMENT
DE PLUTON,

Sur les deux Parties des nouveaux
Dialogues des Morts.

A MONSIEUR

L. M. D. S. A.

MONSIEUR,

*TENEZ-M'EN compte, si vous voulez ;
sans vous je n'eusse point fait le Jugement
de Pluton. Je vous ai dit bien des fois qu'il
n'y avoit rien de plus inutile, ni en même
tems de plus aisé, que de faire des critiques.
Critiquez tant qu'il vous plaira, faites-vous
revenir quelqu'un de son premier jugement ?
Personne du monde. Et puis, pourquoi fe-
roit-on revenir les gens ? Leur premier jugement a souvent été fort bon. Pour la*

*facilité, vous demeurez d'accord qu'on en a
affez à découvrir les défauts d'autrui. Tout
pareffeux que je fois, je voudrois être gagé
pour critiquer tous les livres qui fe font.
Quoique l'emploi paroiffe affez étendu, je
fuis affuré qu'il me refteroit encore du tems
pour ne rien faire. Auffi n'admire-t'on pas
beaucoup la pénétration avec laquelle un
Critique démêle ce que l'on peut condamner
dans un Ouvrage. Ou bien on n'en avoit
pas encore apperçu les défauts, & alors on
ne convient pas avec lui qu'ils y foient ; ou
bien on les avoit apperçus , & on lui ôte la
gloire de fa remarque. En un mot , ou il
a été prévenu par fon Lecteur , ou il n'en eft
pas fuivi. À ce compte, pourquoi ai-je fait
une critique ? Eft-ce pour m'oppofer au fuccès
des Dialogues des Morts ? Je n'ai pas tant
d'autorité auprès du Public. Eft-ce pour
montrer qu'il fe trouve des défauts par-tout ?
Ce ne feroit rien de furprenant. Eft-ce enfin
pour donner à entendre que je ferois quelque
chofe de meilleur que ce que je critique ?
Moins encore cela que tout le refte. Quoi
donc ? je ne fais fi on voudra bien croire que
cette mauvaife critique des Dialogues des
Morts, que nous lûmes en manufcrit, vous
& moi, cette critique qui ne critiquoit rien ,
mais qui en récompenfe difoit des injures ,*

nous donna l'idée d'en faire une plus severe à l'égard de l'Ouvrage, & plus honnête à l'égard de l'Auteur. Nos premieres penfées nous réjouirent, & vous voulûtes que je travaillaffe. Je l'ai fait. Si je l'ai fait fans fuccès, je ferai affez payé de la peine que j'ai prife, par le plaifir de vous avoir prouvé que je fuis,

MONSIEUR,

Votre très-humble & très-obéiffant Serviteur,

D. H.

JUGEMENT

DE PLUTON,

Sur les Dialogues des Morts.

PREMIÈRE PARTIE.

JAMAIS il n'y eut tant de défordre dans les Enfers. C'eft une confufion incroyable. Il y avoit auparavant différens quartiers où l'on mettoit enfemble tous les Morts de même condition. Ils s'y entretenoient de ce qui leur étoit convenable, ou bien ils ne difoient mot ; mais depuis qu'ils ont lu les Dialogues qu'on leur fait faire, tout eft renverfé ; les Courtifanes fe font jettées dans le quartier des Héros, & leur on dit cent fottifes, dont la gravité de ces Meffieurs a été fort offenfée ; les Savans qui faifoient la cour aux Princes, les ont traités comme les Princes devoient traiter les Savans ; les

I iij

rangs qui étoient réglés entr'eux felon
l'ordre naturel, ont été troublés, & l'on
a vu Charles V qui marchoit à la fuite
d'Erafme, & qui le traitoit de Majefté.
Si Pluton a affaire d'un Mort, il ne fait
plus où le prendre. L'autre jour il fit
chercher Aretin par tout l'Enfer. Comme
on ne le trouvoit point, on croyoit qu'il
fe fût évadé, & on n'avoit garde de s'i-
maginer qu'il étoit avec Augufte. Pluton
rencontra par malheur Anacréon & Ariftote qui parloient enfemble; & dans le
tems qu'il pouffoit l'un par les épaules
dans le quartier des Poëtes, & l'autre
dans celui des Philofophes, il apperçut
de-là Homere & Efope, qui étoient fortis chacun de leur demeure pour fe faire
des complimens, & puis pour fe dire des
injures; & un peu plus loin l'Empereur
Adrien & Marguérite d'Autriche, qui
étoient venus des deux bouts de l'Enfer
dans le deffein de fe battre. Il vit bien qu'il
feroit difficile de remédier à ce mal; & en
attendant qu'il pût remettre l'ordre dans
fon Empire, il voulut décharger fa mauvaife humeur fur le Livre qui avoit caufé
tant de trouble. Il réfolut d'en faire la critique publiquement; mais comme il n'eft
pas trop fin fur ces matieres, & qu'il n'a

qu'un sens commun assez droit, mais peu délicat, il jugea à propos de recevoir les accusations de tout le monde contre les Dialogues des Morts, & de former sur cela son Jugement. Il fit donc publier dans les Enfers, qu'à tel jour on jugeroit ce Livre dans son Palais; que pour Lucien & les trente-six Morts, intéressés dans les dix-huit Dialogues, ils n'y manquassent pas absolument.

Le jour venu, l'Assemblée fut nombreuse; Pluton étoit assis sur son Trône, avec un air fort chagrin. Il bâilloit à chaque moment, parce qu'il venoit de lire ce Livre, & il se plaignoit même d'une grosse migraine, qui lui étoit venue de ce qu'il l'avoit lu avec application. Eaque & Rhadamante, étoient à ses côtés, plus refrognés & plus sombres qu'à l'ordinaire. Tous les morts gardoient un profond silence, lorsque Pluton se leva, & fit cette terrible & courte Harangue.

Morts! où diable l'Auteur des Dialogues a-t'il pris que j'étois usé? Je lui ferai voir qu'il n'en est rien. Que tout l'Enfer soit témoin de ma vengeance, & que le bruit en aille jusqu'à la Boutique de Brunet.

Il n'en dit pas davantage. Aussi-tôt voilà je ne sais combien d'accusateurs qui com-

I iv

mencent à parler tous à-la-fois. Eaque leur
fit signe de se taire, & dit qu'il auroit soin
de faire parler chacun en son rang; &
même pour observer un ordre plus juri-
dique, & ne pas donner lieu de croire
qu'un Livre eût été condámné sans avoir
été défendu, il ordonna à Lucien de représenter l'Auteur des nouveaux Dialogues, & de répondre pour lui; mais Lucien déclara nettement qu'il ne se vouloit
point charger de cela. Quoi, lui dit Eaque, vous êtes le Héros du Livre, c'est
à vous qu'il est dédié, & vous ne le voudrez
pas défendre ? Il faut que celui à qui s'a-
dresse l'Epître dédicatoire paie ou protége.
Vous n'avez rien donné à votre Auteur;
protégez-le donc tout au moins. Je ne
suis engagé à faire ni l'un ni l'autre, répondit Lucien. Si l'Auteur avoit pu trouver un autre Héros que moi, il l'auroit
pris. Il n'a choisi un Mort que faute de
Vivans. Et puis, qui vous a dit que les
Epîtres dédicatoires obligeassent à quelque
chose ? Informez-vous-en à beaucoup de
grands Seigneurs que je vois ici, dont le
nom est à la tête d'une infinité de Livres.

Le Stoïcien Chrisippe qui étoit présent,
& qui, outre qu'il est naturellement chagrin, n'a pas trop sujet d'être des amis

de Lucien, prit la parole pour dire que
Lucien avoit raison de ne pas vouloir faire
le personnage d'Avocat dans un Jugement
où il eût dû paroître lui-même en qualité
de Criminel ; que c'étoit lui qui avoit
donné le mauvais exemple de faire parler
les Morts ; que toutes les fautes de son
Imitateur pouvoient fort justement être mi-
ses sur son compte, & qu'on lui donneroit
peut-être de la peine à lui-même, si l'on
vouloit examiner ses propres Dialogues.
Pluton qui étoit de mauvaise humeur contre
tous les Dialogues, approuva que l'on fît
le procès à ceux même de Lucien ; & Chrisippe ravi d'avoir une occasion de se venger, continua ainsi.

Je vois, dit-il, que Lucien se prépare
à m'écouter avec un air railleur & dédai-
gneux. Il est vrai qu'il a eu les rieurs pour
lui en l'autre monde ; mais je ne sais s'il
les aura en celui-ci. Il est du nombre de
ces plaisans fort sujets aux répétitions, &
qui n'ont qu'un même ton de plaisanterie ;
on lui dit dans l'Epître qu'on lui adresse :
Qu'on est bien fâché qu'il eût épuisé toutes
ces belles matieres de l'égalité des Morts,
du regret qu'ils ont à la vie, de la fausse
fermeté que les Philosophes affectent de faire

I v

paroître en mourant, du ridicule malheur de
ces jeunes gens qui meurent avant les vieillards dont ils croyoient hériter, & à qui ils
faisoient la cour. Je vous assure que, quelques tentations qu'eût pu avoir son Imitateur de retoucher un peu à ces matieres-là,
il ne lui eût pas été possible de le faire. Lucien y a donné bon ordre, il a tourné ses sujets en mille manieres toutes fort semblables. Sur-tout combien de Dialogues sur ces
pauvres héritiers trompés! Qui l'obligeroit
à dire toujours des choses nouvelles, on les
réduiroit peut-être à une petite demi-dou-
zaine de Dialogues des Morts. Pour moi,
j'opinerois qu'à cause de ses répétitions,
on le mît ici en la place de Sisiphe, & qu'on
lui donnât cette grosse pierre à tourner & à
retourner sans fin, comme il a fait ses sujets.

Tous les Morts se mirent à rire. Lucien rit aussi, mais ce n'étoit point de
bonne grace. Chrisippe encouragé par ce
petit applaudissement, vouloit poursuivre;
mais Rhadamante qui est un Juge exact,
& qui ne permet pas que l'on s'éloigne
amais du fait dont il s'agit, dit fort sé-
vérement: Il n'est pas ici question de Lucien. Sa réputation est faite; si l'on s'y
vouloit opposer, il falloit s'en aviser plutôt. Vous êtes bien bon, interrompit Ca-

ton d'Utique, avec un air encore plus
févere que celui de Rhadamante. Et ces
Meffieurs les Faifeurs de Dialogues mé-
nagent-ils les réputations les plus anciennes? Quel égard a-t'on eu pour moi?
Je fuis un Mort de feize cens ans, admiré
pendant feize cens ans, & au bout de ce
tems-là on vient m'inquiéter fur ma mort.
Elle n'a pas eu le bonheur de plaire à
l'Auteur d'un petit Livre. *Elle eft trop
guindée*, dit-il; je mourus trop férieufement; je ne fus pas affez réjouiffant dans
cette action; je ne fis point de turlupina-
des, comme eût dû faire un vrai Philofophe: je ne m'avifai point de dire,

Ma petite Ame, ma Mignonne.

Enfin, ce qui gâte tout, je ne ronflai point.
Il eft pourtant fûr que je donnai ordre
à tout fans aucun trouble; que je ne dif-
férai à me tuer, & que je ne lus deux fois
ce Dialogue de Platon, que pour attendre
qu'on m'eût apporté des nouvelles de mes
amis qui s'étoient mis fur la mer, & qui
tâchoient de fe dérober à Céfar; que dès
qu'on me les eut apportées, je me donnai
le coup. Comment cet homme-là veut-il
que l'on meure? Qu'il nous faffe la grace

de nous donner le modele d'une mort qui
lui plaife, afin qu'on fe régle là-deffus,
& qu'un Héros foit fûr de fon fait quand
il lui prendra envie de mourir. Faudra-t'il
faire des vers? car il y en a dans les deux
Morts dont il paroît content. Les grands
Hommes feront-ils obligés à dire des fottifes à leur ame, & les filles à fe plaindre
de leur virginité gardée malgré elles? A-
ce été pour nous propofer ces beaux
exemples de grandeur d'ame, qu'il a fallu
fe moquer du Jugement que dix-fept Siecles avoient prononcé fur ma mort? Où
eft le refpect qu'on doit à l'Antiquité? De
quel droit va-t'on dégrader fes Héros?

Toute l'Affemblée commençoit à être
émue de la véhémence avec laquelle Caton
haranguoit; mais l'Empereur Adrien fe
leva, & dit froidement: Ne faites point
tant de bruit pour les intérêts de l'Antiquité, elle n'a point lieu de fe plaindre
du nouvel Auteur des Dialogues. Il vous
dégrade à la vérité, & vous ôte votre rang
de Héros; mais l'Antiquité n'y perd rien,
car il me met auffi-tôt en votre place,
moi qui n'étois point auparavant compté
pour un Héros, par la maniere dont j'é-
tois mort. J'en demande pardon à la bonne
Compagnie qui eft ici; mais j'eus bien

de la peine à me réſoudre à la venir trouver. Je fus extrêmement inquiet pendant
ma maladie. Je voulois abſolument que
les Médecins imaginaſſent un moyen de
me faire vivre, & je ſuis fort obligé à
l'Auteur des Dialogues de m'avoir fait
grace ſur tout cela. Auſſi je vous aſſure
que ſon Livre eſt fort joli, & que je me
plais fort à le lire. Il me conſole de tous
ceux que je ſais qui ont dit du mal de ma
mort. Il ne faut déſeſpérer de rien. Je mou-
rois comme un poltron dans la plupart
des Hiſtoires ; & après je ne ſais combien
de tems, me voilà ſans y penſer devenu
Héros.

Oui, mais je ne trouve pas mon compte
comme vous à ce Livre-là, répondit Caton. Oh! reprit Adrien, où l'un gagne,
il faut que l'autre y perde, c'eſt la loi
commune. Les Auteurs ſont maîtres de
leurs graces, ils les diſtribuent à qui bon
leur ſemble.

Sur cela Pluton redoubla ſon ſérieux,
& défendit à Adrien de débiter des maximes ſi dangereuſes ; & pour régler ce qui
étoit en conteſtation entre Caton &
Adrien, il prononça, de l'avis d'Eaque &
de Rhadamante :

Qu'il n'étoit point permis de changer les cœ-

racteres & de faire Adrien de Caton, & Ca-
ton d'Adrien, même sous prétexte de compen-
sation, ou pour remettre d'un côté ce qu'on
ôteroit de l'autre.

Après cet Arrêt, Caton cria qu'on laiffoit encore indécise la principale question,
qui étoit le mépris de l'Antiquité ; qu'à
moins que l'on y mît ordre, il n'y avoit
point de Morts, si vénérables qu'ils puffent être, à l'abri des plaisanteries ; qu'il
falloit fixer un tems dans lequel une belle
action passeroit pour être consacrée, &
ne seroit plus sujette à la censure. Auffi-
tôt Alexandre, Homere, Ariftote, Virgile, se mirent à demander la même chose
que Caton. On remarqua alors que Lucien cherchoit à se tirer tout doucement
de la foule, & à s'évader ; mais Alexandre cria qu'on l'empêchât de sortir. Ce
n'est pas fans raison, dit ce grand Prince, que Lucien voudroit être loin d'ici.
La question que l'on traite le regarde ; il
a appris à son Copiste à ne respecter rien
de tout ce que le monde respecte. Lucien
attaque tout ce qu'il connoît de plus grand
& de plus élevé ; le Copiste en fait autant. Quelquefois Lucien attaque un grand
homme, le Copiste un autre ; mais quand

par malheur on eft du premier ordre entre les grands hommes , il faut qu'on fe
trouve dans les Dialogues de ces deux
Auteurs; c'eft ce qui m'eft arrivé. Lucien s'étoit déja fouvenu de moi dans fes
plaifanteries ; mais fon prétendu Imitateur a jugé que ma vie pouvoit encore
fournir quelque chofe, & que j'étois affez illuftre pour devoir tomber plus d'une
fois entre les mains des faifeurs de Dialogues. Encore Lucien m'a fait reprocher par mon pere, ce qu'il trouvoit à
redire dans mes actions ; mais celui-ci me
fait infulter par Phriné. On ne feroit pas
furpris que Phriné voulût apprendre à
une jeune perfonne l'art de la coquetterie ; mais qu'elle m'apprenne à moi l'art
militaire ? Phriné pouvoit prétendre à régler le nombre des conquêtes d'une Courtifane naiffante ; & lui dire : *Ne recevez*
point tant d'Amans à-la-fois ; c'en eft trop,
il en arrivera quelque défordre. Mais Phriné
régle le nombre de mes conquêtes , & me
dit : *Vous ne deviez point fonger à la Perfe,*
ni aux Indes ; il ne vous falloit que la Grè-
ce, les Ifles voifines , & par grace je vous
donne encore quelque petite partie de l'Afie
Mineure. Enfin Phriné entend fi bien la

guerre, qu'on croiroit qu'elle y auroit été.
N'en est-il rien, *petite Conquérante*, dit-
il en fé tournant vers elle ? *Petite Con-*
quérante, répondez donc, où en aviez-
vous tant appris ? Phriné répondit toute en
colere : j'ai déja dit je ne fais combien
de fois, que je ne voulois pas qu'on m'ap-
pellât *la petite Conquérante*. Tous ces
Morts me viennent rire au nez, en me
donnant ce nom-là ; mais je prétends bien
qu'ils s'en corrigent, car l'Auteur des
nouveaux Dialogues lui-même s'en est
corrigé, & on m'a dit que dans fa feconde
édition je ne fuis plus *une petite Conqué-*
rante, mais *une aimable Conquérante*. Si
l'on vouloit encore me faire plaifir, on
m'appelleroit *jolie Femme*. Je vois que toutes ces femmes de bien, & qui avec cela
n'ont pas laiffé d'être agréables, font au
défefpoir de ce qu'on m'a honorée de
cette qualité dans les Dialogues. Elles
prétendoient en être en poffeffion, & il
eft vrai qu'on ne l'avoit jamais donnée à
une perfonne de mon métier ; mais enfin
je fuis ravie que leur vanité ait été rabattue, & que parmi toutes celles de mon
efpece on ait fait choix de moi pour être
la premiere que l'on nommât *jolie Femme.*
Hé bien donc, reprit Alexandre, *l'aima-*

ble Conquérante, la jolie Femme, ou tout
ce qu'il vous plaira, dites-nous où vous
aviez pris des raisonnemens si profonds ?
car il paroît bien que vous êtes une bonne
tête, quand vous mettez les Conquérans
au-deſſous des femmes, parce que les Conquérans ont beſoin d'Armées pour leurs en-
trepriſes, & que les femmes n'en ont pas
beſoin pour les leurs ; que vous étiez ſeule,
exécutant tout par vous-même dans vos plus
grandes expéditions ; & que je n'étois pas
le ſeul qui agît dans les miennes. Laiſſez-
moi en repos, répondit Phriné. Je ne veux
diſputer avec vous que dans les nouveaux
Dialogues, où l'on ne vous donne pas
trop d'eſprit ; mais ici vous êtes un vrai
Sophiſte. Je crois que c'eſt parce que vous
êtes ſous les yeux de votre Précepteur
Ariſtote. Auſſi-tôt Pluton prononça :

Que Phriné ne ſe mêleroit que de ſon métier.

Et elle en faiſant une grande révéren-
ce, répondit : Très-volontiers.

Ariſtote, dans le même moment, cria
qu'il en falloit ordonner autant à l'égard
d'Anacréon. On m'a fait autant de tort
qu'à mon Diſciple, diſoit-il. On lui a mis
en tête une Courtiſane, & à moi un vieux
Débauché ; & c'eſt le vieux Débauché qui

me fait ma leçon fur la Philofophie, comme c'eft la Courtifane qui la fait à Alexandre fur la Guerre; car dans les nouveaux Dialogues c'eft une regle infaillible
que vous trouverez toujours tout renverfé. Du moment que vous voyez enfemble
un fage & un fou, affurez-vous que le
fou fera au-deffus du fage. Si l'Auteur
s'avife d'affortir enfemble Agamemnon &
Therfite, foyez fûr qu'Agamemnon n'en
fortira pas à fon honneur. Sur ce pied-là
vous ne devez pas être étonné qu'on m'envoie à l'école d'Anacréon; qu'Anacréon
me définiffe la Philofophie *un Art de chanter & de boire*, & change le Licée en Ca-
baret. On a dû s'attendre à tout ce ren-
verfement, dans un Livre qui ouvre par
la victoire que Phriné remporte fur Alexandre. Auffi je ne me plains pas principalement de ce qu'Anacréon a tout l'a-
vantage; je me plains de ce que je ne fais
pas du moins le lui difputer un peu; je
me plains de ce que je fuis un fot. Quoi!
n'avoir pas un feul mot à lui répondre!
Etre confondu par fa Chanfonnette! Où
font tous mes Livres? Ne me fournif-
foient-ils rien dont je puffe me fervir?
Avois-je perdu la parole, ou la mémoire? Toi-même, Anacréon, pour te redire

un bon mot qui a été dit dans notre Gréce, n'as-tu point de honte de m'avoir vaincu? Point du tout, répondit Anacréon; quand je lus le titre de notre Dialogue, je tremblai; je crus que tu m'allois faire des réprimandes dignes de ta gravité; máis je ne fus jamais plus content, que quand je vis que c'étoit moi qui étois le Docteur du Dialogue. J'ai donné commiſſion à tous les chers Diſciples que j'ai dans l'autre monde, de bien boire à la ſanté de l'Auteur, de déclarer la guerre à tous les Péripatéticiens, & de ne rien épargner pour faire recevoir mon nouveau Syſtême de Philoſophie dans l'Univerſité.

Comme Pluton vit qu'Anacréon ne faiſoit que badiner, & qu'il ne diſoit rien de ſérieux pour la défenſe du Dialogue, il déclara:

Qu'un Dialogue ne ſeroit point compoſé d'Anacréon, qui parleroit tout ſeul; qu'Ariſtote ſeroit obligé de lui répondre; & qu'une petite Chanſon ne ſeroit point du même poids que quantité de gros in-folio.

Virgile prit auſſi-tôt la parole pour ſe plaindre de ce qu'on avoit tourné en ridicule le commencement de ſes Géorgiques, où il faiſoit un compliment à Au-

gufte. Vous faites le plaifant, dit-il à
Aretin. Vous vous réjouiffez fur cette Fille
de Thétis, & fur ce Scorpion. Cela auroit
pu paroître extraordinaire, s'il eût été dit
dans votre Siecle; mais dans le mien, c'é-
toit comme fi j'euffe loué Augufte fur fa
valeur & fur fa conduite. Fort bien, dit
Aretin. L'Auteur des Dialogues a dit que
les Belles font de tout Pays, & moi je dis
que les fottifes font de tous les Siecles.
Vous feriez bienheureux d'avoir été Ancien, pour avoir droit de dire des chofes,
que nous autres Modernes nous n'euffions
ofé dire. Mais, Seigneur Aretin, reprit
Virgile, vous avez bien oublié l'Hiftoire
Romaine. N'avez-vous jamais oui parler
de ces Apothéofes qu'on faifoit pour les
Empereurs? Céfar étoit devenu une Etoile
après fa mort; on pouvoit prédire à Augufte une deftinée auffi glorieufe. Préfentement que la mode des Apothéofes eft
paffée, on parleroit une autre Langue aux
Princes. Mais, repliqua Aretin, il n'y
avoit rien de plus ridicule que ces Apothéofes. Vous pouviez louer Augufte d'une
maniere fimple & naturelle, fans lui prédire ces honneurs impertinens qu'il at-
tendoit après fa mort; mais parce que
l'Apothéofe eft beaucoup plus furprenan-

te, & moins raisonnable, vous ne man-
quez pas de la choisir. Il n'importe,
reprit Virgile, que l'Apothéose fût raisonnable ou non, il suffit que c'étoit une
coutume reçue chez les Romains. Ah!
vous faites tort aux Romains, dit Aretin. A peine le Peuple le plus ignorant eût-
il été la dupe de cette sottise-là. Je le veux
bien, repliqua Virgile; mais répondez-moi
juste. Les Romains avoient-ils moins de foi
à ces Apothéoses, qu'à tout ce que l'on
contoit des Champs Elisées? Non, répondit Aretin, je ne crois pas que les
Champs Elisées fussent mieux établis. Cependant, reprit Virgile, vous approuvez
fort la maniere dont je loue Caton, en
disant *qu'il préside à l'Assemblée des plus*
gens de bien, qui dans les Champs Elisées
sont séparés d'avec les autres. Si les Champs
Elisées, aussi-bien que les Apothéoses,
ne passoient que pour des fadaises, la
louange de Caton ne vaut pas mieux que
celle d'Auguste. Oh! dit aussi-tôt Aretin,
la louange que vous donnez à Caton,
veut seulement dire que s'il y avoit des
Champs Elisées, on y sépareroit les gens
de bien d'avec les autres, & qu'on met-
troit Caton à la tête de cette Compagnie.
Hé bien, répondit Virgile, la louange

que j'ai donnée à Auguste, vouloit dire aussi que si les grands Hommes étoient reçus après leur mort parmi les Divinités, on respecteroit assez Auguste, pour lui laisser choisir le rang & l'emploi qu'il lui plairoit. L'une & l'autre louange est fondée sur une supposition ; & l'une de ces suppositions n'est pas plus impossible que l'autre. En vérité, mon ami Aretin, voici un mauvais pas dont vous ne vous tirerez pas aisément. Croyez-moi, il faut de la mémoire pour mentir, & du jugement pour plaisanter.

Caton qui étoit fort aigri contre le nouvel Auteur, se souvint que dans le même endroit dont il s'agissoit entre Virgile & Aretin, il y avoit encore une contradiction, & se mit à déclamer tout de nouveau avec beaucoup de force. On approuve, disoit-il, la louange que Virgile m'a donnée: Elle est donc juste & vraie dans les principes de l'Auteur qui demande tant de choses aux louanges. Je suis donc le plus honnête homme de tous les gens de bien. Je n'ai donc pas été un lâche, qui n'ait osé ni vivre ni mourir de bonne grace. Ne m'établira-t'on point de caractère ? Ne dira-t'on point ce que l'on veut que je sois ?

Diogene interrompit Caton, & dit avec

un air railleur & piquant : Il faut bien
défendre contre Caton ce pauvre Auteur
qui n'est pas ici. Il s'est contredit, il est
vrai ; mais il a fort bien fait. Il imitoit
Lucien. Lucien se contredisoit. J'en puis
parler mieux qu'un autre, car c'est en
partie sur mon chapitre que Lucien s'est
contredit. Dans un de ses Dialogues,
Cerbère dit à Menippe qu'il a vu descendre Socrate aux Enfers, fort chagrin,
regrettant sa famille, & pleurant comme un
enfant, & qu'il ne se souvient point que
personne ait fait une belle entrée en ce
lieu-là, hormis ce Menippe à qui il parle, & moi. Dans un autre Dialogue, ce
n'est plus de même ; il n'y a que les sept
Sages, gens qui ne sont pas tout-à-fait
irréprochables, comme on sait, qui soient
morts gaiement, & qui fassent voir dans
les Enfers qu'ils sont contens de leur condition. Me voilà donc exclu du nombre
des vrais Philosophes, & d'ailleurs Cerbère en a plus vu qu'il ne dit. Il paroît
assez que l'Auteur des nouveaux Dialogues a cru qu'il étoit de son devoir d'i-
miter cette contradiction, & il faut avouer
qu'il l'a imitée fort heureusement. Caton
auroit extrêmement tort de se plaindre de
lui ; je ne me plains seulement pas de Lucien.

cien qui n'a aucune excuse, lui qui s'est contredit sans avoir imité personne.

Lucien, qui véritablement n'avoit rien à répondre, & qui de plus ne vouloit point se commettre avec Diogene qu'il craignoit, n'entreprit point de se défendre & de se justifier ; & Pluton voyant son silence, déclara :

Qu'il défendoit à tous faiseurs de Dialogues des Morts, d'approuver jamais rien, ni de dire du bien de personne, de peur des contradictions.

Après cela, Homere fit signe qu'on l'écoutât, & dit d'une maniere assez tranquille, qu'il avoit laissé parler ceux qui étoient les plus pressés de faire leurs plaintes ; que Virgile auroit pourtant bien dû avoir plus d'égard pour le Prince des Poëtes, & ne pas parler avant lui ; que Lucien & son Imitateur l'avoient assez maltraité, mais l'Imitateur encore plus que Lucien ; que du moins quand Lucien avoit voulu dire du mal d'Homere, il l'avoit fait dire par quelqu'autre que par Homere ; mais que chez le nouvel Auteur, c'étoit lui qui disoit du mal de lui-même, & qui apprenoit aux autres qu'il n'avoit entendu finesse à rien, & qu'on lui faisoit trop d'honneur d'y en entendre ; qu'il auroit
bien

bien souhaité qu'on lui eût dit si l'Auteur avoit reçu de lui un pouvoir de le faire parler de la sorte; qu'autrement il désavouoit tout, & qu'il entreprenoit de soutenir que ses Ouvrages étoient pleins de mysteres & d'allégories; que si l'on ne réprimoit cette licence des Auteurs, Achille avoueroit bientôt qu'il mouroit de peur dans le combat, & Pénélope, qu'elle avoit favorisé tous ses amans dans l'absence d'Ulisse; qu'enfin il n'y avoit de Mort qui pût s'assurer de n'être pas ressuscité quelque jour, pour se décrier lui-même.

Les plaintes d'Homere parurent si justes, & de plus son autorité leur donnoit tant de poids, que Pluton, sans écouter Esope qui vouloit répondre, défendit:

Que l'on fit jamais parler personne contre soi-même, à moins que d'en avoir une procuration en bonne forme.

Mais Homere n'étoit pas encore content. Il fit souvenir Pluton qu'il falloit venger l'Antiquité des insultes que les deux Auteurs des Dialogues lui avoient faites en cent endroits. Quoi, disoit-il, Lucien n'a point respecté mon nom, qui s'étoit déja établi pendant plus de mille années? L'Imitateur de Lucien encore plus hardi que lui, ne respecte pas ce mê-

K

ıne nom qui a préfentement une antiquité
de près de trois mille ans? Ce nombre
infini d'hommes, qui dans une fi longue
fuite de fiecles ont adoré mes Ouvrages,
c'étoient donc des fous? On condamne
dans un moment, & fans y faire trop de
réflexion, tant de jugemens qui ont tous
été conformes? La préoccupation peut
beaucoup, dira-t'on. Quand les uns ont
crié merveille, tous les autres le crient
auffi. Ceux qui feroient d'avis contraire,
n'ofent fe déclarer. Je n'ai qu'un mot à
dire. Qu'on me faffe entendre comment
j'ai pu avoir une fi grande réputation fans
la mériter, & je croirai en effet ne l'avoir
pas méritée.

Homere fut fecondé de je ne fais combien d'Anciens, qui étoient tous fort offen-
fés du peu d'égard que l'on avoit eu pour
eux. Chacun repréfentoit avec indignation le nombre d'années qui parloit pour
lui, & accabloit les Juges de la quantité
des témoignages rendus en fa faveur.
Enfin Pluton ayant plus délibéré qu'à
l'ordinaire fur l'Arrêt qu'il alloit rendre,
ordonna:

Que les Anciens feroient toujours véné-
rables; que Lucien qui étoit un des premiers
qui fe fuffent révoltés contr'eux, & tous

*ceux qui suivroient son exemple, ne seroient
jamais réputés Anciens, & seroient éter-
nellement sujets à la critique, comme de
malheureux Modernes.*

Ensuite on entendit un certain murmure
dans la foule des Morts, qui avoient été
auparavant dans un grand silence. Tout
le monde prêta l'oreille. C'étoit le Duc
d'Alençon qui disoit à Elisabeth d'Angleterre : Quoi! Votre Majesté ne trouvera pas bon que je demande réparation
pour elle ? Votre Majesté ne parlera point ?
Mais je supplie Votre Majesté de me permettre de parler. Je n'agirai & je ne pa-
roîtrai agir que par mon propre mouvement. Je demande cela en grace à Votre
Majesté ; je ne puis souffrir que Votre
Majesté ait été offensée en mon nom.

Tous les Morts se mirent à rire d'entendre répéter tant de fois *Votre Majesté* ;
& de plus ces titres-là ne sont guere usi-
tés dans la Langue du Pays. Mais le Duc
d'Alençon entreprit fort sérieusement de
se justifier, & dit qu'il ne traitoit la Reine
avec des respects si profonds & si peu
ordinaires chez les Morts, qu'afin de réparer le peu de politesse qu'il avoit pour
elle dans les nouveaux Dialogues ; qu'il
y alloit de son honneur à ne pas laisser

K ij

croire qu'il eût su si peu vivre ; qu'il ne
vouloit point qu'on le prît pour un homme qui pût reprocher à des Reines en
propres termes , *qu'elles n'avoient plus leur
Virginité.* C'est sur cela , continua-t'il ,
que nous étions tout-à-l'heure en contes-
tation, Elisabeth & moi. Je voulois demander raison pour elle de l'injure qu'on
lui a faite ; mais elle s'obstine à dire qu'une
femme doit toujours éviter ces sortes d'é-
claircissemens , & qu'il vaut bien mieux
dissimuler l'outrage , que d'en tirer réparation. Vous feriez bien mieux , interrompit brusquement le Comte de Leices-
ter , de demander raison de l'injustice qu'on
vous a faite à vous-même. On veut que
vous disiez à Elisabeth , *que la Virginité
étoit la plus douteuse de toutes ses qualités ;*
& en même tems on veut que vous vous
plaigniez de ce qu'elle ne vous épousa
pas. Ce n'est pas être trop poli pour un
Prince , ni trop délicat pour un Amant.
Ah ! s'écria une précieuse nouvellement
morte , soupçonner Elisabeth de quelques
actions indécentes ! Cela se peut-il ? Elisabeth ne trouvoit rien de plus joli que
*de former des desseins , de faire des prépa-
ratifs , & de n'exécuter point.* Elisabeth
faisoit peut-être quelques pas dans le pays

de Tendre ; mais aſſurément elle ſe gardoit bien d'aller juſqu'au bout. Et n'eſt-
ce pas à elle que nous devons cette
maxime admirable ? *Ce qu'on obtient vaut
toujours moins qu'il ne valoit , quand on ne
faiſoit que l'eſpérer ; & les choſes ne paſſent
point de notre imagination à la réalité ,
qu'il n'y ait de la perte.*

Que vous êtes peu délicate ! interrompit Smindiride, qui ne vaut guere mieux
qu'une précieuſe. Vous croyez que l'imagination augmente les plaiſirs ; c'eſt tout le
contraire. *Hélas ! que les hommes ſont à plaindre ! Leur condition naturelle leur fournit
peu de choſes agréables , & leur raiſon leur
apprend à en goûter encore moins.* Vous êtes
fous , dit un gros Hollandois , ſi vous vous
plaignez de la condition naturelle des hommes , & du peu de choſes agréables qu'elle
leur fournit. Ce ſont les plaiſirs ſimples
& communs qui ſont les plus doux. Savez-
vous combien Eliſabeth fut flattée de cette
expreſſion à la Hollandoiſe , dont je me ſer-
vis pour la louer? Je n'étois point un homme
qui raffinât beaucoup ſur les plaiſirs ; je ne
ſavois ſur cette matiere-là que ce que tout
le monde ſait ; cependant la Reine d'Angleterre fut contente de ma ſcience , & à
mon départ j'eus un beau préſent.

K iij

Je crains bien, dit le Crotoniate Milon, en s'adreffant à la précieuse qui avoit parlé, que ce gros garçon-là n'ait tiré la Reine hors de fes plaifirs d'imagination. Il a bien la mine.... Taifez - vous, dit Pluton tout en colere. La tête me tourne. Je ne fais plus où j'en fuis. Je ne fais plus de quoi il eft queftion. Je n'entends rien à leur difpute fur les plaifirs. Je n'entends rien non plus au caractere d'Elifabeth. Elifabeth ne veut que des préparatifs & des efpérances. Et puis voilà Elifabeth qui a des goûts plus folides avec le Hollandois. On reproche à cette perfonne, qui ne veut jamais de réalité, que fa Virginité eft fort douteufe, & puis malgré cela on voudroit l'avoir époufée. On dit que les plaifirs font dans l'imagination; on dit qu'ils n'y font pas; on dit qu'il faut raffiner & chimérifer fur les plaifirs; on dit que les plus fimples & les plus communs font les meilleurs. Qui me tirera de tous ces embarras-là?

'Ce ne fera pas moi, répondit Eaque. Ni moi non plus, dit Rhadamante. Nous aurions bien moins de peine à juger nos Criminels, qu'à vuider les différends de tous ces Difcoureurs que vous avez fait venir ici, & qui ne conviennent jamais de rien, ni les uns avec les autres, ni àvec eux-mêmes. Hé bien, reprit brufquement Pluton, puifque vous ne favez tous deux par où en prendre, j'ordonne :

Que le Duc d'Alençon, Élifabeth d'Angleterre, Smindiride, & le Hollandois, ne fe trouveront jamais dans un même Livre.

A peine Pluton avoit prononcé ces dernieres paroles, que Mercure entra dans l'Affemblée. On voyoit bien à fon air qu'il apportoit quelques nouvelles ; & en effet fi-tôt qu'il fut arrivé, il dit qu'il venoit de deffus la Terre, & que les Vivans lui avoient donné une commiffion dont il vouloit s'acquitter. Cette commiffion étoit une Lettre pour les Morts, dont ils l'avoient chargé, & il la lut tout haut en ces termes.

LETTRE

DES VIVANS AUX MORTS.

TRÈS-HONORÉS MORTS.

IL court parmi nous des Dialogues que l'on a mis sous votre nom, parce qu'on y a traité des matieres si importantes, que des Vivans n'eussent pas pu avoir ensemble de ces sortes d'entretiens, eux qui ne disent que des choses inutiles. Nous avons examiné fort sérieusement de quoi nous étions capables, & avec tout le respect que nous vous devons ; nous avons trouvé que dans nos conversations ordinaires nous en dirions bien autant que ce que l'on vous fait dire. Vos raisonnemens ne nous ont pas paru si sublimes, que nous désespérassions d'y pouvoir atteindre. Les Femmes particuliérement croient qu'on peut être pleine de vie & de santé, & avoir autant d'esprit que Didon & Stratonice, que Sapho & Laure, qu'Agnès

Sorel & Roxelane. Elles se tiennent offen-
sées de ce qu'on s'est cru obligé d'aller dé-
terrer ces Mortes, pour ne leur faire tenir
que les discours qu'elles tiennent. Ce n'est
pas que ces discours paroissent inutiles aux
Femmes d'ici-haut ; au contraire elles jugent
que ce que dit Stratonice à Didon sur son
intrigue avec Enée, peut être d'une grande
consolation pour celles qui auront fait parler
d'elles un peu plus qu'il ne faudroit ; que
les Histoires d'Agnès Sorel & Roxelane
sont fort propres à persuader aux Femmes,
qu'elles sont nées pour avoir un empire absolu
sur leurs Amans, & que Sapho & Laure
leur apprennent parfaitement bien de quelle
maniere elles doivent exercer leur imagina-
tion sur les sujets qui leur conviennent ;
mais enfin elles sont si convaincues de leur
propre mérite, qu'elles ne trouvent point tout
cela au-dessus de leur portée. Nous vous
prions donc, très-honorés Morts, de souf-
frir que nous ayons ici-haut des conversa-
tions aussi spirituelles & aussi utiles que les
vôtres, en attendant que nous ayons l'honneur
de vous aller entretenir nous-mêmes ; ce qui
ne sera assurément que le plus tard que nous
pourrons.

Mercure ayant lu cette Lettre, la priere
des Vivans fut trouvée juste par tous

K v

les Morts, & auffi-tôt Pluton déclara :

Qu'il ne feroit pas befoin d'être Mort pour dire des chofes auffi pleines de morale & de raifonnemens, que celles qui fe difent dans les nouveaux Dialogues.

Laure voulut pourtant s'oppofer à cet Arrêt. Elle repréfenta que fi elle eût été vivante, elle n'auroit jamais dit que, *quand on veut qu'un Sexe réfifte, on veut qu'il réfifte autant qu'il faut pour faire mieux goûter la victoire à celui qui la doit remporter, mais non pas affez pour la remporter lui-même, & qu'il doit n'être ni fi foible qu'il fe rende d'abord, ni fi fort qu'il ne fe rende jamais;* qu'il y avoit dans ce raifonnement un fond de Logique, & une certaine combinaifon méditée, dont une autre qu'une Morte n'auroit pas été capable; que fi l'on vouloit bien pénétrer dans la profondeur de cette penfée, il fembleroit qu'on auroit tenu les Etats du Genre humain, pour déterminer lequel des deux Sexes auroit dû attaquer ou fe défendre; & qu'après une mûre délibération des Philofophes qui auroient examiné la queftion felon leurs regles, on auroit donné le parti d'attaquer aux hommes, & celui de fe défendre aux femmes; que c'étoit là ce qui s'appelloit trâiter les ma-

tieres folidement ; que cette folidité étoit
d'autant plus admirable, que les matieres
étoient galantes ; & qu'enfin il étoit bien
fûr que des femmes vivantes ne l'auroient
jamais attrapée, elles qui ne font qu'effleurer les chofes légérement, & y répandre des agrémens fort fuperficiels.

Si-tôt qu'elle eut ceffé de parler, Pétrarque fe montra, & dit que depuis les
nouveaux Dialogues Laure étoit gâtée ;
qu'auparavant elle avoit eu l'efprit raifonnable, mais qu'elle vouloit préfentement faire des Differtations fur tout ; que
fa nouvelle folie étoit d'approfondir toujours les matieres, & de les traiter métho-
diquement ; que quand il croyoit lui dire
quelque chofe de galant & d'agréable, il
trouvoit une raifonneufe qui fe mettoit à
argumenter contre lui ; qu'il ne pouvoit
plus vivre avec elle ; que de plus il n'é-
toit point content qu'elle s'accoutumât
avec Sapho qui étoit une très-dangereufe
compagnie ; que véritablement Laure avoit
pris le bon parti, en foutenant que c'é-
toit aux hommes à attaquer, & aux femmes à fe défendre ; mais qu'il craignoit
qu'à la longue elle ne perdît les bons fentimens où elle étoit encore, & qu'il ne

K vj

lui prît envie d'attaquer à l'exemple de Sapho.

Louis XII, Roi de France, & le Duc de Suffolc, se joignirent à Pétrarque, & firent d'Anne de Bretagne, & de Marie d'Angleterre les mêmes plaintes qu'il avoit faites d'abord de Laure. Ce deux Princesses avoient pris dans les nouveaux Dialogues l'habitude de ne parler que par lieux communs, & en propositions générales. Elles avoient ensemble de longues conversations, où elles ne se répondoient l'une à l'autre que par des Sentences, & il n'étoit presque plus possible de les tirer de leurs spéculations, pour leur faire dire quelque chose qui fût de l'usage commun. Jamais Anne de Bretagne n'avoit tant fait souffrir Louis XII pendant sa vie, quoiqu'elle eût quelquefois l'humeur assez aigre & assez difficile; & le Duc de Suffolc avoit encore été plus content de Marie d'Angleterre du tems qu'ils étoient mariés ensemble, quoique l'inclination qu'elle avoit pour la galanterie donnât toujours de justes appréhensions à un mari.

Pluton, pour remédier à ces désordres, défendit :

Qu'on fît les femmes si grandes raisonneuses, de peur des conséquences.

Après cela on vit Hervé qui venoit ac-
cufer Charles V devant Pluton, fur ce
que cet Empereur refufoit de répondre à
une queſtion d'Anatomie qu'il lui faifoit.
Je lui demande, difoit Hervé, un petit
éclairciſſement fur les Veines Lactées &
fur les Anaſtomofes, & il ne me le veut pas
donner. Auſſi-tôt tous ces Morts fe mirent
à dire, il faut qu'Hervé foit fou. Faire des
queſtions d'Anatomie à Charles V! Eſt-il
Chirurgien? Hé quoi, leur répondit Hervé, ignorez-vous que Charles V parle à
Erafme comme un Docteur fur les fibres &
fur la conformation du Cerveau, en quoi
il prétend que l'efprit conſiſte? Il fait que
l'Anatomie la plus délicate ne fauroit appercevoir cette différence d'organes qui fait
la différence des génies; & après cela il
ne voudra pas répondre à mes queſtions?

Qu'on me délivre de cet Extravagant,
dit Charles V tout en colere. Où a-t-il
trouvé qu'un Empereur dût favoir l'Anatomie? Hé qui ne le croiroit, reprit
Hervé, à vous entendre parler comme vous
faites dans les Nouveaux Dialogues? Ce
que je dis d'Anatomie n'eſt rien du tout,
répondit Charles V, ou du moins ce n'eſt
rien que tout le monde ne fache. Mais,
repliqua Hervé, vous le dites dans les ter-

mes de l'art, & d'une maniere qui fent
tout-à-fait fon Phyficien de profeffion ;
c'eft là ce qui m'a mis en erreur. Hé bien,
dit Charles V, eft-il défendu à un grand
Prince de favoir quelques termes des
Sciences ? Non, répondit Hervé, mais
il lui eft défendu de s'en fervir. Il faut
que dans les Sciences un Prince ne prenne
que les chofes, & laiffe les termes aux
Savans, & qu'il ne paroiffe pas avoir appris ce qu'il fait, mais le deviner.

Pluton fut de l'avis d'Hervé, & il ordonna :

*Que Charles V ne parleroit plus fi fa-
vamment de Phyfique, ou qu'il l'appren-
droit tout de bon.*

Je fais bien, ajouta le Roi des Enfers,
qu'il y a encore une certaine Bérénice qui
eft un peu Grammairienne pour une Reine.
Elle parle *d'une mort grammaticale des noms,*
& de l'embarras que ces noms donnent aux
Savans, dès qu'il y a quelques lettres de
changées. Je ne conçois pas trop bien où
une femme & une Princeffe a pris cela.
Il faut qu'elle ait bien étudié, & que de
plus elle n'en faffe pas trop de myftere :
mais laiffons-la en repos, il faut finir ;
elle fera comprife dans l'Arrêt de Charles V. Paffons à d'autres.

Hervé se présenta encore une fois, &
dit qu'il s'étoit plaint que Charles V, qui
étoit Empereur, raisonnoit trop bien sur
la Physique, & que présentement il se
plaignoit qu'Erasistrate qui étoit Médecin,
ne raisonnoit pas assez bien sur la Médecine. J'ai découvert la circulation du sang,
disoit Hervé, & Erasistrate marque assez de mépris pour ma découverte. Mais
pourquoi, à votre avis? C'est que sans
savoir que le sang circulât, il a guéri le
Prince Antiochus de sa fievre quarte,
par un moyen, à la vérité, fort ingé-
nieux, mais qui ne deviendra jamais une
regle de Médecine. Car, je vous prie,
établira-t'on que quand un Médecin aura
un malade à guérir de la fievre, il fera
passer devant lui toutes les femmes de sa
connoissance, lui tiendra le pouls pendant
ce tems-là, remarquera celle dont la vue
redoublera l'émotion de son pouls, &
ensuite ira négocier, pour faire obtenir à
son Malade cette femme dont il sera amoureux? Cependant Erasistrate tient que la
connoissance de la circulation du sang
n'est pas nécessaire, parce qu'effectivement elle ne l'étoit pas dans la maladie
d'Antiochus, & qu'il ne s'agissoit que de
savoir quel chagrin rongeoit ce jeune Prin-

ce. N'eft-ce pas là une belle conféquence ?
Si c'eft ainfi qu'il raifonnoit du tems
qu'il exerçoit la Médecine là-haut, oh
que vous êtes en grand nombre, Morts,
qu'il a envoyés en ces Lieux !

La fin de cette harangue fut fuivie d'un
éclat de rire. Erafiftrate voulut répondre ;
mais Pluton qui ne crut pas que fa ré-
ponfe pût être bonne, ne lui en donna
pas le loifir, & prononça brufquement :

Qu'Erafiftrate, quoiqu'il eût guéri An-
tiochus, feroit obligé à refpecter la circu-
lation du fang.

Il y avoit quelques momens que Mon-
tagne paroiffoit avoir envie de parler. Il
s'avançoit, & puis fe retiroit ; il ouvroit
la bouche, & la refermoit tout d'un coup.
Pluton qui le remarqua, lui dit, qu'avez-
vous ? Voulez-vous parler ? J'en aurois
bien envie, répondit-il, mais je cherche
des termes pour m'expliquer honnête-
ment. On me fait *accoucher* dans les nouveaux Dialogues, mais on me fait accoucher avec tant de facilité, que j'en
ai honte. On n'a point du tout ménagé
mon honneur. Souvenez-vous que Socrate, cette Sage-femme, avec qui l'on
m'a mis, me veut prouver que les Anciens
ne valoient pas mieux que les hommes

d'à préſent. Il me dit d'abord, pour m'attraper, avec cet air que vous lui connoiſſez, que de ſon tems les choſes alloient tellement de travers, qu'elles auroient bien dû prendre à la fin un train plus raiſonnable, & qu'il avoit cru que les hommes profiteroient de l'expérience de tant d'années. Moi qui ne me ſouviens plus de ce que j'ai entrepris de ſoutenir, je lui réponds : *Que les hommes ne font point d'expériences, parce que dans tous les Siecles ils ont les mêmes penchans, ſur leſquels la raiſon n'a aucun pouvoir, & qu'ainſi partout où il y a des hommes, il y a des ſottiſes, & les mêmes ſottiſes.* Sur cela Socrate, tout joyeux, me demande bien vîte : *Et ſur ce pied-là, comment voudriez-vous que les Siecles de l'Antiquité euſſent mieux valu que le Siecle d'aujourd'hui ?* La vérité eſt, qu'après ce que j'ai dit, je n'ai rien à lui répondre ; je ſuis ſurpris & j'accouche ſottement. Je vous aſſure que ſi j'avois à recommencer, je donnerois bien plus de peine à ma Sage-femme ; car moi qui prétends que les Siecles ayant dégénéré, puis-je dire auſſi-tôt : *Que tous les hommes ont le même penchant ; que par-tout où il y a des hommes, il y a les mêmes ſottiſes ?* J'avoue que je me ſuis vanté dans mes

Essais de n'avoir guere de mémoire, mais
encore n'en pouvois-je pas manquer jusqu'à ce point-là. Socrate triomphe, je le
crois bien; un autre moins habile que lui
auroit aussi triomphé en sa place. Ma défaite devoit être un peu plus difficile, ne
fût-ce que pour la gloire de Socrate.

Ne prétendez point m'intéresser dans
vos plaintes, dit ce Philosophe mo-
queur; je suis très-content de ce Dialogue, il me fait plus d'honneur que tout
ce qu'on a jamais dit à ma louange. Quand
vous venez me trouver, plein d'une admiration pour les Anciens, que vous ne
m'avez pas encore marquée, je vous demande des nouvelles du Monde. Vous
me répondez qu'il est fort changé, & que
je ne le reconnoîtrois pas. Moi qui ai lu
dans votre ame, & qui veux vous surprendre par une opinion toute contraire
à la vôtre que j'ai devinée, je vous dis :
Que je suis ravi de ce que vous m'appre-
nez que je m'étois toujours bien douté que
le monde deviendroit meilleur, & plus sage
qu'il n'étoit de mon tems ; car puisque ce
n'est pas là mon sentiment, je ne puis
avoir d'autre dessein que de vous éton-
ner, en me jettant dans l'extrêmité oppo-
sée à celle où vous étiez, & de commen-

eer déja à combattre votre penfée. Mais
n'eft-ce pas être bien habile, que de la
favoir avant que vous me l'ayez dite?
Dans les Dialogues où Platon me fait parler, je ne réfute aucunes opinions, que
je ne les aie fait répéter je ne fais combien de fois, & en je ne fais combien de
manieres, à ceux qui les foutiennent,
mais dans ces nouveaux Dialogues-ci,
j'ai bien plus d'efprit, je devine ce que
j'ai à réfuter. Roi des Enfers, dit Mon-
tagne à Pluton, vous entendez bien le
langage de Socrate, c'eft ainfi qu'il fait
la critique de notre Auteur. Point du
tout, reprit Socrate, toujours fur le même ton, je ne fais point de critique. L'Auteur m'a fait Prophete, il eft vrai, mais
affurément c'eft à caufe de ce Démon familier que j'avois.

Pluton qui prit la chofe férieufement,
ordonna :

*Que Socrate ne fe ferviroit point dans les
difputes de fon Démon familier, pour deviner les penfées des autres; & que Mon-
tagne n'accoucheroit plus fi facilement.*

Il y avoit encore quelques Morts qui
fe préparoient à parler, lorfque Caron
entra dans l'Affemblée, d'un air qui fit
bien juger qu'il apportoit quelque nou-

velle importante. Ce n'eſt pas fait, dit-il
d'un ton à faire trembler tout le monde,
nous ne ſommes pas encore quittes des
Dialogues des Morts. En voici une ſeconde Partie que j'ai ſurpriſe à un Mort
que je paſſois dans ma Barque, & qui s'en
étoit chargé.

Auſſi-tôt ce fut un bruit incroyable
dans l'Aſſemblée. Tous les Morts ſe jetterent ſur Caron, lui arracherent le Livre, & ſortirent auſſi-tôt pour l'aller lire
tous enſemble, ſans ſonger qu'ils manquoient de reſpect pour Pluton, qu'ils
laiſſoient là ſeul ſur ſon Trône.

JUGEMENT

DE PLUTON,

Sur les Dialogues des Morts.

SECONDE PARTIE.

IL s'amaſſa encore une infinité d'autres
Morts, qui accouroient en foule au nom
de cette ſeconde Partie; chacun vouloit
ſavoir s'il n'y étoit point intéreſſé. La difficulté fut de trouver quelqu'un qui pût la
lire à une Aſſemblée ſi nombreuſe; car il
falloit ſatisfaire l'impatience de tout le
monde à-la-fois. A la fin Stentor fut choiſi
pour Lecteur; ce Stentor qui avoit la voix
ſi bonne, qu'il ſe faiſoit entendre de toute
une Armée. D'abord quand il nomma Hé-
roſtrate & Démétrius de Phalere, on remarqua la joie de Démétrius, qui s'at-
tendoit bien à être loué ſur l'art qu'il avoit
eu d'accorder enſemble la Politique & la
Philoſophie, & ſur ce qu'il avoit été éga-

lement propre aux fpéculations du Cabinet & aux foins du Gouvernement. Au
contraire, l'infame Héroftrate baiffa la tête, & tâcha de fe cacher dans la foule,
parce qu'il ne douta point qu'on ne lui
fît fon procès fur l'embrafement du Temple d'Ephefe, avec toute la rigueur qu'il
méritoit; mais il reprit un peu de courage dans le commencement du Dialogue,
où il vit que les chofes ne tournoient point
fi mal pour lui. Enfuite il fut furpris de
s'entendre raifonner fi fubtilement, que
Démétrius ne favoit que lui répondre,
& lui-même il ne favoit qu'en croire. A
la fin il fut ravi d'étonnement & de joie,
quand il reconnut certainement qu'il étoit
le Héros du Dialogue, que l'action qu'il
croyoit qu'on lui dût reprocher, y étoit
couronnée, & que Démétrius étoit confondu.

Le pauvre Démétrius ne pouvoit auffi
revenir de fon étonnement. Il avoit tant
de honte de voir fes efpérances trompées,
& il fe trouvoit fi peu d'efprit dans ce
Dialogue en comparaifon d'Héroftrate,
qu'il ne put ni n'ofa jamais dire une parole. Les Morts rioient en eux-mêmes
du trouble & de l'embarras où il étoit;
car comme il n'y en avoit pas un feul qui

n'en craignît autant pour son compte, ils ne vouloient pas rire ouvertement.

Au second Dialogue, ils jetterent tous les yeux sur Pauline, qui parut assez interdite. On la pria malicieusement de vouloir bien nommer les Sages à qui elle avoit ouï dire : *Qu'une femme devoit aider elle-même à se tromper, pour goûter quelques plaisirs; qu'il ne falloit point qu'elle examinât trop la divinité d'un Amant, qui dans le dessein de la surprendre, se vouloit faire passer pour un Dieu.* La plupart des Mortes disoient qu'elles auroient été volontiers à l'école de ces Sages-là, si elles les eussent connus; & que les femmes n'auroient plus tant d'aversion pour la Philosophie, si elle donnoit de pareilles leçons.

Pauline commença à répondre d'un air embarrassé, que les Amans fideles n'étoient pas en plus grand nombre que les Dieux Amans, & que cependant on ne trouvoit pas mauvais que des femmes crussent qu'on auroit pour elles une constance éternelle, & elle prétendit qu'aller se jetter entre les bras de son faux Anubis, c'étoit la même chose que si elle eût été assez dupe pour compter sur la fidélité d'un Amant.

Toutes les Mortes généralement se récrierent là-dessus. Il y en avoit entr'elles

une infinité qui s'étoient flattées qu'on
les dût aimer fidellement, & qui n'euſſent pourtant pas fait la ſottiſe d'aller trouver Anubis dans ſon Temple. Pauline
qui étoit malheureuſement engagée à ſoutenir que les Amans fideles étoient extrêmement rares, s'embarraſſa dans une définition de la fidélité, dont elle eut bien
de la peine à ſortir. Elle ne faiſoit aucun
cas des ſoins, des empreſſemens, des ſacrifices, de la préférence entiere qu'on
donne à ſa Maîtreſſe ſur toutes choſes.
Tout cela, dont bien des femmes ſe con-
tenteroient, n'étoit rien; il falloit, pour
être fidele, tenir bon contre le tems &
contre les faveurs; mais toute l'Aſſemblée convint que Pauline devoit être ré-
duite à une étrange extrêmité, pour avoir
recours à une définition ſi chimérique;
& on lui demanda grace pour les pauvres Humains, qui ne pouvoient atteindre à la perfection qu'elle exigeoit d'eux,
& qui auroient encore aſſez de peine à
s'acquitter de ce qu'elle ne comptoit preſque pour rien.

　Je crois que les femmes vivantes ſeroient
de même avis que les mortes. Il n'eſt pas
beſoin que par des idées rigoureuſes de
fidélité, on mette les Amans en droit de
　　　　　　　　　　　　　　　　ne

ne fonger point du tout à être fidelse ;
& tout ce que dit Pauline fur cette matiere-là, eft de ces chofes qui ne peuvent
être reçues ni en ce monde, ni en l'autre.

Pour Callirhée, quoiqu'elle fût dans
le même cas que Pauline, on ne la traita
pas avec la même rigueur. C'étoit une
bonne Innocente, qui avouoit la chofe
comme elle s'étoit paffée, qui n'entendoit fineffe à rien, & qui ne cherchoit
point à fe défendre par des raifonnemens
fophiftiques. On eft ordinairement difpofé
plus favorablement pour ces fortes de
gens-là, que pour de faux beaux efprits.
Elifabeth d'Angleterre fut la feule qui voulût attaquer Callirhée. Cette Reine fort
contente d'avoir dit : *Que les plaifirs étoient
des terres marécageufes, fur lefquelles il
falloit courir fort légérement, fans y arrêter
le pied,* reprocha fiérement à Callirhée que
c'étoit être bien hardie, que d'ofer dire
après cela : *Que les chofes du monde les plus
agréables font dans le fond fi minces, qu'elles ne toucheroient plus guere, fi l'on y fa-
foit une réflexion un peu férieufe ; que les
plaifirs n'étoient pas faits pour être examinés à la rigueur, & qu'on étoit tous les
jours réduit à leur paffer bien des chofes,
fur lefquelles il ne feroit pas à propos de fe*

L

rendre difficile. Callirhée qui étoit fimple & timide, n'ofa répondre à Elifabeth, & peut-être qu'une autre qu'elle eût été bien embarraffée à fe juftifier.

Candaule parut, à cette grande Affemblée de Morts, le meilleur Mort du monde. Il n'a aucun reffentiment contre Gigès qui lui a ôté fa femme qu'il aimoit fi tendrement, & la vie qu'il n'avoit pas fujet de haïr; il tâche feulement à deviner pourquoi Gigès l'a tué. Pourvu qu'il puiffe prouver qu'il n'a pas tant de tort d'avoir voulu faire voir fa femme dans le bain à ce perfide favori, il eft content. Il fe confole; en s'imaginant que c'eft une néceffité indifpenfable que de faire parade de fon bonheur, & en fuppofant qu'un Empereur fût fort fâché, parce qu'un Roi captif cria, *fottife, fottife.* D'un autre côté on trouva Gigès bien cruel de détruire tous les raifonnemens que fait ce bon Roi, & de ne lui vouloir feulement pas laiffer des penfées qui le flattent un peu; mais on fut encore bien plus irrité contre Gigès, quand on lui entendit dire: *Que la Nature a fi bien établi le commerce de l'Amour, qu'elle n'a pas laiffé beaucoup de chofes à faire au mérite; qu'il n'y a point de cœur à qui elle n'ait deftiné quelqu'autre*

cœur, & que le choix d'une femme aimable
ne prouve rien, ou presque rien en faveur
de celui sur qui il tombe.

Quoi, disoient les Morts qui avoient
été galans pendant leur vie, Gigès a-t'il
entrepris de décrier l'Amour, & d'en dégoûter le monde? Pourquoi ne veut-il
point que les Amans sentent le plaisir
d'être distingués? Trouveroit-on quelque
chose de si doux à être aimé, si on croyoit
ne l'être que par une certaine nécessité de
la Nature qui a voulu qu'on aimât? On
ne pourroit donc point se flatter de rien
devoir à ses soins, à sa fidélité, à son propre mérite? Et que devient l'Amour?
Quand l'idée que Gigès en donne seroit
solide, elle seroit du moins trop dure.
On n'a pas besoin de vérités désagréables.

Ah! s'écria Elisabeth d'Angleterre,
si l'on ôtoit les chimeres aux hommes, quel
plaisir leur resteroit-il? Qu'ai-je fait à Gigès,
pour l'obliger à pratiquer le contraire de
mes maximes? Est-ce pour me contredire
qu'il veut désabuser les hommes des plus
agréables chimeres de l'Amour? Tout-à-
l'heure Pauline nous donnoit une idée si
sublime de la fidélité, que personne n'y
eût pu parvenir; & voici présentement
Gigès qui nous donne une idée de l'Amour

fi méprifable, que je ne fais fi perfonne voudroit s'abaiffer jufqu'à être amoureux.

Quelle fut la furprife d'Homere, lorfqu'il fe vit intéreffé dans le Dialogue d'Hélene & de Fulvie! Ce Prince des Poëtes fe plaignoit fortement de ce qu'on l'attaquoit encore une fois. Que veut donc dire cette étrange licence, difoit-il tout en colere? Toujours des plaifanteries fur moi? Suis-je le feul aux dépens de qui l'on puiffe divertir le Public? Se fait-on préfentement un honneur de m'infulter? Faut-il dire du mal de moi, pour être bel Efprit? A-t'on mis la réputation à ce prix-là? Mais encore quel eft l'endroit que l'on attaque? C'eft peut-être l'endroit le plus judicieux de mes deux Poëmes. On tient un Confeil devant le Palais de Priam, au retour d'un combat qui a été fort long & fort opiniâtre. Les avis fe partagent, on commence à s'échauffer de part & d'autre; mais comme il n'eft pas tems alors de s'amufer à contefter, & que des gens qui reviennent de la bataille tout fatigués, ne s'accommoderoient pas d'un Confeil qui dureroit trop long-tems, Priam remet les délibérations à un autre jour, & ordonne, non pas que l'on aille fouper,

mais que l'on se retire chez soi, qu'on
prenne le repos dont on a besoin, & qu'on
répare ses forces ; car ce sont deux choses
différentes que d'ordonner qu'on aille sou-
per, ou que l'on aille réparer ses forces
& prendre du repos. L'Auteur qui a affecté la premiere expression, n'eût pas
voulu employer la seconde. Les termes
ne sont pas indifférens à ces Messieurs qui
veulent plaisanter : & souvent qui leur en
changeroit un seul, feroit un grand tort
aux traits les plus spirituels de leurs Ouvrages. Mais ne faut-il que pouvoir attraper un mot, qui sera devenu bas par
l'usage populaire, pour être en droit de
badiner sur la divine Iliade ? La réputation
d'Homere ne sauroit-elle le garantir de ces
sortes d'insultes ? Il n'en dit pas davantage. Tous les morts se mirent de son
parti, & Fulvie fut obligée à désavouer
ce qu'on lui faisoit dire.

Quand Stentor prononça les noms de
Parmenisque & de Théocrite de Chio,
tous les Morts se regarderent l'un l'autre.
Ces noms leur étoient inconnus, & ils
jettoient les yeux de tous côtés, pour voir
si Théocrite de Chio & Parmenisque ne
se montroient point. Comme on ne les
voyoit point paroître, Stentor cria en-

core plufieurs fois , *Parmenifque & Théo-crite de Chio* , & fit retentir tous les échos de l'enfer. A la fin on les vit accourir tous deux hors d'haleine. Ils ne s'étoient point attendus à avoir part dans les Nouveaux Dialogues , & avoient négligé de fe trou-ver à l'Affemblée. Dès que Théocrite en-tendit fon hiftoire, il s'écria : Ah ! falloit-il que cet Auteur me tirât de l'obfcurité où j'étois, pour faire revivre une détef-table pointe que j'efpérois que l'on auroit oubliée ? Quel plaifir prend-il à rouvrir mes plaies , à me faire fouvenir, & à faire fouvenir les autres que j'ai été un mauvais plaifant, & qu'il m'en a coûté la vie ? Etoit-il befoin qu'il eût recours à moi pour orner fon Livre d'une froide plaifanterie ? Il en eût fi bien trouvé quel-qu'une de lui-même, s'il eût voulu.

Parmenifque parut fi fublime & fi élevé fur la fin de fon Dialogue , qu'on lui de-manda s'il avoit appris dans l'Antre de Trophonius à parler ainfi, & fi les Oracles qui s'y rendoient étoient de ce ftyle ? Il avoua de bonne foi qu'il n'entendoit point ce qu'on lui faifoit dire, & pria Stentor de le répéter. Stentor le répéta ; & Par-menifque y trouvant encore plus d'obfcu-rité que la première fois , demanda du

tems pour y penfer. Apparemment, dit-
il, l'intention de l'Auteur n'a pas été que
l'on m'entendît ; car il vend l'intelligence
de mes paroles bien cher. Vous voulez
m'entendre , Morts , prenez-y garde.
L'Auteur s'en vengera par la peine que
vous aurez à déchiffrer mes Sentences
énigmatiques. On lui demanda pourquoi
cette obfcurité auroit été affectée par l'Auteur? Et Parmenifque répondit : Il a mis
les Morts dans fes Dialogues pour y parler ;.& parler , c'eft ne favoir ce qu'on
dit la plupart du tems. Quand nous découvrons le peu de folidité de ce qu'il
nous débite , & de ce qui nous éblouit
quelquefois , nous arrachons à l'Auteur
fon fecret. On devient fage , & on ne l'admire plus ; on penfe , & on n'eft plus fa
dupe : voilà ce que l'Auteur ne trouve
pas bon. Pour moi, duffai-je me mettre
mal avec lui, je m'en vais travailler à pénétrer dans fes penfées. Je fais bien que
cette étude pourra me rendre plus chagrin
& plus fombre, que ne fit l'Antre de Trophonius ; mais il n'importe. Je vous prie
feulement, Morts, que fi quelqu'un d'entre vous entend plutôt que moi cette belle
phrafe : *Il y a une raifon qui nous met au-
deffus de tout par les penfées, il y en a une*

autre qui nous ramene enſuite à tout par les actions, il ait la bonté de m'en aver- tir, afin que j'y perde moins de tems.

Là-deſſus il y eut un Mort malicieux qui dit à Parmeniſque : Je ne vous en quitte pas pour l'éclairciſſement de cette phraſe-là ; il y en a encore une à laquelle je vous prie de vouloir bien travailler. On l'a miſe dans votre bouche ; c'eſt celle- ci : *Quand on eſt de mauvaiſe humeur, on trouve que les hommes ne valent pas la peine qu'on en rie. Ils ſont faits pour être ridi- cules, & ils le ſont, cela n'eſt pas éton- nant ; mais une Déeſſe qui ſe met à l'être, l'eſt bien davantage.* J'aurois bien envie de ſavoir, continua-t'il, pourquoi cette pauvre Déeſſe étoit ſi ridicule. Elle étoit de bois mal faite. Eſt-ce là tant de quoi rire ? Il falloit que vous ne fuſſiez pas ſi mélancolique. Je ne plains pas les gens chagrins, à qui une Latone de bois ſuffira pour leur rendre leur belle humeur. Mais d'où vient que vous ne pouviez rire de tant de ſottiſes des hommes ? C'eſt qu'ils ſont faits pour être ridicules, & il n'eſt pas étonnant qu'ils le ſoient. Et eſt- il eſſentiel à la Déeſſe Latone que ſes Statues ſoient de marbre & d'un travail excellent ? Quand un mauvais Ouvrier fait une Latone, peut-on dire pour cela que Latone fait quelque chofe contre la nature d'une Divinité, & qu'elle fe met à être ridicule? Parmenifque promit qu'il fongeroit à cette difficulté auffi-bien qu'aux autres, & prit congé de l'Affemblée.

Peu de tems après, il y eut une groffe querelle entre l'Impératrice Fauftine & la Sultane Roxelane. Celle-ci trouvoit fort mauvais que Fauftine entreprit de foutenir : *Que les hommes exercent leur domination fur les femmes, même en amour; que quoique l'empire dût être également partagé entre l'Amant & la Maîtreffe, il paffoit toujours de l'un ou de l'autre côté, & prefque toujours du côté de l'Amant.* Je vois bien, difoit Roxelane irritée, qu'on ne fe fouvient plus ni de mon hiftoire, ni de la hardieffe avec laquelle j'ai promis *de gouverner toujours à ma fantaifie l'homme du monde le plus impérieux, pourvu que j'euffe beaucoup d'efprit, affez de beauté & peu d'amour.* J'avois établi la gloire de toutes les femmes, & Fauftine la vient détruire. Et qui croiroit que Fauftine dût mettre fi haut le pouvoir des hommes; elle qui a toujours fait de fon mari tout ce qu'elle a voulu; elle qui a eu tant de pouvoir fur lui, qu'elle en avoit honte;

L v

elle qui eft fi impérieufe, que préfentement même *elle voudroit qu'il ne fût point
de maris?* Eft-ce à elle à fe plaindre que
les hommes ufurpent la domination fur
les femmes?

Fauftine ne demeura point fans replique. Elle fe mit à déclamer contre les
hommes avec tant d'emportement, que
les femmes elles-mêmes la défavoüerent,
& que M. Aurèle tâcha de s'enfuir de
l'Affemblée. Roxelane la traita comme une
folle, fi reconnue pour ce qu'elle étoit,
que dans le Dialogue où elle parle, on la
faifoit convenir de la néceffité qu'il y a
que les femmes foient gouvernées, & fe
plaindre en même tems de ce qu'elles
le font; vrais difcours d'une tête bien
mal réglée. La difpute s'échauffa entre
ces deux femmes, comme il devoit arriver
naturellement, & à la fin ce fut une confufion étrange entre toutes les Mortes. Les
unes fe plaignoient d'avoir été tyrannifées
par les hommes; les autres fe loüerent de la
facilité avec laquelle leurs Amans s'étoient
laiffé conduire par elles. Si l'Auteur des
Dialogues eût été là, il fe fût trouvé bien
embarraffé. Il eût fallu qu'il eût tâché d'accorder Fauftine & Roxelane, dont il avoit
excité la querelle, & cela n'eût pas été

trop aifé; ou il eût été réduit à décider en
faveur de l'une des deux, & c'eût été
décider contre lui-même. Une fi grande
affaire ne fe fût pas terminée fans beaucoup de peine, fi on eût voulu la termi-
ner par un Jugement régulier. Mais les
Morts ennuyés de cette difpute, qui prenoit le train de ne point finir, chafferent
hors de l'Affemblée Roxelane & Fauftine,
& les envoyerent vuider ailleurs leurs différends.

Stentor voulant continuer fa lecture,
nomma Séneque & Scarron; & auffi-tôt
Séneque fe montrant à tous ces Morts:
Je n'ai pas befoin, leur dit-il, d'entendre
lire ce Dialogue, pour favoir ce qu'il con-
tient. Puifque moi, qui fuis un Philofophe
très-férieux, & fi j'ofe le dire, affez confidérable dans l'Antiquité, on me met
avec un Poëte badin; cela veut dire que
le Poëte l'emporte bien par-deffus moi.
Je vous déclare que je me tiens dès-à-
préfent pour vaincu; je céde tout l'avantage à Scarron, je ne fuis pas affez téméraire pour le lui difputer. A ces mots il
fe retira; mais Scarron avec fon air gai,
dit qu'il n'avoit garde d'en faire autant;
qu'il avoit trop d'envie de voir comment
on l'alloit ériger en Philofophe, & qu'il

ne le pouvoit abfolument deviner. Il fe
mit donc à écouter fort attentivement;
mais quand il entendit qu'on mettoit bien
haut la conftance avec laquelle il avoit
foutenu, le manque de fortune, les maladies, & que c'étoit par-là qu'il l'empor-
toit fur Séneque, fur Crifippe, fur Zenon,
& fur tous les Stoïciens : Ah! par le Stix,
s'écria-t'il, cet Auteur des Dialogues eft
brave homme, il fait bien trouver le mérite des gens. Je ne me connoiffois point
encore celui qu'il me donne; je n'avois
pas fait réflexion que j'avois reçu tous mes
malheurs avec beaucoup de Philofophie.

Mais quoi, dit fort férieufement Lucilius, le grand ami de Séneque, & fon
Difciple, d'où vient que cet Auteur
fe déclare toujours contre la raifon?
Quelle inimitié y a-t'il entre la raifon &
lui? *On ne doit point*, à ce qu'il prétend,
*compter fur elle, on ne s'y doit point fier,
elle ne mérite point d'eftime.* Et qu'eft-ce
donc qui en mérite? A quoi fe fiera-t'on?
Sur quoi comptera-t'on? La raifon feule
ne produit-elle pas toutes les vertus? Car
elles ceffent de l'être, dès qu'elles ne font
que des effets du tempérament. Le mot
même de vertu enferme l'idée d'un effort
que l'on fait pour s'attacher à ce qui eft

honnête. On peut naturellement se porter
vers les objets de vertu; mais il faut s'y
porter avec effort pour être vertueux. Depuis quand n'estime-t'on plus les bonnes
qualités qui sont acquises à force de soins?
Socrate est donc déshonoré, pour avoir
vaincu les mauvaises inclinations qu'il
avoit reçues de la Nature, & pour n'avoir
dû sa sagesse qu'à lui-même.

Comme Stentor vit que Lucilius s'embarquoit dans un discours un peu sérieux,
il l'interrompit assez promptement pour
lire le Dialogue d'Artemise & de Raimond
Lulle. Ce Dialogue fit beaucoup de plaisir à une infinité de Mortes qui avoient
été fort coquettes, & qui ne savoient pas
qu'Artemise fût des leurs. Elles furent
charmées *de la comparaison du grand Œu-*
vre & de la Fidélité conjugale; mais elles
ne laissèrent pas de tomber d'accord qu'elle
étoit outrée, & qu'il n'y avoit aucune
raison de soutenir que ces deux choses
fussent également impossibles. Franchement, dit l'une d'entr'elles, si la Fidélité
conjugale n'est pas aussi impossible que
le grand Œuvre, elle a ses difficultés qui
sont presque insurmontables avec de certains maris de méchante humeur, bourrus
& impérieux. Pour moi, j'avoue que je

ne me ferois point expofée à toutes les
aventures qui ont fait parler de moi, fi
le mien eût mérité, en continuant d'être
mon Amant, que j'euffe pris foin de les
éviter. Les maris font des gens infuppor-
tables. Ils ne fe contentent pas de n'avoir
chez eux ni complaifance ni galanterie;
ils courent par-tout celles dont ils efpé-
rent fe faire écouter; & voilà comment
ils gâtent les femmes qui font portées naturellement à la fageffe, & qui enragent
d'être forcées à fe confoler de leur perfi-
die, en fuivant le mauvais exemple qu'ils
leur donnent. Toutes les Mortes du caractere de celle qui débitoit ce raifonnement, commencerent à lui applaudir, &
trouverent admirable l'excufe qu'elle donnoit au déréglement qui avoit paru dans
leur conduite.

On ne fut point furpris de voir dans
le Dialogue d'Apicius & de Galilée, que
les fens l'emportaffent fur la raifon. Dans
les principes de l'Auteur, cela ne pouvoit manquer; mais on fut étonné que
Galilée eût tant d'efprit, & qu'on lui fît
dire la plupart des bonnes chofes qui font
dans ce Dialogue. Galilée étoit un excellent Mathématicien, il avoit un génie rare
pour la Philofophie. C'eft lui qui a, pour

ainfi dire, donné entrée aux autres dans
le Ciel par fes Lunettes, & par l'ufage
qu'il en a fait le premier. Apicius au contraire n'avoit jamais fait d'autre étude que
celle des bons morceaux. Il étoit entiérement enfeveli dans les plaifirs groffiers de
la Table; & par conféquent, difoit-on,
felon les regles que l'Auteur paroît avoir
établies, c'étoit Apicius qui devoit briller dans le Dialogue, & le partage de Galilée étoit de n'avoir pas le fens commun;
car Galilée ne vaut pas mieux qu'Ariſtote; Apicius ne vaut guere moins qu'A-
nacréon, & on a vu qu'Anacréon avoit
bien plus d'efprit qu'Ariftote.

Tous les Morts redoublerent leur at-
tention, quand ils entendirent Marguerite d'Ecoffe débiter tout le fyftême de
Platon fur le Beau. Quelques-uns lui de-
manderent où elle en avoit tant appris;
& cette Princeffe, fans s'embarraffer trop,
leur répondit que ce n'étoit pas affurément dans les Livres, & qu'il falloit
qu'elle eût pris toute cette fcience fur les
lèvres de ce Savant qu'elle avoit baifé;
tant il y a toujours à profiter, difoit-elle,
avec les habiles gens. Mais Platon traita
l'affaire plus férieufement; il protefta contre tout ce qu'on lui faifoit dire; il fe

plaignit qu'on eût renverſé ſon caractere, pour lui mettre dans la bouche tout ce qui étoit le plus oppoſé à ſes ſentimens. Marguerite d'Ecoſſe parle en Platonicien-ne, diſoit-il, & Platon parle comme au-roit dû faire Marguerite d'Ecoſſe. Je ne ſuis plus dans ce Dialogue-là le divin Pla-ton, ou du moins je me ſuis bien humaniſé.

Là-deſſus Arquéanaſſe de Colophon, qui étoit irrité contre lui, à cauſe des vers qu'il avoit faits ſur elle, & qui étoit encore de plus mauvaiſe humeur, parce qu'elle voyoit qu'au bout de deux mille ans on ſe ſouvenoit qu'elle avoit été vieille, ſoutint à Platon qu'il n'avoit point été ſi ſage qu'il le vouloit faire croire; qu'on ne lui avoit point fait de tort, en le faiſant parler ſur l'amour d'une manjere aſſez libre; qu'il en avoit lui-même donné le droit à l'Auteur des Dialogues, en laiſſant à la poſtérité de méchans petits vers fort indignes d'un Philoſophe de ſa réputation, & qu'elle étoit ravie qu'il en fût puni comme il étoit.

Platon répondit qu'il étoit fort ſurpre-nant qu'on aimât mieux juger de lui par deux petites Epigrammes qu'il avoit peut-être faites en l'air, que par tant d'Ou-vrages de Philoſophie ſi ſérieux & ſi ſolides ; que fur ces deux petites Epigrammes on le crût galant, & qu'on ne le voulût pas croire Philofophe fur tous fes Ouvrages de Philofophie. Il fe trouva un mort, qui pour le confoler, lui dit qu'on ne le faifoit point trop fortir de fon caractere ; que comme fa maniere de s'expliquer étoit fublime, & quelquefois fort enveloppée, on lui avoit affez bien fait parler cette langue-là, & que pour l'embarras de la penfée & du tour, il devoit être affez content d'un certain endroit, où il prétendroit démêler comment l'efprit ne fait point de paffions, mais feulement met le corps en état d'en faire.

On trouva bien encore un autre fublime dans le Dialogue de Straton & de Raphaël d'Urbin. Straton qu'on croyoit que fon nom fût oublié depuis long-tems, fut ravi de s'entendre nommer: Il fe dreffa fur fes pieds, & fe prépara à écouter fort attentivement, tout joyeux de ce qu'on l'avoit choifi pour être un Perfonnage ; mais fa joie fut bien rabattue, quand il ne put rien comprendre à tout ce qu'on lui faifoit dire. Il avoua qu'il ne favoit ce que c'étoit que les préjugés, & il crut que ce devoit être quelque invention nouvelle, parce que de fon tems on n'en parloit point.

Raphaël d'Urbin, grace à une application prodigieuse, entendit un peu de quoi il étoit queſtion; mais il ne laiſſa pas d'être ſurpris qu'on ne lui eût pas fait dire un mot de ſon métier, & qu'on l'eût jetté dans une Métaphyſique fort abſtraite. On demanda s'il n'avoit pas été aſſez grand homme pour pouvoir parler de toute autre choſe que de Peinture & de Sculpture; que du moins c'étoit là l'idée qu'on avoit eue de lui : mais il répondit naïvement, que ce qu'il avoit le mieux ſu, c'étoient ces deux Arts, & qu'il ſe tireroit encore plus aiſément de cette matiere-là, que des préjugés. Je crois même, ajouta-t'il, que parce qu'on ſait que je ne dois pas être fort habile ſur les préjugés, on a pris la liberté de me faire dire ſur cela quelque choſe qui n'eſt pas trop juſte. Straton me dit : *Qu'il faut conſerver les préjugés de la coutume pour agir comme un autre homme, & ſe défaire de ceux de l'eſprit pour penſer en homme ſage*; & je réponds bruſquement: *Qu'il vaut mieux les conſerver tous*. Je n'entends pas bien ma réponſe. Ai-je voulu dire que le meilleur parti étoit de conſerver tous les préjugés, tant ceux de l'eſprit, que ceux de la coutume? Mais il eſt tou-

jours bon de bannir ceux de l'esprit, puisqu'ils font obstacle à la découverte de
toutes les vérités. Ai-je voulu dire qu'il
valoit mieux ne se pas défaire des préjugés
de l'esprit, que de s'en défaire, & de
conserver en même tems ceux de la coutume? Mais un Sage seroit un extravagant, s'il falloit qu'il se défît des préjugés de la coutume, & qu'il ne fût pas
fait au-dehors comme les autres. Qu'on
me dise donc ce que j'ai voulu dire. Je
crois que si on eût mis en ma place quelque Philosophe, on l'eût fait parler avec
plus de justesse; mais on a cru qu'un
Peintre n'y devoit pas regarder de si près.

Stentor se préparoit à passer au Dialogue suivant, lorsqu'il lui vint de la part
de Pluton un ordre de quitter la lecture,
& de lui apporter le Livre. Il obéit aussi-
tôt, & sortit de l'Assemblée. Tous les
Morts, dont le nom est inconnu (& c'est
le plus grand nombre) furent extrêmement fâchés de voir cette lecture finie.
Ils se réjouissoient aux dépens des Morts
illustres qui étoient intéressés dans ces
Dialogues. Ils étoient ravis de les y avoir
maltraités; & pour eux, grace à leur obscurité, ils ne craignoient rien. Ils étoient
bien sûrs que l'Auteur ne les attraperoit

ni dans les Hiſtoires, ni dans le Diction-
naire hiſtorique, & qu'ils étoient tout-à-
fait hors de priſe d'un homme ſi dangereux. Ainſi durant que Stentor liſoit,
ils étoient proprement à la Comédie, &
ils voulurent beaucoup de mal à Pluton
qui troubloit leurs plaiſirs.

Pluton s'étoit rendu aux prieres d'une
infinité de Morts modernes, qui avoient
été le conjurer qu'il ne ſouffrît point qu'on
lût les Dialogues où ils avoient part. Ils
lui avoient repréſenté que du moins pour
les Anciens leur réputation étoit faite,
& que le mal qu'on diroit d'eux ne leur
feroit pas tant de tort; mais qu'à l'égard
des Modernes qui n'étoient pas ſi bien
établis, il étoit important qu'on ne prît
pas ſur leur chapitre des impreſſions défa-
vantageuſes, & que leur gloire, qui ne faiſoit encore que de naître, étoit trop foible pour réſiſter à toutes ces plaiſanteries.
Voilà pourquoi Pluton envoya quérir Stentor, & ſe ſaiſit de ſon Livre, dans le deſſein de ne le laiſſer jamais voir à perſonne : mais comme Stentor étoit curieux,
il en avoit lu le reſte en allant trouver
Pluton, & cela fut cauſe que Pluton l'o-
bligea au ſecret, par les ſermens les plus
redoutables qui ſe faſſent aux Enfers; mais

à dire le vrai, tous les fermens des Enfers
ne font pas grand'chofe; les Morts ne
craignent plus de mourir.

Quel refpect Stentor s'attira de tous
les Modernes! Ils alloient lui faire la cour
avec grand foin, pour l'empêcher de parler, & de révéler le mal qu'on pouvoit
avoir dit d'eux. Quelques-uns convenoient
qu'il ne falloit pas nommer ceux qui y
avoient part, & le prioient de nommer
ceux qui n'y en avoient point; mais Stentor qui fe plaifoit à les tenir tous en crainte, gardoit fort exactement le filence. Si
l'un de ces Morts avoit querelle contre
un autre, il lui foutenoit tout en colere,
qu'on n'avoit eu garde de manquer à le
mettre dans les Dialogues; mais le fecret
ne put durer fort long-tems.

Un jour David Riccio eut la hardieffe
de foutenir à Achille, qu'ils avoient été
tous deux Joueurs de Lut, mais avec
cette différence, qu'Achille s'étoit amufé
à en jouer, tandis qu'il eût été queftion
de faire le devoir d'un grand Capitaine,
& que pour lui il avoit quitté le Lut pour
prendre en main le Gouvernement d'un
Royaume. La difpute alla fi loin, que les
Héros de l'Iliade qui en furent avertis, vinrent fondre fur David Riccio, dont l'info-

fence leur donnoit en même tems de la furprife & de l'indignation. Stentor y vint
avec les autres, quoiqu'il ne foit Héros que
par la force de fes poumons. Il fe mit à crier
d'un ton redoutable, & propre à fe faire
entendre par tout l'Enfer : Eft-ce là le téméraire qui ofe fe comparer à Achille ?
Je veux bien qu'il fache que quoiqu'il ait
été Miniftre d'Etat, on fe fouvient toujours de fon origine, & que dans les Nouveaux Dialogues on lui donne un caractere
auffi bas qu'au plus miférable Violon qui
ait jamais été.

David Riccio demeura tout interdit. Il
s'étoit flatté qu'après fes aventures & le
rang qu'il avoit tenu dans le monde, il
ne pafferoit pas pour n'avoir pas eu le
courage élevé ; & il ne lui fût jamais tombé
en penfée, que malgré toutes les entre-
prifes ambitieufes qu'il avoit faites, on
le pût dépeindre comme un homme lâche
& timide. Achille fut vengé par le trouble & par la confufion de David Riccio ;
& la Ducheffe de Valentinois qui fe trouva
là préfente, infulta encore à ce malheureux, en difant qu'elle n'avoit jamais de
joie plus fenfible, que quand elle voyoit
rabattre l'orgueil de ces fortes de gens
à qui la fortune avoit fait oublier la baf-

feffe de leur naiffance, & qu'elle remer-
cieroit volontiers, fi elle pouvoit, l'Auteur des Dialogues, de ce qu'il avoit maltraité David Riccio.

Stentor ne put s'empêcher de repliquer
à la Ducheffe : Et remerciriez - vous cet
Auteur, s'il faifoit rouler toute votre hiftoire fur ce que vous avez été une vieille
Coquette? Que voulez-vous dire, reprit-
elle en changeant de vifage? Je veux dire?
répondit Stentor, que dans les Nouveaux
Dialogues vous difputez à Anne de Boulen le prix de la Coquetterie, & qu'enfin vous l'emportez fur elle parce que
vous vous êtes fait aimer, toute grandmere que vous étiez. Je me vante donc
de mon âge? dit la Ducheffe. Cela n'eft
point du tout naturel; les femmes ne veulent point d'un mérite qui foit fondé fur
les années. Votre Auteur ne connoît donc
pas bien les femmes, répondit Stentor,
car il vous fait bien fiere de votre âge.

Moliere ne put laiffer paffer cette occa-
fion de plaifanter fur les Vieilles qui confer-
vent encore toutes leurs inclinations galantes, & fur les foins que les Femmes prennent
pour déguifer leurs années. Il traita cette
matiere fi agréablement, que Stentor tout
furpris de l'entendre, lui dit : Mais ce n'eft

point ainſi que vous parlez dans les Nouveaux Dialogues. Vous y tenez de certains diſcours de Philoſophie qui ne valent pas ce que vous venez de dire. Des
diſcours de Philoſophie ! s'écria, Molière.
On ſe moque. Mon caractere eſt-il ſi peu
connu, qu'on ne puiſſe pas me faire parler ſur des ſujets qui me conviennent ?
Je ne ſais, répondit Stentor ; mais enfin
j'aimerois bien mieux vous entendre ſur
ces Vieilles que vous nous dépeignez ſi
plaiſamment, que ſur cet ordre de l'U-
nivers dont vous entretenez Paracelſe.

Ce fut ainſi que Stentor commença à
divulguer le ſecret, & enſuite il ne ſe
contraignit plus du tout à le garder. Deſ-
cartes apprit que lui, qui eſt le Pere des
tourbillons & de la Matiere ſubtile, il
parloit de Colin Maillard, & qu'on le
faiſoit revenir en enfance. Juliette de Gonzague ſut qu'elle diſoit à Soliman des choſes qui démentoient aſſez la pruderie dont
elle ſe piquoit. Il n'y eut que Montezume
qui fut content. Quand ce Roi du Mexique eut ſu combien on le ſuppoſoit habile dans l'Hiſtoire Grecque & Romaine,
il en conçut tant de vanité, qu'il oſa
diſputer contre Thucidide & Tite-Live.
Auſſi ne ſuivit-il pas tous ces Morts Modernes

dernes qui allerent porter leurs plaintes au
Roi des Enfers. Ceux dont Stentor avoit
lu les Dialogues s'aviferent à l'exemple de
ces derniers, de fe plaindre auffi ; & la
foule fut auffi grande chez Pluton, qu'elle
l'avoit été la premiere fois. Il fut fâché de
fe voir engagé de nouveau à un examen fi
ennuyeux ; mais il ne pouvoit pas refufer
la juftice à fes Sujets. Du moins il voulut,
pour éviter la confufion, que chacun mît
fes plaintes par écrit ; & quand il les eut
reçues toutes, il fut affez étonné de trouver parmi ce nombre une Requête, dont
voici les termes.

A PLUTON.

REQUÊTE

DES MORTS DÉSINTÉRESSÉS.

*Roi des Enfers, nous commençons par
vous protester que l'on ne parle de nous en
aucune maniere dans les Nouveaux Dialogues. Nous sommes heureusement échappés
à l'Auteur, soit parce qu'il ne nous a pas
connus, soit parce qu'il ne nous a pas jugés
propres pour ses desseins ; mais nous ne lais-
sons pas de nous intéresser pour le sens commun, qui est blessé, à ce qu'il nous paroit,
en quelques endroits de ce Livre. Permettez-
nous de vous les marquer, & de vous en
demander justice.*

Les Belles sont de tous Pays, & les Rois
mêmes ni les Conquérans s'en sont pas.

*Est-ce que les Belles sont reconnues par-
tout pour Belles, & que les Rois ni les Conquérans ne sont pas reconnus par-tout pour
Rois ou pour Conquérans ? Mais qu'une*

Belle Chinoise vienne en Europe, pour voir si on l'y trouvera belle avec son visage plat, ses petits yeux & son nez large. Elle s'appercevra bien que les Belles ne sont pas de tous pays. Un Conquérant Chinois qui pourroit venir jusqu'en Europe, s'y feroit assurément bien mieux reconnoître pour un Conquérant, si la fortune le favorisoit; & Alexandre lui-même, dont il est question dans ce Dialogue, ne fut-il pas la terreur des Indiens? Phriné n'eût pas été leur charme. Un Grec savoit défaire des Armées aux Indes comme ailleurs; mais une Grecque n'y eût pas su si bien donner de l'amour. Les goûts pour la beauté sont différens dans les Nations; mais dans toutes les Nations on cède au plus fort. Ainsi les Conquérans sont de tous Pays, & les Belles n'en sont pas.

Les vraies louanges ne sont pas celles qui s'offrent à nous, mais celles que nous arrachons.

Cette maxime ne nous paroît pas trop juste. Nous convenons que les louanges qu'on arrache de la bouche de ses Ennemis mêmes, sont de vraies louanges; mais ce sont de vraies louanges aussi, que celles qui sont données par des gens qui ne se font point tant de violence pour les donner. Il n'est pas besoin que ceux qui louent, ne le fas-

M ij

fent qu'à regret. Titus que l'on avoit nom-
mé les délices du Genre Humain, devoit-il
donc n'être point flatté de cette louange,
parce que fes Sujets n'avoient point eu de ré-
pugnance à convenir qu'il la méritât? Et
Attila étoit-il mieux loué par ceux qui en
l'appellant le Fléau de la colere célefte,
étoient bien fâchés d'être réduits à le re-
connoître pour un grand Homme de guerre?

L'ambition eft aifée à reconnoître pour
un ouvrage de l'imagination ; elle en a le
caractere ; elle inquiéte, pleine de projets
chimériques, elle va au-delà de fes fou-
haits, dès qu'ils font accomplis.

Croiroit-on que ce fût par toutes ces qua-
lités que l'Auteur prétend diftinguer l'am-
bition d'avec l'amour? Il faut que l'amour
foit devenu bien tranquille. Il eût aifément
paffé pour un ouvrage de l'imagination, du
tems que nous étions Vivans; car il étoit
inquiet & plein de projets chimériques, &
ne fe contentoit prefque jamais. Nous croyons
pourtant qu'il n'a pas encore tout-à-fait
changé de nature. L'Auteur oppofe l'amour
à l'ambition; & après qu'il a dit bien du
mal de l'ambition, nous remarquons qu'il
n'oferoit rien dire de l'amour. Apparem-
ment fi l'amour étoit reconnu pour une paf-
fion fi paifible & fi douce, on n'eût pas

manqué de faire bien valoir cet avantage qu'il auroit eu fur l'ambition.

De quelle maniere devintes-vous fou? D'une maniere fort raifonnable.

Nous confentons à laiffer paffer cette pointe, pourvu que nous ne la retrouvions pas au bout de dix lignes. Je fis des réflexions fi judicieufes, que j'en perdis le jugement.

Les frénétiques font fi fous, que le plus fouvent ils fe traitent de fous les uns les autres.

Si les frénétiques ne donnoient point d'autre marque de folie, nous n'aurions pas mauvaife opinion d'eux. Ce n'eft pas être fou, que d'appeller fous ceux qui le font.

Voilà, Roi des Enfers, les endroits les plus confidérables dont nous avons cru être obligés de nous plaindre par le feul intérét de la raifon. Il y a parmi nous des Morts Grammairiens qui vouloient vous importuner d'un affez grand nombre d'expreffions qu'ils trouvoient à reprendre dans les Nouveaux Dialogues. Nous n'avons point été de leur avis. Les critiques qui fe font aux Enfers doivent être plus folides. Il faut qu'elles roulent fur les chofes, & non pas fur les mots; & de plus, comme l'Auteur change volontiers fes expreffions d'une Edition à l'autre, nous pourrions prendre de la peine

M iij

inutilement. Il vaut mieux ne lui pas faire de grace sur les pensées, puisque c'est sur cela qu'il ne se corrige point. Nous attendons vos décisions avec impatience. Faites voir, grand Roi, que vous êtes l'Apollon des Enfers, & que le Stix vaut bien l'Hippocrène.

Pluton répondit à cette Requête de la maniere du monde la plus favorable. Il ordonna que tout ce qu'elle critiquoit seroit tenu pour bien critiqué; & sur les plaintes des autres Morts, voici des Réglemens qu'il fit, de l'avis d'Eaque & de Rhadamante.

I.

Que nonobstant le bien que l'Auteur des Dialogues dit d'Hérostrate, il seroit rétabli dans sa mauvaise réputation.

II.

Que les Amans fideles ne passeroient point pour être aussi rares que des Dieux Amans, & que Pauline chercheroit d'autres raisons pour justifier son aventure.

III.

Qu'il ne seroit point permis de railler Homere deux fois, & qu'on ne permettroit point la récidive.

IV.

Que Scarron reconnoîtroit publiquement que hors des Dialogues il le cédoit en tout à Séneque.

V.

Que Moliere ne parleroit pas de Philo-sophie, ni Descartes de Colin Maillard.

VI.

Que Montezume ne sauroit à fond que l'Histoire du Mexique.

VII.

Que Galilée n'auroit point dans des Dia-logues plus d'esprit qu'Apicius.

VIII.

Que les Femmes ne tireroient point d'a-vantage de la dangereuse Chymie de Rai-mond Lulle.

IX.

Que Candaule ne seroit point d'une hu-meur si paisible, de peur qu'il ne donnât un mauvais exemple aux Maris ; & que Gigès auroit des idées plus nobles de l'amour.

X.

Que Faustine demanderoit pardon à Roxe-

lane de l'avoir contredite, & Roxelane à
Fauſtine.

X I.

Que Platon ne ſeroit point galant, mais
ſeulement philoſophe.

X I I.

Que la Ducheſſe de Valentinois ſeroit
diſpenſée de ſe vanter de ſon âge.

X I I I.

Que David Riccio pourroit parler quand
il voudroit en Miniſtre d'Etat, & ne ſeroit point obligé à n'avoir que des ſentimens
d'un Joueur de Lut.

X I V.

Qu'on laveroit Théocrite de Chio dans le
Fleuve Léthé, pour lui faire perdre la mémoire de ſes mauvaiſes pointes, & que l'on
donneroit un an à Parmeniſque pour s'expliquer, auſſi-bien qu'à Raphaël d'Urbin.

Ces Réglemens furent publiés par-tout
l'Enfer, avec défenſe expreſſe à tous
Morts de venir encore étourdir Pluton
ſur cette matiere, à moins que quelque
Vivant ne s'aviſât de copier le Copiſte
par de nouveaux Dialogues qui méritaſ-
ſent d'être critiqués.

TABLE

DES MATIERES.

Fin de la Table.

POÉSIES

PASTORALES.

A MADAME

LA DAUPHINE.

ÉGLOGUE.

DANS un Bois qu'arrose la Seine,
Je marchois sans tenir une route certaine,
    Et rêvois presque sans objet;
Un beau jour, un ruisseau, les fleurs de nos Prairies,
Suffisent pour causer nos douces rêveries,
Quelquefois nous rêvons avec plus de sujet.
J'entendis quelques voix que je crus reconnoître;
C'étoient Lise & Cloris, qui toutes deux font naître
    De nos hameaux les plus tendres amours,
        J'écoutai sans vouloir paroître,
            Trahison qui se fait toujours
Aux Belles dont on peut surprendre les discours.

        Non, disoit Cloris, j'en suis sûre,
C'étoit une Déesse, & tu lui fais injure
        D'être d'un avis différent.

                        A ij

D'une divinité les marques naturelles
Eclatent dans cet air qui touche & qui f...
Lise, as-tu donc vu des Mortelles
Avoir l'air si noble & si grand?

Tu ne peux à sa vue avoir été frappée
D'un respect plus profond que moi,
Répondoit Lise, & cependant je croi,
Ma Cloris, que tu t'es trompée,
Et que j'en juge mieux que toi.
Les Déesses toujours fieres & méprisantes,
Ne rassureroient point les Bergeres trembla...
Par d'obligeans discours, des souris graciev...
Mais tu l'as vue; cette auguste Person...
Qui vient de paroître en ces lieux,
Prend soin de rassurer au moment qu'elle é...
Sa bonté descendant sans peine jusqu'à nous
Sembloit par ses regards nous faire des car...
Cloris, as-tu vu des Déesses
Avoir un air si facile & si doux?

Alors je me présente aux yeux des deux Ber...
Qui ne traitoient point ces mysteres
Que des témoins cachés sont ravis d'écouter:
Je ne dois pas, leur dis-je, avoir beaucoup de g...
En devinant ici qui vous fait disputer,
Ce ne peut être que VICTOIRE.
Pour vous dire ce que j'en croi,
Je suis, je l'avouerai, du sentiment de Lise,
Mais Cloris, car il faut parler de bonne foi,
Cloris ne s'est guere méprise.

Comment en fais-tu tant, toi qui n'es qu'un Berger,
Dit Cloris, à quel droit prétends-tu nous juger?
Bergere, je confens, repris-je, à vous l'apprendre.
Quoique fimple Berger, j'ai voulu voir la Cour,
Cette Cour, d'où LOUIS prend plaifir à répandre
Les biens dont eft comblé ce ruftique féjour.
N'attendez pas de moi que je vous repréfente
Combien de ce beaux lieux la pompe eft éclatante,
Je fus à leur afpect interdit, ébloui,
Cent prodiges divers ont troublé ma mémoire,
Et de plus, tout doit bien s'en être évanoui,
Mes yeux furent long-tems attachés fur VICTOIRE.

Car le croiriez-vous bien? on me vit là chantant
Ces Airs d'une Mufe champêtre,
Ces mêmes Airs que vous connoiffez tant?
VICTOIRE le voulut, fe délaffant peut-être
De ces Airs plus polis que fans ceffe elle entend;
Je tremblois devant elle, & je chantai pourtant;
O Ciel! qu'elle fit bien connoître
Jufqu'où va fon efprit, jufqu'où fon goût s'étend!
Les endroits dont je crois qu'on peut être content,
Un fouris fin qui venoit à paroître,
Les marquoit dans le même inftant.
Quand un Berger qui vous adore
Chante des Vers qui furent faits pour vous,
Vous devez bien favoir s'ils font touchans & doux;
VICTOIRE le fait mieux encore.

Puifqu'elle daigne m'écouter,
Toujours mes chants feront jugés par elle;

Et pourquoi ne la pas chanter?
Me direz-vous, la matiere est si belle.
Je le sais bien : mais un simple Hautbois,
A votre avis, y pourroit-il suffire?
   Phébus lui-même avec sa Lyre
   Y penseroit plus d'une fois.

POÉSIES

PASTORALES.

ALCANDRE.

I. ÉGLOGUE.

A MONSIEUR.....

QUAND *je lis d'Amadis les faits inimitables,*
Tant de Châteaux forcés, de Géans pourfendus,
De Chevaliers occis, d'Enchanteurs confondus,
Je n'ai point de regret que ce soient là des Fables.
Mais quand je lis l'Astrée, où, dans un doux repos,
L'Amour occupe seul de plus charmans Héros,
   Où l'Amour seul de leurs destins décide,
Où la sagesse même a l'air si peu rigide,
                              A iv

Qu'on trouve de l'amour un zélé partisan.
Jusques dans Adamas le souverain Druide,
Dieux, que je suis fâché que ce soit un Roman!

J'irois vous habiter, agréable Contrée,
　　　Où je croirois que les Esprits
　　　Et de Céladon & d'Astrée
Iroient encore errans, des mêmes feux épris;
Où le charme secret produit par leur présence
　　　Feroit sentir à tous les cœurs
　　　Le mépris des vaines grandeurs,
　　　Et les plaisirs de l'innocence.

O rives de Lignon, ô plaines de Forêts,
　　　Lieux consacrés aux amours les plus tendres,
Monbrison, Marcilli, noms toujours pleins d'attraits,
Que n'êtes-vous peuplés d'Hilas & de Sylvandres!
Mais pour nous consoler de ne les trouver pas,
　　　Ces Sylvandres, & ces Hilas,
Remplissons notre esprit de ces douces chimeres,
Faisons-nous des Bergers propres à nous charmer,
Et puisque dans ces champs nous voudrions aimer,
　　　Faisons-nous aussi des Bergeres.

Souvent en s'attachant à des fantômes vains
Notre raison séduite avec plaisir s'égare,
Elle-même jouit des objets qu'elle a feints,
Et cette illusion pour quelque tems répare
Le défaut des vrais biens que la nature avare
　　　N'a pas accordés aux Humains.

Ami dans ce deſſein je t'offre cet Ouvrage,
Nous avons eu du Ciel l'un & l'autre en partage
        Le même goût pour les Bergers.
Nous n'imiterons pas du Héros de Cervantes
        Dans de ridicules dangers
        Les proueſſes extravagantes;
Sans doute nos eſprits ne feront point bleſſés
Du fol entêtement de la Chevalerie,
Jamais par nous des torts ne feront redreſſés;
Mais pour cette puiſſante & douce rêverie
Qui fit errer Liſis dans les plaines de Brie
Avec quelques moutons à peine ramaſſés,
        Rétabliſſant la Bergerie
        Dans l'éclat des ſiecles paſſés,
        Cher ami, ſans plaiſanterie,
        N'en ſommes-nous point menacés?

Les Bergers d'un Hameau célébroient une Fête,
Chaçun d'eux plus paré méditoit ſa conquête,
Ne reſpiroit qu'amour, & n'étoit appliqué
Qu'au ſoin de voir, de plaire, & d'être remarqué.
Ce ſoin, mais plus ſecret, occupoit les Bergeres,
On avoit pris conſeil des Ondes les plus claires,
On avoit dérobé des fleurs aux Prés naiſſans,
Rien n'étoit oublié des ſecours innocens
Qu'en ces lieux la nature & ſi ſimple & ſi belle
Peut recevoir d'un Art preſqu'auſſi ſimple qu'elle.
Ici, ſous des rameaux exprès entrelacés,
Où jouoient les rayons dont ils étoient percés,
On formoit tour-à-tour des danſes différentes,
Heureux ceux qui tenoient la main de leurs amantes!
Là, dans une campagne on diſputoit un prix;
L'amour plus que la gloire anime les eſprits,
Les Belles aux Bergers inſpirent de l'adreſſe,

                        A v

Heureux qui met le prix aux pieds de sa maîtresse:
Tout l'air retentiſſoit du bruit confus & doux
Des Flûtes, des Hautbois, & des Oiſeaux jaloux.
Il naiſſoit mille amours, ce tems les favoriſe,
Ils étoient moins craintifs, ce tems les autoriſe,
De toutes parts enfin par mille jeux divers,
A la joie, au plaiſir, les cœurs étoient ouverts;
Alcandre, Alcandre feul n'en étoit point capable,
A peine il reconnut un jour ſi remarquable,
En voyant ce ſpectacle, il s'en trouva ſurpris,
Triſte, mais tendre effet de l'abſence d'Iris.
Il ſe dérobe, il fuit une importune foule,
Par des chemins couverts en ſecret il ſe coule;
Auſſi-tôt qu'il arrive au milieu d'un côteau,
D'où les yeux aiſément découvrent le Hameau,
Il y voit l'alégreſſe en tous lieux répandue,
Pour un amant qui ſouffre inſupportable vue.
Il s'arrête, & preſſé de ſes vives douleurs,
Tout rit, tout eſt en joie, & moi, dit-il, je meurs.
Dix fois du ſein des eaux la lumiere eſt ſortie,
Depuis que du Hameau ma Bergere eſt partie;
Je faiſois de la voir le plus doux de mes ſoins;
Si je ne la voyois, je la cherchois du moins,
L'amour me conduiſoit, & je ne manquois guere
A découvrir les lieux qui cachoient la Bergere;
Mais maintenant, hélas! j'erre en ces mêmes lieux,
Plein d'elle, & ſans eſpoir qu'elle s'offre à mes yeux.
Ciel! que le Soleil marche à pas lents ſur nos têtes.
Quels jours! quelle triſteſſe! & l'on ſonge à des Fêtes!
On danſe en ce Hameau! que je me tiens heureux
D'être ici ſolitaire, éloigné de ces jeux!
Et qu'y ferois-je? quoi? je pourrois voir Doride
De louanges toujours & de douceurs avide,
Et Madonte qui croit qu'Iris ne la vaut pas,
Et Stelle qui jamais n'a loué ſes appas,
Y briller en ſa place, y triompher de joie?
Goûtez bien le bonheur que le ſort vous envoie,

Bergeres, jouiſſez de mille vœux offerts,
Dans l'abſence d'Iris les momens vous ſont chers.
Qu'elle eût orné les jeux ! que d'yeux tournés ſur elle:
Et qu'on m'eût rendu fier en la trouvant ſi belle !
Elle eût mis cet habit qu'elle-même a filé,
Chef-d'œuvre de ſes doigts qu'on n'a point égalé;
Souvent à cet ouvrage un peu trop attachée,
Il ſembloit de mon chant qu'elle fût moins touchée,
Il eſt vrai cependant que, pour mieux m'écouter,
La belle quelquefois vouloit bien le quitter.
Elle auroit mis en nœuds ſa longue chevelure,
La Jonquille à ces nœuds eût ſervi de parure;
Elle eſt jaune, Iris brune, & ſans doute l'emploi
De cueillir cette fleur ne regardoit que moi.
Peut-être dans les jeux elle eût bien voulu prendre
Le moment d'un regard myſtérieux & tendre
Qu'avec un air timide elle m'eût adreſſé,
Et de tous mes tourmens j'étois récompenſé.
Peut-être qu'à l'écart ſi je l'euſſe trouvée,
D'une troupe jalouſe un peu moins obſervée,
Elle m'eût, en fuyant, dit quelques mots tout bas,
Avec ſa douce voix & ſon doux embarras;
Elle l'a déja fait aux Noces de Sylvie,
Ce plaiſir imprévu penſa m'ôter la vie:
Mon cœur ſe trouble encore à ce ſeul ſouvenir;
Quel moment! ah! grands Dieux, s'il pouvoit revenir!
Alcandre, que dis-tu? La Bergere eſt abſente;
Peut-être pour long-tems, peut-être peu conſtante,
Et juſqu'à ſes faveurs tu portes ton eſpoir?
Tu ſerois trop heureux ſeulement de la voir.

A vj

SILVANIRE ET DELPHIRE.

II. ÉGLOGUE.

ATIS, LICIDAS.

ATIS.

Où vas-tu, Licidas?

LICIDAS.

Je traverse la plaine,
Et vais même monter la colline prochaine.

ATIS.

La course est assez longue.

LICIDAS.

Ah! s'il étoit besoin,
Pour le sujet qui me mene,
J'irois encor bien plus loin.

ATIS.

Il est aisé de t'entendre;
Toujours de l'amour.

LICIDAS.

Toujours.
Que faire sans les amours?
Qui viendroit me les défendre,
Je finirois là mes jours.
Au Hameau d'où je suis tout le monde s'engage,
En aucun autre lieu l'Amour n'est mieux servi,
Bergeres & Bergers nous lui rendons hommage,
Il n'est point parmi nous d'usage
Plus ancien ni mieux suivi.

ATIS.

Et n'eſt-ce pas chez nous la même choſe?
Un Berger rougiroit de n'être pas amant,
Au doux péril d'aimer de ſoi-même on s'expoſe;
    Qu'il arrive un événement,
Il n'en faut pas chercher bien loin la cauſe,
    C'eſt l'amour, c'eſt lui ſûrement.
    Par nos Iris & nos Sylvies
    Tous nos deſtins ſont décidés,
Les Troupeaux, il eſt vrai, ſont aſſez mal gardés,
    Mais les Belles ſont bien ſervies.

LICIDAS.

Dans tout notre Hameau nous ne pouvions compter
Qu'une jeune Beauté qui fût indifférente;
Maintenant c'en eſt fait, Silvanire eſt amante,
L'Amour n'a point voulu qu'on la pût excepter.

ATIS.

    Dis-moi, Berger, par quelle voie
    Il l'a ſoumiſe à ſon pouvoir;
    Je ſuis curieux de ſavoir
    Les divers moyens qu'il emploie.
Auſſi bien je ſuivrai la route que tu tiens,
    Pendant un aſſez long eſpace;
    Dans de ſemblables entretiens
    Tu ſais comme le tems ſe paſſe.

LICIDAS.

    Mais, Berger, tu me conteras
De ton Hameau quelque Hiſtoire pareille!

ATIS.

J'y conſens, ce ſeroit une grande merveille
    S'il ne nous en fourniſſoit pas.

L I C I D A S.

SILVANIRE vivoit sans avoir de tendresse,
Elle perdoit le tems d'une aimable jeunesse,
Et ce qui méritoit de plus grands châtimens,
Elle le faisoit perdre à deux ou trois Amans.
Souvent contre l'Amour, même contre sa mere,
Contre l'aimable Troupe adorée en Cythere,
Elle tint des discours offensans & hardis ;
Je serois bien fâché de les avoir redits.
Elle quitta pourtant sa fierté naturelle,
Non sur de nouveaux soins qu'un Amant eut pour elle,
L'Amour n'en fit pas tant, & la réduisit bien,
Toute cette fierté cessa presque sur rien.

Un jour elle épia Miréne avec Zelide ;
Tandis que le Soleil brûloit la terre aride,
Sous un ombrage épais ces Amans retirés
Du reste des Mortels se croyoient délivrés.
Un buisson les trahit aux yeux de Silvanire,
D'un entretien d'Amans elle eut dessein de rire,
Plaisir qui lui devoit sans doute être interdit.
Cieux ! quels discours charmans Silvanire entendit !
Devine-les, Atis, toi qui fais comme on aime,
C'étoient de ces discours dictés par l'Amour même,
Que les indifférens ne peuvent imiter,
Qu'un Amant hors de-là ne sauroit répéter.
Ils étoient quelquefois suivis par un silence ;
Au défaut de la voix les yeux d'intelligence
Confondoient des regards vifs, quoique languissans,
Et craintifs & flatteurs, doux ensemble & perçans.
Zelide en rougissoit, & cette honte aimable
Exprimoit mieux encore un amour véritable,
Et Miréne charmé lisoit dans sa rougeur
Des secrets, qu'à demi cachoit encor son cœur.
Tantôt de leurs amours l'histoire est retracée,
La rencontre où d'abord leur ame fut blessée,
Le lieu, même l'habit que Zelide avoit pris,

Rien n'eft indifférent à des cœurs bien épris,
Les premieres rigueurs qu'eut à fouffrir Miréne,
Dont la Bergere alors ne convenoit qu'à peine,
Mille riens amoureux pour eux feuls importans,
Quels fujets d'entretien à des amans contens!
Ils s'occupent tantôt d'un fimple badinage
Qui des tendres amours eft le charmant partage,
Que le refpect pourtant accompagne toujours,
Doux refpect qui lui-même aide aux tendres amours.
Mais pour les amufer ce qui pouvoit fuffire,
Par quel art, cher Atis, fe pourroit-il décrire?
Quelque débat entre eux furvenu pour un chant
Que chacun croyoit rendre encore plus touchant,
Quelque fleur que Miréne arrachoit à la Belle,
Et dans le mouvement que caufoit la querelle
Une main de Zelide, ou bien un bras baifé,
Un vain courroux d'Amante auffi-tôt appaifé,
Que fais-je? mille jeux que l'Amour autorife,
Une innocente offenfe, une feinte furprife,
D'une liberté douce effets pleins d'agrémens,
Voilà ce qui changeoit leurs heures en momens,
Silvanire conçut qu'elle étoit moins heureufe,
De ce lieu folitaire elle fortit rêveufe;
Les plus beaux de fes jours, quoiqu'exempts de fouci,
Tranquilles, fortunés, ne couloient point ainfi.
Elle croyoit toujours voir Zelide & Miréne,
Toujours de leurs difcours fa mémoire étoit pleine,
Préfage d'une ardeur qui s'alloit allumer;
Elle fentit enfin qu'il lui manquoit d'aimer.
Bientôt de fes Amans Lifis le plus aimable,
A fes vœux empreffés la trouva favorable,
Bientôt.... mais qu'ai-je encore, Atis, à te conter?
Silvanire en chemin ne doit pas s'arrêter;
Bientôt fur tous les foins que la tendreffe infpire
On ne diftingua plus Zelide & Silvanire.
De l'Amour cependant admire les attraits,
Le mal fe prend à voir deux Amans de trop près.

ATIS.

LICIDAS, tu ne saurois croire
Quel plaisir m'a fait ton histoire,
Je suis ravi lorsque j'entends
Que notre commun Maître obtient une victoire ;
Viens m'en redemander le détail dans vingt ans,
Et tu verras si j'ai bonne mémoire.
Je pourrois bien les soirs oublier quelquefois
Combien on a mené de mes Moutons au bois,
J'oublirai bien des secrets qu'on m'enseigne
Pour guérir un Troupeau qui périt chaque jour,
Mais il ne faut pas que l'on craigne
De me voir oublier une histoire d'amour.

LICIDAS.
Puisque ta mémoire est si bonne,
Acquitte-toi, Berger, de ce que tu me dois.

ATIS.
Tu ne perdras rien de tes droits,
Vois si je fais payer les plaisirs qu'en me donne.

TROIS jours s'étoient passés, trois jours qu'avoient perdus
Et Delphire & Damon qui ne s'étoient point vus ;
Leurs Troupeaux jusqu'alors confondus dans la plaine,
Tristement séparés ne paissoient qu'avec peine ;
Tandis que le Berger ne songeoit qu'à choisir
Les lieux, les sombres lieux où l'on rêve à loisir,
La Bergere affectoit de paroître suivie
Des plus jeunes Bergers dont elle fût servie ;
Mais elle étoit distraite, & des soupirs secrets
Alloient après Damon jusqu'au fond des Forêts.
Vois de quelle rigueur étoit cette Bergere.

Damon lui déroba quelque faveur légere,
Delphire le bannit dans un premier courroux,
Peut-être un peu plus tard l'ordre eût été plus doux.
Un soir que les Troupeaux fortant du pâturage,
D'un pas tardif & lent marchoient vers le Village,
Et que tous les Bergers chantoient à leur retour
Les douceurs du repos qui fuit la fin du jour,
Delphire qui malgré l'ombre déja naiffante
Vit Damon d'auffi loin que peut voir une Amante,
S'arrêta fur fa route, & prit foin d'y chercher
L'endroit le plus obfcur où l'on fe pût cacher.
Rêveur, plein d'une trifte & fombre nonchalance,
Tel qu'on peut fouhaiter un Amant dans l'abfence,
Il laiffoit fes Brebis errer en liberté,
Et fon Hautbois oifif pendoit à fon côté.
Delphire en fut touchée, & pour être apperçue,
Elle fit quelque bruit; il détourna la vue;
Et quand vers la Bergere il adreffa fes pas,
Elle le reçut mal, mais elle ne fuit pas.
Que ne lui dit-il point? les Nymphes du Boccagé
N'entendirent jamais de plus tendre langage,
L'Echo qui des Bergers connoît tous les Amours,
Ne répéta jamais de plus tendres difcours.
Tantôt il condamnoit lui-même fon audace,
D'un ton de fuppliant il demandoit fa grace,
Et tantôt moins foumis il trouvoit trop cruel
Qu'un léger attentat l'eût rendu criminel.
Par quels foins affidus, & par quelle conftance
Avoit-il prévenu cette amoureufe offenfe,
Et combien voyoit-on d'Amans moins empreffés,
Moins ardens qu'il n'étoit, & mieux récompenfés?
A la fin cependant il revenoit à dire
Qu'il étoit trop content, puifqu'il aimoit Delphire,
Et que fans fes faveurs, fans cet heureux fecours,
Il conferveroit bien d'éternelles amours.
Plein de fa paffion alors Damon lui jure
Que la fimple amitié ne feroit pas plus pure,

Il femble que fes yeux le jurent à leur tour ,
L'Amour fait qu'il renonce à tous les biens d'Amour ;
Et dans le même inftant qu'avec tant de tendreffe
Il tâche à réparer fon trop de hardieffe ,
Au milieu des fermens de ne prétendre rien ,
Pouffé par un tranfport qu'il ne connoît pas bien ,
Troublé par des regards dont la douceur l'attiré ;
Il s'approche , il avance , il embraffe Delphire ,
On dit que le Berger , lorfqu'on l'avoit banni ,
Pour un moindre fujet avoit été puni ,
Et fans favoir pourquoi , Delphire moins févere ,
Sur ce crime nouveau n'entre point en colere.

LICIDAS.

JE te l'avoue , Atis , tu t'es bien acquitté ,
J'aime Delphire , & fa fierté.

ATIS.

Ton goût eft affez raifonnable ,
Berger , & je ne doute pas
Que l'on ne te prépare une fierté femblable
Aux lieux où tu tournes tes pas.
Mais je t'y laiffe aller , il faut que je te quitte , Adieu.

LICIDAS.

Je vois d'ici ce que ton cœur médite ,
Ton voyage , Berger , reffemble affez au mien.

ATIS.

A dire vrai , cela fe pourroit bien.
Va , puiffes-tu jamais ne trouver de Cruelles.

LICIDAS.

Les Cruelles ne me font rien ,
Je ne crains que les Infidelles.

DÉLIE.

III. ÉGLOGUE.

A MAD....

Quittons, mes chers Moutons, le cours de la
    Riviere,
L'Herbe fera meilleure aux lieux que j'apperçoi,
Vous m'allez déformais occuper toute entiere,
Mirtille qui m'aimoit ne fonge plus à moi.

Hélas! j'allois l'aimer, je n'en fuis que trop fûre;
Déja je prononçois fon Nom avec plaifir,
Déja je penfois moins à vous qu'à ma parure?
Déja pour vous garder je manquois de loifir.

    Moi, qui fus toujours rigoureufe,
  Je ne l'étois prefque plus que par art,
Qu'afin de redoubler fon ardeur amoureufe;
Puifqu'il m'a dû quitter, Ciel! que je fuis heureufe,
  Qu'il ne m'ait pas quittée un peu plus tard!

Encore quelques foins, il n'étoit plus poffible
    Que mon cœur ne fe rendît pas,
J'en euffe été touchée; & maintenant, hélas!
Ce cœur regretteroit d'avoir été fenfible,
    J'éprouverois mille chagrins jaloux;
Quel péril j'ai couru! cependant abufée
    Par des commencemens trop doux,
Je ne foupçonnois pas que j'y fuffe expofée.
    Je tremble encore en fongeant aujourd'hui
    Que j'ai penfé dire à Mirtille

La chanson que je fis pour lui,
Quoiqu'à faire des vers je ne fois pas habile.
La crainte que j'avois qu'elle ne fût pas bien
  Peut-être encore une autre honte,
Empêcha que ma langue alors ne fût trop prompte,
  Et par bonheur je ne dis rien.
  J'en mourrois fi je l'avois dite ;
Quoi, donc, il la fauroit, & pour mieux m'infulter,
  Celle pour qui l'Ingrat me quitte,
  Corinne, oferoit la chanter ?

Je connois maintenant ce que l'Amour prépare
  Aux foibles cœurs dont il s'empare,
Je connois ce que c'eft qu'un tendre engagement ;
Mais lorfque mon Printems à peine encor commence,
Faut-il avoir acquis par mon premier Amant,
  Une fi trifte expérience ?

Profitons-en pourtant, évitons les Pafteurs,
Leurs Danfes, leurs Chanfons, leurs Fêtes dangereufes,
  Mais fur-tout leurs difcours flatteurs ;
  Fuyons aufii les Bergeres heureufes ;
Si d'un pareil bonheur je formois le fouhait,
Mon cœur en deviendroit plus facile à furprendre.
  Et ne dois-je pas bien comprendre
Que ce n'eft pas pour moi qu'un fort fi doux eft fait ?
  Inutile & vaine Jeuneffe,
  Toi qui devois m'amener de beaux jours,
Qu'ai-je affaire de toi pour fentir la trifteffe
De vivre loin des jeux, des plaifirs, des amours ?
  Hâte, précipite ton cours,
Tu ne faurois voler avec trop de vîteffe.

Venez remplir ces jours dont je crains le danger :
Soins de ma Bergerie, amufemens utiles,
Vous n'êtes pas touchans, mais vous êtes tranquilles ;

Ah ! ne me laiſſez pas le loiſir de ſonger
  Que l'on puiſſe avoir un Berger.
Fontaines, Fleurs, Oiſeaux, charmes pleins d'inno-
  cence ,
Aidez à m'occuper , j'aurai recours à vous ,
Sauvez-moi de l'Amour ; hélas ! pour ma défenſe
 Sera-ce aſſez que vous conſpiriez tous ?

  D'où vient que je ſuis effrayée
  Des efforts qu'il me va coûter ?
  N'en ferai-je pas bien payée,
 Et le repos peut-il trop s'acheter ?
 Les plus tendres Bergers, & Mirtille lui-même
  N'ébranleroient pas mon deſſein ;
Non , Mirtille à mes pieds l'entreprendroit en vain,
Quand on a le cœur tendre il ne faut point qu'on aime.

Aɪɴsɪ parla Délie ; alors du Dieu du jour
Le Char penchoit un peu vers la fin de ſon tour;
Mais le Char de la nuit n'avoit pas pris ſa place,
Que Délie à Mirtille avoit déja fait grace.
Il n'étoit point volage, il avoit ſeulement
Eprouvé ſa Bergere, & feint un changement,
Crime qu'avec plaiſir on pardonne au coupable,
Après que d'un plus grand on l'a jugé capable.
Mirtille en peu de tems ſe vit aſſez aimé
Pour ſavoir le deſſein que l'on avoit formé.
Il ne demeura pas tout-à-fait inutile ,
Quelquefois il fit rire & Délie & Mirtille.

C̲ᴇ préſent Paſtoral doit-il être pour vous?
Hélas ! je ne vous trouve aucun trait de Bergere,
 Vous n'avez point ce tendre caractere,
Des Belles de nos Bois l'agrément le plus doux ;

Mais vous avez en récompense
Dans l'air, dans le visage assez de majesté,
Dans l'humeur assez de fierté,
Et peut être un peu d'inconstance;
Enfin vous êtes Nymphe, à ce que font juger
Vos appas, vos défauts, trop bizarre mélange,
Et trop capable encor de plaire & d'engager;
Vous êtes Nymphe, & moi qui sous vos loix me range,
Je ne suis qu'un simple Berger.
Tendresse qui jamais n'étale ses services,
Délicatesses sans caprices,
Soins plus amoureux que brillans,
Timidité flatteuse, ardeurs toujours égales,
Transports qui font ensemble & doux & violens,
Respect, constance, enfin les vertus pastorales,
Voilà quels font tous mes talens.
Mais toute Nymphe que vous êtes,
Que vous faut-il de plus que des flammes parfaites?
Un Berger fidele a de quoi
Payer le cœur des Nymphes même,
Et qui d'un certain ton peut dire, je vous aime,
Ne voit rien au-dessus de soi.
Je ne crois pas qu'on vous irrite,
En vous tenant ce superbe discours,
Chacun, autant qu'il peut, fait valoir son mérite,
Les Bergers ne sauroient vanter que leurs amours.

DAPHNÉ.

IV. ÉGLOGUE.

ARCAS, PALÉMON, TIMANTE.

*A*RCAS & Palémon, tous deux d'un âge égal,
L'un pour l'autre tous deux concurrens redoutables,
Se répondant tous deux par des chansons semblables,
  Formoient un combat Pastoral.
  Ce n'étoit point la méprisable gloire
Ou du chant ou des Vers qui piquoit leurs esprits,
 Ils disputoient un plus illustre prix,
  Chacun prétendoit la victoire
 Pour la Beauté dont il étoit épris.

  Timante les jugeoit, Timante
Qui dans ses jeunes ans enflamma tant de cœurs,
  Qu'une expérience savante
Rendoit en fait d'amour l'Oracle des Pasteurs,
  Et dont la vieillesse galante
Souvent par ses avis se plaisoit à former
  Quelque Beauté simple & naissante,
Qui n'eût su qu'être aimable, & non se faire aimer.

Le Berger qui devoit trouver le sort contraire
Ne devoit point payer deux Chevreuils & leur Mere
  A son Rival victorieux,
Dans des tems plus grossiers peine assez ordinaire;

Il falloit, ô Loi plus févere!
Et que n'eût-il pas aimé mieux?
Que du Berger vainqueur il chantât la Bergere.

Auſſi de quel beau feu ne furent-ils pas pleins?
Quels efforts des deux parts! O toi! Muſe Ruſtiqu
Qui laiſſant à tes Sœurs la Trompette héroïque,
N'enfles que des Pipeaux aſſemblés de tes mains:
Toi, qui du ſuperbe Parnaſſe
Négligeant les Lauriers ſacrés,
Te couronnes le front avec autant de grâce,
Des ſimples fleurs qui naiſſent dans les Prés,
Redis-moi le combat ardent, quoique paiſible,
Que ſe livrerent les Bergers,
Tu n'as jamais connu de combat plus terrible,
Tes Héros n'ont jamais couru d'autres dangers.

A R C A S.

Au parti de Phylis tu dois la préférence,
Amour, elle n'a point de mépris pour tes loix.

P A L É M O N.

Si Daphné n'aime pas, tu fais en récompenſe,
Amour, combien Daphné fait aimer dans ce bois.

A R C A S.

De Vénus quelquefois avez-vous vu l'image?
Elle a les cheveux blonds & ma Bergere auſſi.

P A L É M O N.

Avec ſes cheveux noirs Daphné plaît davantage,
Pardonne-moi, Vénus, mon cœur en juge ainſi.

A R C A S.

Quand Phylis a mêlé des fleurs dans ſa coëffure,
Quel charme pour les yeux! quel péril pour les cœurs!

P A L É M O N.

PALÉMON.

Quand Daphné se fait voir sans aucune parure,
Elle sait mieux charmer qu'une autre avec des fleurs.

ARCAS.

L'enjoument de Phylis la rend encor plus belle,
Et de Jeux & de Ris une Troupe la suit.

PALÉMON.

Daphné dans sa langueur a les Graces pour elle,
Et les Graces toujours ne font pas tant de bruit.

ARCAS.

D'une foule d'Amans Phylis est entourée,
Et je vois que mon choix s'est trop fait approuver.

PALÉMON.

Daphné fuit ses Amans, elle vit retirée;
Heureux qui lui pourroit fournir de quoi rêver!

ARCAS.

Pour gagner tous les cœurs le Ciel fit ma Bergere,
Sa beauté, sa douceur, tout plaît au même instant.

PALÉMON.

Lorsque l'on voit Daphné douce ensemble & sévere,
On n'oseroit l'aimer, mais en l'aime pourtant.

ARCAS.

N'est-ce pas à Phylis que tous les vœux s'adressent,
S'il vient en ce hameau des Pasteurs étrangers?

PALÉMON.

Oui, pendant leur séjour autour d'elle ils s'empressent,
Daphné n'est pas si propre aux Amans passagers.

ARCAS.

Dans le Crystal des eaux souvent Phylis se mire,
Et là contre mon cœur elle apprête des traits;
Ruisseaux, peignez-lui bien la beauté qui m'attire,
Phylis en croira mieux les sermens que je fais.

PALÉMON.

Daphné ne cherche point le crystal des fontaines,
Le soin de sa beauté ne l'inquiéte pas;
Soupirs que j'ai poussés, doux tourmens, tendres peines,
Vous seuls vous instruisez Daphné de ses appas.

B

ARCAS.

Souviens-toi de quel air Phylis entre en la danse,
D'un éclat tout nouveau ses yeux sont allumés,
Il brille sur son front une aimable assurance,
Elle fait que les cœurs vont tous être charmés.

PALÉMON.

Daphné danse encor mieux, & n'en est pas si sûre,
Soudain elle rougit, sa rougeur lui sied bien,
De louanges en vain elle entend un murmure,
Tous les cœurs sont charmés, seule elle n'en sait rien.

ARCAS.

Aux soupirs d'Alcidon Phylis étoit sensible ;
Mais quel est mon bonheur, de voir que chaque jour
Je détruis auprès d'elle un rival si terrible !
J'y perdrois ; si Phylis n'avoit point eu d'amour.

PALÉMON.

Je n'ai point le plaisir de rendre méprisable,
Un Rival pour qui seul on avoit eu des yeux,
Daphné n'aima jamais, elle en est plus aimable,
Je puis même espérer qu'elle en aimera mieux.

ARCAS.

Alcidon l'autre jour au milieu d'une foule,
Prit la main de Phylis qu'il serroit tendrement ;
Soudain sans qu'il me vît, près d'elle je me coule,
Elle me donna l'autre, & sourit finement.

PALÉMON.

En ma faveur Daphné ne s'est point déclarée,
J'espére cependant avoir un jour sa foi,
Non pas que j'en jurasse encor par Cythérée,
Mon cœur me le promet, c'est mon cœur que j'en croi.

ARCAS.

Ma Phylis fait des Vers d'un tendre caractere,
Elle en fera pour moi, je l'ai trop mérité ;
C'est toujours le Berger qui chante la Bergere,
Quel plaisir que lui-même en soit aussi chanté !

PALÉMON.

De la voix de Daphné que le doux son me touche !

Je ne puis plus fouffrir les hôtes de ces bois,
On fent aller au cœur ce qui fort de fa bouche,
O Dieux ! & j'entendrois, *j'aime*, de cette voix !

ARCAS.

Tu dois bien t'offenfer, Phylis, on te comparé ;
Phylis, c'eft à Daphné, quel étrange rapport !
Se peut-il jufques-là que Palémon s'égare ?
Moi qui prends ton parti, ne t'ai-je point fait tort ?

PALÉMON.

Daphné, quoiqu'en ces lieux nulle autre ne l'égale,
Ne viendroit pas plutôt à favoir nos débats,
Qu'elle voudroit céder le prix à fa rivale,
Mais Timante, je crois, ne le permettroit pas.

ARCAS.

Punis de Palémon l'infupportable audace,
A t'a mer fans efpoir fais qu'il foit condamné :
Phylis, je te connois des regards pleins de grace,
Qui détruiroient foudain l'empire de Daphné.

PALÉMON.

Daphné, n'entreprends pas une telle vengeance,
Laiffe Arcas comme il eft, & mes vœux font remplis ;
Sa Phylis lui fera fentir fon inconftance,
Tes rigueurs vaudroient mieux que l'amour de Phylis.

TIMANTE.

Bergers, c'en eft affez, je vois que votre zele
  Poufferoit trop loin la querelle ;
  Vous ne parleriez bientôt plus
Du mérite de l'une & de l'autre Bergere ;
Vous perdriez le tems en difcours fuperflus ;
  Conclufion trop ordinaire.

Ecoutez-moi, Bergers, voici mon jugement,
  Phylis eft la plus agréable.

PALÉMON.

Ah, Timante !

TIMANTE.

Écoutez, Bergers, tranquillement,
Mais je crois Daphné plus aimable.

ARCAS.

Et c'est ainsi.....

TIMANTE.

Bergers, je me sers de mes droits,
Et mon autorité doit être ici suivie.
Il vaudroit mieux aimer Phylis pour quelques mois,
Et Daphné pour toute sa vie,
Vous, Arcas, préparez quelque chant pour Daphné;
Mais comme elle n'a pas aussi tout l'avantage,
Je veux que de la main du Berger qu'elle engage,
A Phylis sa Rivale un Bouquet soit donné.
L'Air sera tendre & doux, les Fleurs seront nouvelles,
Les Fleurs valent leur prix, mais elles valent moins
Qu'un Air qui veut du tems, de la peine, & des soins,
Ce partage convient assez juste aux deux Belles.

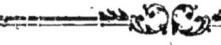

ÉRASTE,

V. ÉGLOGUE

A MONSIEUR.....

LE Berger * qui jadis hérita le Hautbois
    Du grand § Pasteur de Siracuse,
    Et dont même aujourd'hui la Muse
De l'aimable Mantoue énorgueillit les bois,
Vouloit que des Forêts la demeure sauvage
Fût digne qu'un Consul y fît quelque séjour.

  * Virgile.
  § Théocrite.

J'entreprends un plus grand ouvrage,
Moi qui voudrois rendre digne d'un Sage
    Des Forêts où regne l'Amour.

Pourquoi non cependant ? ces Sages de la Grèce,
Ces Thalès, ces Bias, grands & superbes noms,
    L'emportent ils pour la sagesse
    Sur nos Tyrsis & nos Damons ?
J'en doute; dans nos champs la Vertu toute pure
    Agit sans dessein d'éclater,
Tout l'art de la raison ne sauroit imiter
    De nos Bergers l'innocente droiture;
        Ils ne se laissent point flatter
        Aux plaisirs remplis d'imposture
        Que sans l'aveu de la Nature
        L'Opinion ose inventer.
        Ce n'est point chez eux qu'on achete
Un bien imaginaire aux dépens d'un vrai bien;
        Mais pour la sagesse parfaite
Il leur manque des mots, un sévere maintien,
        Et par malheur ils ont une Houlette.

Encore un grand défaut, ils sont toujours amans;
De je ne sais quels feux qui leur semblent charmans
        Leur ame est sans cesse remplie;
Mais quoi tous les Humains sont fous par quelque
        endroit,
Et l'amour n'est-il pas la plus sage folie
Dont on puisse payer le tribut que l'on doit ?

Vous donc que la sagesse admet dans ses Mysteres,
Qui simple spectateur des passions vulgaires,
                    B iij

De leurs reſſorts en nous conſidérez le jeu,
   Prenez des yeux qui ne ſoient pas auſteres,
   Pour un Berger qui vous reſſemble peu.
Ne riez pas de voir ſa raiſon égarée
Par tant d'états divers paſſer en un ſeul jour,
   Un Amant eſt choſe ſacrée,
Et qui par un vrai Sage eſt toujours révérée,
Le Sage tant qu'il vit eſt en priſe à l'Amour.

Les Oiſeaux qui du jour annoncent la naiſſance,
Laiſſoient encor les champs dans un profond ſilence,
Lorſqu'Eraſte s'éveille, & croit qu'à ſon réveil
Déja Thétis s'apprête à rendre le Soleil.
Il court de ſa Cabane ouvrir une fenêtre,
Il regarde le Ciel, mais il ne voit paroître
Ni les vives couleurs que l'Aurore produit,
Ni ce douteux éclat qui ſe joint à la nuit.
La mere des Amours à peine renaiſſante,
Commençoit à jetter ſa lumiere perçante,
Dont tous les autres feux n'ont point le doux brillant;
Eraſte entre en courroux contre le jour trop lent;
Iris lui vouloit bien parler dans un boccage,
Quand le ſoir renverroit les Troupeaux au Village,
Et pour ce rendez-vous Eraſte eſt éveillé
Avant que ſur le mont le ſoleil ait brillé.
Quelques momens après il appelle Titire;
Depuis que le Berger pour ſon Iris ſoupire,
Titire a pris le ſoin des Troupeaux du Berger,
Ils alloient tous périr ſans ce Maître étranger.
Eraſte oſe lui faire un injuſte reproche,
Vous dormez, lui dit-il, lorſque le jour approche,
Les Troupeaux devroient être aux plaines d'alentour,
Partez. En le hâtant, il croit hâter le jour.
Le jour eſt loin encore aux yeux d'Eraſte même,
Il ne découvre rien; quelle lenteur extrême,

Quel siecle jusqu'au soir! il mesure des yeux
Le tour que le Soleil doit faire dans les Cieux;
Il faut que sur ces Monts ce grand Astre renaisse,
S'éleve lentement, & lentement s'abaisse,
Et se perde à la fin derriere ces grands bois,
Il mesure ce tour, & frémit mille fois.
Le jour si souhaité, le jour enfin arrive;
Mais son inquiétude en est encor plus vive,
Ses desirs, ses transports, ses divers mouvemens,
Lui font de tout ce jour sentir tous les momens;
Souvent pour modérer cette ardeur empressée,
Il voudroit éloigner Iris de sa pensée.
Tantôt de ses Troupeaux tâchant à s'occuper,
Tantôt dans ses vergers s'amusant à couper
D'un Arbre trop chargé l'inutile branchage,
Tantôt de joncs tissus commençant quelque ouvrage;
En vain; toujours Iris, toujours cet heureux soir
L'agitent malgré lui par un trop doux espoir.
Il vaut mieux qu'à l'amour tout son cœur s'abandonne,
Il prend ce doux Hautbois qui sans cesse resonne
De l'excès de sa flâme, & des beautés d'Iris;
Il chante ou le teint vif, ou les yeux qui l'ont pris,
Il repasse des airs qu'il a faits pour la Belle;
Imprudence d'Amant! il se remplit trop d'elle,
Le jour en est plus long, il en souffre, mais quoi?
Peut-il en l'attendant se faire un autre emploi?
A peine le Soleil commençoit à descendre,
Au Boccage déja le Berger va se rendre;
Il se flatte qu'Iris, conduite par l'amour,
Y pourra bien venir avant la fin du jour,
Et quelquefois il craint que trop indifférente,
Iris, la même Iris, ne trompe son attente.
Elle vient à la fin, il n'étoit point trop tard,
Son air marque à demi qu'elle vient par hazard.
Elle vient, mille Amours arrivent avec elle,
Qui de ce rendez-vous apprenant la nouvelle
D'un desir curieux avoient été touchés.

Les uns près des Amans-fous un Buisson cachés,
Prêtent à leurs discours une oreille attentive,
D'autres à qui de loin la voix à peine arrive,
Sur des Arbres touffus montés de toutes parts,
Pour savoir ce qu'on dit observent les regards.
Dans le Boccage alors Éraste & la Bergere,
Respirerent cet air qu'on respire à Cythere,
Et par les doux transports dont ils furent atteints,
Sentirent les Amours dont ces lieux étoient pleins.
Combien en se voyant, Dieux! combien ils s'aimerent!
Ils ne s'aimoient pas moins quand ils se séparerent,
Mais Iris appliquée à déguiser son feu,
Croyoit avoir trop dit, & le Berger trop peu.

LIGDAMIS.
VI. ÉGLOGUE.
ADRASTE, HILAS.

ADRASTE.

Tu connois Ligdamis ?

HILAS.

Qui ne le connoît pas ?
C'est lui qui de Climene adore les appas.

ADRASTE.

Lui-même.

HILAS.

Quel Berger ! il est du caractere
Dont un Amant m'eût plu si j'eusse été Bergere.
Il ne connoît nul art en aimant, que d'aimer,
Son cœur ne fut jamais trop prompt à s'enflâmer ;
Il aime, mais forcé par les yeux d'une Belle,
Et son amour devient un éloge pour elle.
Le bonheur d'être aimé n'est pour lui qu'un bonheur,
Il en sent le plaisir, & renonce à l'honneur,
Il n'en prend point le droit d'augmenter son audace,
Les faveurs qu'on lui fait sont toujours une grace.

ADRASTE.

As-tu vu de ses Vers ?

HILAS.

Je les sais presque tous,
O Ciel ! qu'il en chantoit de tendres & de doux,

B v

Quand Climene à la Ville alloit faire un Voyage!
Je n'en fais point de lui que j'aime davantage.

ADRASTE.

Moi, je ne les fais point, j'étois alors absent.
Que tu me trouverois un cœur reconnoissant,
Si tu prenois la peine, Hilas, de me les dire!

HILAS.

Je t'obéis, écoute un Amant qui soupire.

VOUS allez donc quitter pour la premiere fois
　　De nos Hameaux la demeure tranquille!
Soyez quelques momens attentive à ma voix.
Climene, vous partez, vous allez à la Ville,
Climene, il vous sera peut-être difficile
　　De retrouver du plaisir dans nos bois.

Là, d'illustres Amans vous rendront leurs hommages;
Leur rang ou leur adresse à vous faire la cour,
Tout vous éblouira dans ce nouveau séjour,
Que deviendrai-je, hélas! au fond de nos boccages,
　　Moi qui n'ai pour tous avantages
　　Qu'une Musette & mon amour.

Ils vous mettront sans doute au-dessus de leurs Belles,
Ils vous prodigueront un encens dangereux;
Leurs éloges sont doux, mais souvent infidelles;
Cependant vous viendrez à mépriser pour eux
　　Ces louanges si naturelles
　　Que vous donnoient mes regards amoureux.

Tout ce qu'ils vous diront, je vous l'ai dit, Climene,
Mais ils vous le diront d'un air plus assuré
Avec un art flatteur des Bergers ignoré,
Moi je ne vous l'ai dit qu'en trouble, qu'avec peine,

D'une voix craintive, incertaine,
Je l'ai dit, & j'ai soupiré.

N'allez pas quitter, pour leur plaire,
Les manieres qu'on prend dans nos petits hameaux;
Rapportez-moi cette rougeur sincere,
Ce timide embarras, enfin tous ces défauts
D'une jeune & simple Bergere;
Rapportez-moi jusqu'à cet air sévere
Que vous avez pour moi comme pour mes rivaux.
Vous verrez à la Ville un exemple contraire;
Mais de votre rigueur je ne veux vous défaire
Que par la pitié de mes maux.

J'ai vu la même Ville où vous allez paroître,
Pour la belle Climene elle a vu mes langueurs;
Parmi tous les plaisirs qui flattoient tant de cœurs,
J'y regrettois nôtre séjour champêtre,
Et votre vue, & même vos rigueurs.

Non, je n'ai garde de prétendre
Que tout vous y semble ennuyeux;
Mais de quelque côté que vous tourniez les yeux,
Dites & ne craignez jamais de vous méprendre,
Et dites, s'il se peut, d'une maniere tendre :
C'est ici que l'on aima mieux
S'occuper de moi, que de prendre
Tous les plaisirs de ces beaux lieux.

ADRASTE.

O Pan, ou si c'est toi qu'il faut que l'on implore,
Phébus, ou toi plutôt que l'un & l'autre adore,
Amour, donne à mes vers cet air doux, naturel,
Et je vais de mes dons enrichir ton Autel.

B vj

H I L A S.

Il peut t'en coûter moins, & Ligdamis lui-même
N'offre rien aux Autels de l'amour, mais il aime ;
Il aime, & fait ces Vers que tu trouves charmans.

A D R A S T E.

Ce charme ne suit pas tous les Vers des Amans.
Ligdamis même en fit au retour de Climene,
Qui cédent à ceux-ci, quoiqu'ils cédent à peine ;
Peut-être on chante mieux un départ qu'un retour ;
Peut-être un air content ne sied pas à l'Amour.

H I L A S.

Et ces Vers-là, Berger, tu les fais ?

A D R A S T E.

Oui sans doute.

H I L A S.

Tu peux donc me payer ceux que j'ai dits ?

A D R A S T E.

Écoute.

Ma Bergere revient, c'est demain que ces lieux
     S'embellissent par sa présence ;
   J'irai m'offrir le premier à ses yeux.
     Ah, Ciel ! si de quelque distance
Elle me reconnoît à mon impatience,
     Que mon sort sera glorieux !

Oui, je serai le seul dont la joie éclatante
Par d'assez vifs transports marquera ce beau jour,
J'aurai seul une ardeur digne de son retour ;
Elle ne pourra plus paroître indifférente,
     Je lui prépare trop d'amour.

Que dis-je ? cette ardeur est-elle donc nouvelle ?
N'ai-je encor rien senti d'aussi vif en aimant ?

Quand j'étois une heure , un moment ,
Un moment seul , éloigné de la Belle ,
Pour me retrouver auprès d'elle ?
N'avois-je pas le même empressement ?

Vous n'aurez que mes soins, mes transports ordinaires ;
Mais maintenant , Climene , ils devroient vous char-
    mer ,
Vos yeux depuis long-tems n'ont vu d'Amans sinceres ,
Et pourroient-ils jamais s'en désaccoutumer ?
Ceux qu'à la Ville ils viennent d'enflammer ,
Par leurs foibles ardeurs , par leurs amours légeres ,
Auroient bien dû vous apprendre à m'aimer.

La Ville est pleine de contrainte ,
De faux sermens & de vœux indiscrets :
Que ne l'avez-vous vu exprès
Pour savoir de quel prix est cet amour sans feinte
Qui se trouve dans nos Forêts ,
De quel prix sont nos Bois pour s'y parler sans crainte ,
Et ma voix pour chanter une amoureuse plainte ,
Et mon cœur pour sentir vos traits ?

Revenez plus belle Bergere encore
Que vous n'étiez en nous quittant ;
Songez qu'il est au monde un cœur qui vous adore ;
Une Belle au milieu des soupirs qu'elle entend ,
Au milieu d'une Cour dont sa fierté s'honore ,
N'en peut pas toujours dire autant.

HILAS.

ADRASTE, j'avouerai que ma surprise est grande ,
Que contre de tels Chants Climene se défende.
ADRASTE.
Et pourquoi les crois-tu ? les Vers par leurs attraits

Ont soumis les Lions, entraîné les Forêts,
Après cela, je crois le moins qu'ils puissent faire
C'est d'adoucir le cœur d'une jeune Bergere.
L'Amour les a fait naître, & les vers à leur tour
Ne manquerent jamais à bien servir l'Amour.

HILAS.

Mais Climene, dit-on, est fiere, inexorable.

ADRASTE.

Mais, Berger, Ligdamis est amoureux, aimable.

HILAS.

N'a-t'on jamais poussé de soupirs superflus?

ADRASTE.

Et bien, je te dirai quelque chose de plus.
Nous étions l'autre jour sous l'Orme de Silene,
Une assez grosse Troupe où se trouva Climene;
On loua Ligdamis, chacun en dit du bien,
Prends bien garde, Berger, seule elle n'en dit rien?
Dès que d'un tel discours on eut fait l'ouverture,
Elle se détourna rajustant sa coëffure,
Où je ne voyois rien qui fût à rajuster,
Et feignit cependant de ne pas écouter.

HILAS.

Je me rends.

ADRASTE.

Je remporte une grande victoire!
Une Belle est sensible, & tu veux bien le croire.

THAMIRE.
VII ÉGLOGUE.

AMARILLIS, FLORISE, SYLVIE.

AMARILLIS.

Les Bergers tous les jours font entre eux des combats
    Et de Chanfons, & de mufettes,
Lorfque vous vous trouvez feules comme vous êtes,
    Pourquoi ne les imiter pas ?
Quoi ? les graces du chant font-elles néceffaires
    A des Bergers plutôt qu'à vous ?

FLORISE.

    Et quel fujet chanterions-nous ?

AMARILLIS.

Je n'en connois qu'un feul pour de jeunes Bergeres.

SYLVIE.

Nos Amours ?

AMARILLIS.

    Et quoi donc ?

FLORISE.

        Prenons garde en ces lieux,
Que quelques Bergers curieux
N'écoutent des récits peut-être trop finceres.

SYLVIE.

    Ne craignez point ces dangers
    Dans des lieux fi folitaires.

FLORISE.

    Je crains par-tout les Bergers.

AMARILLIS.

    Chantez fans tarder davantage ;
Voyons qui de vous deux fait le mieux engager

Ceux dont elle reçoit l'hommage,
Mon expérience & mon âge
Me rendent propre à vous juger.
Que sans feinte avec moi votre cœur se déclare,
Entre Belles, je sais que la franchise est rare,
Mais elle doit ici regner dans vos discours.
Par un combat tel que le vôtre
Vous apprendrez l'une de l'autre
A bien conduire vos Amours.
Quand on y destine sa vie,
On ne s'y peut trop exercer;
Allons, agréable Sylvie,
Je le vois bien, vous voulez commencer.

SYLVIE.

Licas brûle pour moi de l'amour le plus tendre ;
Que faire, Amarillis, quel parti puis-je prendre ?
Je n'y sais que d'aimer Licas.

FLORISE.

Il n'est fidelle Amant que mon Amant n'efface,
J'aime, mais j'en voudrois voir quelque autre en ma
place,
Elle ne s'en sauveroit pas.

SYLVIE.

Aimer est un plaisir, mais il ne peut suffire,
Il y faut joindre encor le plaisir de le dire,
J'aime Licas, Licas le sait.

FLORISE.

Ce plaisir est bien doux, mais je me le refuse,
Je sais trop qu'il n'est point de Berger qui n'abuse
D'un bonheur qu'on rend trop parfait.

SYLVIE.

Je suis simple, & naïve, & de feindre incapable,
Et je crois ma franchise encore plus aimable
Que l'éclat qu'on trouve à mes yeux.

FLORISE.

Je pourrois, comme vous, être simple, & naïve,
Mais ce n'est pas ainsi qu'un Amant se captive,
Et mon Amant m'est précieux.

SYLVIE.

Si l'on cache le feu dont on se sent éprise,
Ce n'est pas à l'Amant du moins qu'on le déguise,
Qui le cause, s'en apperçoit.

FLORISE.

Je consens qu'avec soin un Amant m'examine ;
Mais il est plus piqué d'un amour qu'il devine,
Qu'il ne l'est de celui qu'il voit.

SYLVIE.

Dans vos regards, mes yeux, l'amour ose se peindre,
Mes yeux, vous dites tout, mais je ne puis m'en plaindre.
On vous répond trop tendrément.

FLORISE.

Quand mon Berger paroît trop vif & trop sensible,
Détournez-vous de lui, mes yeux, s'il est possible,
Détournez-vous pour un moment.

SYLVIE.

Je feignis quelque tems moins, par art que par honte,
Mais je trouvai Licas si tendre un certain jour,
Un jour qu'on célébroit la Reine d'Amathonte,
Que je découvris mon amour.

FLORISE.

Je dissimulois moins hier qu'à mon ordinaire ;
Si l'on ne fût venu troubler notre entretien,
Je ne sais plus comment Thamire avoit su faire,
Mon secret ne tenoit à rien.

SYLVIE.

Pour faire à mon Berger l'aveu de ma tendresse,
La Fête de Vénus étoit un tems heureux,
Je m'en suis apperçue, & grace à la Déesse,
Il n'en est que plus amoureux.

FLORISE.

Je sais bien dans mon cœur que je suis obligée
Au jaloux Alcidor qui nous interrompit,
Du péril où j'étois je me vis dégagée ;
J'en eus cependant du dépit.

SYLVIE.

Souvent nous difputons fur l'ardeur qui nous touche,
Et mon Berger & moi, l'Amour juge entre nous,
Et je dis en moi-même, à prendre un air farouche,
    J'y perdrois des combats fi doux.

FLORISE.

Lorfqu'avec des regards attentifs, pleins de flâme,
Thamire cherche en moi ce qu'ont produit fes foins,
Je triomphe, & je dis dans le fond de mon ame,
    J'y perdrois à me cacher moins.

SYLVIE.

J'imagine toujours quelques faveurs nouvelles,
Des préfens que l'Amour a foin d'affaifonner,
Licas aura bientôt jufqu'à mes Tourterelles,
    Je ne fais plus que lui donner.

FLORISE.

J'évite de n'avoir qu'une même conduite,
Mes faveurs pour Thamire ont un air inégal,
Je le prends à danfer deux ou trois fois de fuite,
    Mais après je prends fon Rival.

SYLVIE.

Voyez jufqu'à quel point va ma douceur extrême,
Un jour Licas & moi nous careffions mon Chien,
Nous le baifions enfemble, il me baifa moi-même,
    Je feignis de n'en fentir rien.

FLORISE.

Avec art quelquefois j'adoucis mon empire,
Il tomba l'autre jour un Oeillet de mon fein,
Il y fut replacé de la main de Thamire,
    Quoiqu'il conduifit mal fa main.

Sylvie alloit encor reprendre après Florife,
    Quand l'une & l'autre fut furprife,
    D'entendre un Buiffon qui trembla.
Que tu fais bien, Amour, être un guide fidelle

Pour conduire un Amant sur les pas d'une Belle!
Licas & Thamire étoient là.

L'agréable combat que celui des Bergeres,
Pour les témoins cachés qui vinrent l'écouter,
Pour Thamire sur-tout, que par de longs mysteres,
  On avoit voulu tourmenter!
Florise fut confuse, & d'une prompte course
  Hors de ce lieu précipita ses pas,
   Derniere, mais foible ressource,
   Dans de semblables embarras.

Thamire la suivit que pouvoit elle faire?
Refuser de le voir, marquer de la colere.
Qu'il surprit un secret si long tems renfermé?
Encor quelle colere, & quelle foible cause
  D'accuser un Amant aimé!
  Elle le fit, & ce fut peu de chose.
   Bientôt son cœur se fut rendu;
Thamire qu'animoit sa fortune présente,
Payoit par les transports d'une flame contente,
  Tout ce qu'il avoit entendu.

  Mais Amarillis que fit elle?
Personne ne prit garde à ce qu'elle devint,
  Sans doute, Amarillis se tint,
  Peu nécessaire à vuider la querelle.

ISMENE.

VIII. ÉGLOGUE.

A MADEMOISELLE....

Vous qui par vos treize ans à peine encor fournis,
Par un éclat naissant de charmes infinis,
Par la simplicité compagne de votre âge,
D'un rustique Hautbois vous attirez l'hommage.
Vous dont les yeux déja causeroient dans nos champs
Mille innocens combats & de vers & de chants,
Pour des Muses sans Art convenable Heroïne,
Ecoutez ce qu'ici la mienne vous destine.
Voyez comment un cœur va plus loin qu'il ne croit,
Comment il est mené par un Amant adroit,
Quel piege tend l'amour à ce qui vous ressemble;
Ce n'est pas mon dessein que votre cœur en tremble,
Ni qu'à vos jeunes ans ces pieges présentés
Avec un triste soin soient toujours évités.
Ce n'est pas mon dessein non plus de vous le peindre
Si charmans, que jamais vous ne les puissiez craindre;
Ils ont quelque péril, je ne déguise rien.
Et que prétends-je donc? je ne le sais pas bien;
En termes généraux, sous des Histoires feintes,
Vous parler de desirs, de tendresse & de plaintes.
Ces mots plairoient toujours, n'eussent-ils que le son.
Du reste, point d'avis, moins encor de leçon:
Aimer, ou n'aimer pas est une grande affaire,

Que sur ces deux partis votre cœur délibère,
On les peut l'un & l'autre & louer & blâmer,
Quand tout est dit pourtant, on prend celui d'aimer.

Sur la fin d'un beau jour, aux bords d'une Fontaine,
Corilas sans témoins entretenoit Ismene :
Elle aimoit en secret, & souvent Corilas
Se plaignoit de rigueurs qu'on ne lui marquoit pas.
Soyez content de moi, lui disoit la Bergere,
Tout ce qui vient de vous est en droit de me plaire.
J'aime avec passion les airs que vous chantez,
J'aime à garder les fleurs que vous me présentez,
Si vous avez écrit mon nom sur quelque Hêtre,
Aux traits de votre main j'aime à vous reconnoître,
Pourriez-vous bien encor ne vous pas croire heureux?
Mais n'ayons point d'amour, il est trop dangereux.

Je veux bien vous promettre une amitié plus tendre
Que ne seroit l'Amour que vous pourriez prétendre ;
Nous passerons les jours dans nos doux entretiens,
Vos Troupeaux me seront aussi chers que les miens ;
Si de vos fruits pour moi vous cueillez les prémices,
Vous aurez de ces fleurs dont je fais mes délices,
Notre amitié peut-être aura l'air amoureux,
Mais n'ayons point d'amour, il est trop dangereux.

Dieux! disoit le Berger, quelle est ma récompense!
Vous ne me marquerez aucune préférence,
Avec cette amitié dont vous flattez mes maux,
Vous vous plairez encore aux chants de mes Rivaux.
Je ne connois que trop votre humeur complaisante,
Vous aurez avec eux la douceur qui m'enchante,
Et ces vifs agrémens, & ces souris flatteurs
Que devroient ignorer tous les autres Pasteurs.
Ah plutôt mille fois... Non, non, répondit-elle,

Ismene à vos yeux seuls voudra paroître belle;
Ces légers agrémens que vous m'avez trouvés,
Ces obligeans souris vous seront réservés;
Je n'écouterai point sans contrainte & sans peine
Les chants de vos Rivaux, fussent-ils pleins d'Ismene,
Vous serez satisfait de mes rigueurs pour eux,
Mais n'ayons point d'Amour, il est trop dangereux.

Et bien, reprenoit-il, ce fera mon partage
D'avoir sur mes Rivaux quelque foible avantage.
Vous savez que leurs cœurs vous font moins assurés,
Moins acquis que le mien, & vous me préférez,
Toute autre l'auroit fait; mais enfin dans l'absence
Vous n'aurez de me voir aucune impatience;
Tout vous pourra fournir un assez doux emploi,
Et vous trouverez bien la fin des jours sans moi.
Vous me connoissez mal, ou vous feignez peut-être,
Dit-elle tendrement, de ne me pas connoître;
Croyez-moi, Corilas, je n'ai pas le bonheur
De regretter si peu ce qui flattoit mon cœur;
Vous partîtes d'ici quand la moisson fut faite,
Et qui ne s'apperçut que j'étois inquiete?
La jalouse Doris, pour me le reprocher,
Parmi trente Pasteurs vint exprès me chercher.
Que j'en sentis contre elle une vive colere!
On vous l'a raconté, n'en faites point mystere:
Je sais combien l'absence est un tems rigoureux,
Mais n'ayons point d'amour, il est trop dangereux.

Qu'auroit dit davantage une Bergere Amante?
Le mot d'amour manquoit, Ismene étoit contente.
A peine le Berger en espéroit-il tant,
Mais sans le mot d'amour, il n'étoit point content,
Enfin pour obtenir ce mot qu'on lui refuse,
Il songe à se servir d'une innocente ruse;
Il faut vous obéir, Ismene, & dès ce jour,

Dit-il en foupirant, ne parler plus d'amour,
Puifqu'à votre repos l'amitié ne peut nuire,
A la fimple amitié mon cœur va fe réduire,
Mais la jeune Doris, vous n'en fauriez douter,
Si j'étois fon Amant, voudroit bien m'écouter.
Ses yeux m'ont dit cent fois, Corilas quitte Ifmene,
Viens ici, Corilas, qu'un doux efpoir t'amene.
Mais les yeux les plus beaux m'appelloient vainement,
J'aimois Ifmene alors comme un fidele Amant.
Maintenant cet Amour que votre cœur rejette,
Ces foins trop empreffés, cette ardeur inquiette,
Je les porte à Doris, & je garde pour vous
Tout ce que l'amitié peut avoir de plus doux,
Vous ne me dites rien? Ifmene à ce langage
Demeuroit interdite, & changeoit de vifage.
Pour cacher fa rougeur elle voulut en vain
Se fervir avec art d'un voile, ou de fa main,
Elle n'empêcha point fon trouble de paroître,
Et quels charmes alors le Berger vit-il naître;
Corilas, lui dit-elle, en détournant les yeux,
Nous devions fuir l'Amour, & c'eût été le mieux;
Mais puifque l'amitié vous paroît trop paifible,
Qu'à moins que d'être Amant vous êtes infenfible,
Que la fidélité n'eft chez vous qu'à ce prix,
Je m'expofe à l'Amour, & n'aimez point Doris.

TYRSIS, ET IRIS.

IX. ÉGLOGUE.

DANS le fond d'un Vallon est un lieu solitaire,
    Proche cependant d'un Hameau,
Rarement un Berger y mena son Troupeau,
Mais un Berger souvent y suivit sa Bergere.
    D'arbres épais il est environné,
Il s'y conserve un ombre, il y regne un silence,
Qui font que ce séjour semble être destiné
        A recevoir la confidence
        D'un cœur tendre & passionné.

    Un clair ruisseau tombant d'une colline,
Y roule entre les fleurs qu'il y vient abreuver,
Et quoiqu'il soit encor près de son origine,
Déja ses petits flots peuvent faire rêver.
La beauté de ces lieux toute inculte & champêtre,
    Ne permet point que l'Art ose y paroître,
L'Art même leur nuiroit s'il les vouloit parer;
        Telle en est l'aimable imposture,
        Que quand on s'y vient retirer,
    On se croit seul dans toute la nature.

        Là, sortant du Hameau prochain,
Par différens chemins deux Amans se rendirent,
Sans en être d'accord l'un & l'autre ils comprirent
        Qu'ils ne s'y rendroient pas en vain.
                        Quand

Quand ils se virent seuls, une joie amoureuse
Mieux que dans leurs discours éclata dans leurs yeux,
Seulement la Bergere en fut un peu honteuse,
Mais sans songer à sortir de ces lieux.

Ils s'assirent tous deux sur une douce pente
Que revêtoit l'herbe tendre & naissante ;
Iris un peu plus haut, Tyrsis un peu plus bas,
L'amour aux pieds d'Iris marquoit toujours sa place,
Et voici leurs discours, dont le charme & la grace
Aux cœurs indifférens ne se montrera pas.

TYRSIS, IRIS.

TYRSIS.

ON aime en ces Hameaux, on songe assez à plaire ;
Cependant cherchez-y quelque Berger sincere,
Et je veux bien, Iris, vous rendre votre foi,
Si vous en trouvez un sincere comme moi.

IRIS.

Il est quelques Beautés que l'on trompe, ou qu'on
quitte,
Mais il en est plus d'une aussi, qui le mérite.
Et quoi, voulez-vous donc qu'avec fidélité
On aime Cléonice, & son air affecté ?
Voulez-vous que l'on soit fidelle pour Madonte,
Qui toujours sur ses ans nous impose sans honte ?
Mais Climene, mais Lise ont de vrais agrémens,
Et je répondrois bien, Berger, de leurs Amans.

TYRSIS.

Ne vous y trompez pas ; pour être jeune & Belle,
On n'en a pas toujours un Amant plus fidelle.
Vous parlez de Climene, il n'est pas d'air plus doux,
Et même elle a, dit-on, quelque chose de vous ;
Mais si je vous disois que Climene est trahie ?

C

Menalque qui devroit l'aimer plus que sa vie,
Qui souvent la voit seul près d'un certain Buisson,
Menalque pour une autre a fait une chanson.
Et Lise, à votre avis, est-elle plus heureuse,
Elle que ses beaux yeux rendent si dédaigneuse ?
Elle osa l'autre jour, devant d'autres Pasteurs,
Choisir son Licidas pour lui donner des fleurs,
A l'amour du Berger elle les crut bien dues ;
Hélas ! le lendemain il les avoit perdues,

I R I S.

Tyrsis, je vous entends, vous n'aimez pas ainsi,
Mais ne me puis-je pas faire valoir aussi ?
Croyez-vous que pour être & fidelle & sincere,
On en trouve toujours autant dans sa Bergere ?
Damon y gagneroit ; nous sommes tous témoins
Combien à Timarete il a plu par ses soins ;
L'autre jour cependant elle vint par derriere
Au fier & beau Thamire ôter sa panneriere.
Damon étoit présent, elle ne lui dit rien ;
Pour moi, de leurs amours je n'augurai pas bien,
Ces tours-là ne se font qu'au Berger que l'on aime,
Vous vous plaindriez bien si j'en usois de même.
On croit que Lisidor a lieu d'être content ;
J'ai vu pourtant Alphise, elle qui l'aime tant,
A qui Daphnis mettoit ses longs cheveux en tresse ;
La Belle avoit un air de langueur, de paresse,
Au contraire Daphnis d'un air vif, animé,
S'acquittoit d'un emploi dont il étoit charmé :
Alphise en ce moment rougit d'être surprise,
Et je rougis aussi d'avoir surpris Alphise.

T Y R S I S.

Iris, qu'avez-vous dit ? on se fût figuré
Que le fidele amour, des Villes ignoré,
S'étoit fait dans nos Bois des retraites tranquilles,
Mais on l'ignore ici comme on fait dans les Villes !
Ah ! qui pourroit souffrir Menalque & Licidas ?
Charmé de leurs Chansons, je suivois tous leurs pas ;

Maintenant que je fais qu'ils ne font pas fidelles ,
Je les fuis , & leurs voix ne me femblent plus belles.

IRIS.

Alphife & Timarete ont l'entretien charmant.
Je les cherchois toujours avec empreffement ;
Mais depuis que je fais qu'Alphife & Timarete
N'ont point pour leurs Amans la foi la plus parfaite ,
J'évite de les voir , & les jours les plus longs
J'aime mieux les paffer feule avec mes Moutons.

TYRSIS.

Puifque dans ce Hameau les Amours dégénérent ;
Car tous nos vieux Bergers, on fait comme ils aimerent :
Abandonnons ces lieux, Iris ; retirons-nous ,
On y verra du Ciel éclater le courroux.

IRIS.

Non , vivons en des lieux , où je ferai charmée
Parmi tant de Beautés d'être la plus aimée ,
Où par mes tendres foins, Tyrfis fera nommé
Parmi tant de Pafteurs l'Amant le plus aimé.
Qu'il ne foit point ici de feux tels que les nôtres,
Jouiffons du plaifir d'aimer plus que les autres ,
Et voyons en pitié tant de foiblés amours ,
Qui fouffrent le partage , & changent tous les jours.

TYRSIS.

Si je change jamais , fi mon cœur fe partage ,
Puiffai-je en aucuns jeux n'obtenir l'avantage ;
Puiffe déplaire à tous mon plus doux Chalumeau,
Et ma voix faire fuir les Belles du Hameau.

IRIS.

Ruiffeau qui murmurez , Bois chargés de verdure ,
Ecoutez mon Berger , écoutez ce qu'il jure.
S'il trouve en fon Iris un amour moins conftant,
Je veux que tous mes traits changent au même inftant,
Et que fans reffentir une fecrete peine ,
Je ne puiffe jamais rencontrer de fontaine.

TYRSIS.

O vous, Dieu des Pafteurs, Déeffe des Amans,

C ij

Ecoutez ma Bergere, écoutez ses sermens.

I R I S.

Bergers, qu'en ces Hameaux on trouve redoutables,
Vous tâcheriez en vain de me paroître aimables,
Ne songez pas qu'Iris voie encore le jour;
Pour Iris dans le monde il n'est qu'un seul amour.

T Y R S I S.

Bergeres, qui causez tant de soupirs, de larmes,
Ne comptez plus sur moi pour admirer vos charmes,
Ne comptez plus sur moi pour ressentir vos traits,
Mes yeux à vos appas sont fermés pour jamais.

A LORS de mille voix ensemble confondues,
Et dans ce lieu tout-à-coup répandues,
Des deux Amans l'entretien fut suivi;
Les Nymphes, les Silvains, dans leurs grottes obscures,
Témoins de ces ardeurs si fidelles, si pures,
Leur applaudissoient à l'envi.

A C T E U R S.

DIANE.
PAN.
ENDIMION, *Berger.*
ISMENE, *Bergere.*
LICORIS, *Confidente de Diane.*
CHŒUR *de Satyres & de Faunes.*
CHŒUR *des Nymphes de Diane.*
CHŒUR *de Bergers.*
CHŒUR *des Heures.*
CHŒUR *de ceux qui ont été métamorphosés en Etoiles.*

Cette Piece a été faite pour être mise en musique.

ENDIMION,

PASTORALE.

ACTE PREMIER.

Le Théatre représente un Bois.

SCENE PREMIERE.

PAN, un SATYRE, LICORIS.

LICORIS, *à Pan.*

CESSEZ, cessez d'être Amant d'une ingrate.
LE SATYRE.
Choisissez mieux l'objet de vos desirs.
LICORIS.
Dans votre amour il n'est rien qui vous flate.
LE SATYRE.
Ne perdez point de précieux soupirs.
LICORIS.
Diane est belle & charmante ,
Mais elle est indifférente ,
Sa froideur ne doit-elle pas
Vous la faire voir sans appas ?

LE SATYRE.

Elle a contre l'Amour armé tout son courage,
Un soupir amoureux, un seul regard l'outrage,
Avec si peu d'espoir pourquoi vous embarquer?
Laissez-lui sa fierté, c'est un triste avantage,
On ne peut mieux punir une vertu sauvage,
    Qu'en ne daignant pas l'attaquer.

LE SATYRE & LICORIS.

Cessez, cessez d'être Amant d'une ingrate,
Choisissez mieux l'objet de vos desirs;
Dans votre amour il n'est rien qui vous flate,
Ne perdez point de précieux soupirs.

PAN.

    La froideur & l'indifférence
    Ne font qu'une fausse apparence
    Qui ne doit pas décourager.
      Près d'un Amant fidelle
      Est-il une cruelle
      Qui ne soit en danger?

LICORIS.

    Quittez une vaine espérance.

LE SATYRE.

    Du moins vous courez le hazard
    De soupirer sans récompense.

LICORIS.

    Quittez une vaine espérance.

LE SATYRE.

Dussiez-vous être heureux, vous le feriez trop tard.

PAN.

Je ne sens point mon cœur effrayé des obstacles;
Pour les surmonter tous il est d'heureux momens;
    Mais quand l'Amour fait des miracles,
Ce n'est pas en faveur des timides Amans.

*Pan sort avec le Satyre, & Licoris demeure seule
    pendant quelques momens.*

SCENE II.

DIANE, LICORIS.

LICORIS, *à Diane qu'elle voit arriver.*

QUEL bonheur vous conduit dans ce Bois solitaire,
Sans y trouver un Amant odieux ?
Pan vient de fortir de ces lieux :

Malgré votre humeur févere,
Le moins aimable des Dieux
A fait deffein de vous plaire ;
Rien ne marque mieux
Que la raifon ne tient guere
Contre l'éclat de vos yeux.

DIANE.

Laiffons à cet Amant une audace fi vaine,
Elle aura le fuccès qu'elle peut mériter.
Mais que me veut Ifmene ?
Il la faut écouter.

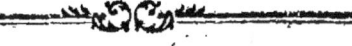

SCENE III.

DIANE LICORIS, ISMENE.

ISMENE.

DÉESSE, à vos genoux qu'avec refpect j'embraffe,
Je viens tâcher d'obtenir une grace.
Mon cœur s'eft dégagé d'un malheureux amour,

C iv

Souffrez que déformais je vous fuive à la chaffe,
    Recevez-moi dans vôtre Cour.
L'Amour n'ofe fur vous étendre fa puiffance,
Je connois fes rigueurs, je crains encor fes coups,
    Je ne puis être en affurance
    Si je ne fuis auprès de vous.

        D I A N E.
   Quels malheurs, quels deftins contraires
De l'Amour pour jamais vous font rompre les nœuds ?
Endimion toujours néglige-t'il vos vœux ?

        I S M E N E.
Il redouble pour moi fes mépris ordinaires,
Il renonce au projet qu'avoient formé nos Pères
    De nous unir tous deux.

Trop funefte projet, où je crus tant de charmes,
    Combien m'as-tu coûté de larmes !
    Hélas ! tu n'as fait qu'exciter
    Un feu qu'il faut éteindre ;
    Tu me donnois, pour l'augmenter,
    De vains fujets de me flatter,
    Et le trifte droit de me plaindre.

        D I A N E.
    Quand l'Amour eft en courroux,
    Son courroux n'eft pas durable.
    Endimion eft aimable ;
    S'il revient jamais vers vous
    Serez-vous inébranlable ?

Vous ne répondez point, je vois votre embarras.
        I S M E N E.
Daignez me preffer moins, il n'y reviendra pas.
    D I A N E & L I C O R I S.
    Vous aimez, vous aimez encore,
    Vos liens ne font pas rompus.
        I S M E N E.
Non, non, mes liens font rompus.

DIANE & LICORIS.
Vous aimez, vous aimez encore.

ISMENE.
Si j'aime encor, j'implore
Votre secours pour n'aimer plus.

DIANE.
Vous dont je suis la Souveraine,
Nymphes, qui sur mes pas vous plaisiez à chasser,
Recevez parmi vous Ismene,
A l'Amour comme vous elle veut renoncer.

SCENE IV.

DIANE, NYMPHES DE DIANE, ISMENE.

CHŒUR DES NYMPHES.

Nous goûtons une paix profonde,
Venez, venez parmi nous.
Que l'Amour au reste du monde
Fasse ressentir ses coups,
Ils n'irons point jusqu'à vous.
Venez, venez parmi nous,
Nous goûtons une paix profonde,
Venez, venez parmi nous.

Danses des Nymphes.

UNE NYMPHE.
Les biens qui contentent nos cœurs
Viennent s'offrir à nous sans nous coûter des larmes.
L'amour le plus heureux a toujours ses alarmes,
Aux innocens plaisirs il ôte leurs douceurs,
Les chansons des Oiseaux, les ombrages, les fleurs,
Les doux Zéphirs ont pour nous tous leurs charmes.

C v

SCENE V.

DIANE, NYMPHES, ISMENE, BERGERS
AMANS D'ISMENE.

DEUX BERGERS.

BERGERE, quel chagrin loin de nous vous entraîne ?
Pourquoi voulez-vous nous quitter ?
N'étoit-ce pas le nom d'Ismene
Que sans cesse aux Echos nous faisions répéter ?
N'étions-nous pas toûjours occupés à chanter
Et vos appas & notre peine ?
Bergere, quel chagrin loin de nous vous entraîne ?
Pourquoi voulez-vous nous quitter ?
(Danses des Bergers qui tâchent à fléchir Ismene)

CHŒUR DES BERGERS.

Voyez notre douleur sincere,
Rendez-vous à nos soupirs.

CHŒUR DES NYMPHES.

Dans les Amans rien n'est sincere,
N'écoutez point leurs soupirs.

CHŒUR DES BERGERS.

Fuyez les maux qu'Amour peut faire,
Suivez du moins ses plaisirs.

CHŒUR DES NYMPHES.

Fuyez les maux qu'Amour peut faire,
Fuyez même ses plaisirs.

ISMENE.

Je fais ce que je dois, Bergers, à votre zele,
Mais mon dessein est pris ; allez, oubliez-moi.

CHŒUR DES BERGERS.

Ah ! quelle injuste loi !
Pour vous-même, & pour nous que vous êtes cruelle !
(Ils sortent)

DIANE A ISMENE.

Puifque rien déformais n'ébranle votre choix,
Recevez de ma main & l'Arc & le Carquois.

CHŒUR DES NYMPHES.

Jouïffez de l'heureux partage
Qui vous eft préfenté.
L'amour de toute part fait un affreux ravage,
Goûtez-en davantage
Le prix de la tranquillité.
Quand tout gémit dans l'efclavage,
Qu'il eft doux d'être en liberté !
(Elles fortent avec Ifmene)

SCENE VI.

DIANE, LICORIS.

DIANE.

Que tu prends un foin inutile,
Ifmene ! quelle erreur conduit ici tes pas !
Tu veux auprès de moi rendre ton cœur tranquille,
Et le mien ne l'eft pas.
Tu fuis Endimion. Hélas !
Que tu choifis mal ton afyle !

LICORIS.

Sans favoir de quel trait votre cœur eft atteint,
Elle fe plaint à vous d'une flâme fatale ;
Avec plaifir on voit une Rivale
Qui fouffre & qui fe plaint.

DIANE.

En écoutant fes maux ma honte étoit extrême,
D'impofer à fes yeux par un calme apparent ;
J'ai bravé de l'Amour la puiffance fuprême,
Et l'on me croit toujours la même ;

C vj

Mais je ne jouis plus des honneurs qu'on me rend,
    Et l'on me reproche que j'aime,
Quand on vient me vanter mon cœur indifférent.

L I C O R I S.

Banniffez l'Amour de votre ame,
Son Empire pour vous auroit trop de rigueur,
Toujours votre fierté combattroit votre flâme ;
L'Amour ne répand point fes douceurs dans un cœur,
    S'il n'en eft paifible vainqueur.

Dégagez-vous, fongez que vous êtes Déeffe,
    Et daignez voir quel choix vous avez fait.

D I A N E.

    Je rougis de ma tendreffe,
    Et non pas de fon objet.
    L'aimable Berger que j'adore
N'a pas befoin d'un rang qui s'attire les yeux,
Il a mille vertus que lui-même il ignore,
    Et qui feroient l'orgueil des Dieux.

    L'Amour lui paroît méprifable ;
Et même en n'aimant rien il en eft plus aimable.
    Que fa fierté dure toujours,
Que toujours à l'Amour elle foit plus rebelle.
Hélas ! pour foutenir la mienne qui chancelle,
    Il me faut ce trifte fecours.

L I C O R I S.

Mais s'il ne fort jamais de fon indifférence......

D I A N E.

Je fais trop à quels maux je dois me préparer.

    Un éternel filence
Cachera cet amour dont ma gloire s'offenfe.
En fecret feulement j'oferai foupirer,
    Je languirai fans efpérance,
    Et craindrai même d'efpérer.

DIANE & LICORIS.

Ah! faut-il que les cœurs sensibles à la gloire,
Soient capables de s'attendrir?
On ne peut de l'Amour empêcher la victoire,
Il faut lui céder, & souffrir.

Fin du premier Acte.

ACTE II.

Temple Ruftique que les Bergers ont élevé pour
Diane & qui n'eft pas encore confacré.

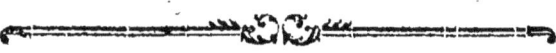

SCENE I.

ENDIMION, EURILAS.

ENDIMION.

QUEL jour, quel heureux jour je vais voir célébrer,
Nos Bergers pour Diane ont fecondé mon zele,
Ce Temple par mes foins eft élevé pour elle,
     Et nous allons le confacrer.

Jamais par des foupirs mon amour ne s'exprime,
Du moins par des Autels je le marque fans crime ;
     Ce détour, ce déguifement,
     Convient à mon refpect extrême,
     Et mon cœur pour cacher qu'il aime,
     Feint qu'il adore feulement.
EURILAS.
     Cachez moins un amour fidelle ;
       Vous n'êtes qu'un Berger,
       Diane eft immortelle ;
     Mais des appas d'une Belle
     Tous les yeux peuvent juger,
Et tous les cœurs ont droit de s'engager.
ENDIMION.
Si j'étois immortel, & Diane Bergere,
     Je craindrois encor fa colere.
     Mes feux n'ofent paroître au jour,

Je gémis sous les Loix que le respect m'impose,
Mais sa Divinité n'en est pas tant la cause
    Que ses appas & mon amour.
        E U R I L A S.
  Que peut prétendre un Amant dont la peine
    Ne doit jamais se découvrir?
  Que n'avez-vous pris soin de vous guérir
    Par l'Hymen de l'aimable Ismene?

    Près d'un objet dont on est adoré,
On oublie à la fin une Beauté cruelle;
D'une funeste flâme un cœur n'est délivré
    Que par une flâme nouvelle;
    Et contre les Amours
  Les Amours seuls sont un secours.
        E N D I M I O N.
Je meurs d'un feu trop beau pour le vouloir éteindre,
Je ne puis espérer, & je n'ose me plaindre;
Cependant un plaisir qui ne peut s'exprimer
Adoucit en secret des peines si cruelles
Au milieu de mes maux je m'applaudis d'aimer
  La plus fiere des Immortelles.
        E U R I L A S.
  La fierté plaît lorsque l'on est flatté
    Du doux espoir de la victoire;
    Mais vous ne pouvez croire
  Que Diane jamais perde sa liberté,
    Quel charme a pour vous sa fierté?
        E N D I M I O N.
    Elle redouble sa gloire,
    Et le prix de sa beauté.
Je vois de nos Bergers la Troupe qui s'avance,
Eurilas, il est tems que la Fête commence.

SCENE II.

ENDIMION, TROUPE DE BERGERS.

ENDIMION.

Ecoutez ces Bergers qui parlent par ma voix,
   Déesse , daignez quelquefois
   Visiter ce Temple rustique ;
On vous éleve ailleurs des Temples éclatans ;
   Mais dans un lieu plus magnifique
On n'offre pas des vœux plus purs ni plus constans.
   (*Danses des Bergers*)
    I. BERGER.

Brillant Astre des nuits , vous réparez l'absence
   Du Dieu qui nous donne le jour,
   Votre Char, lorsqu'il fait son tour,
Impose à l'Univers un auguste silence,
Et tous les feux du Ciel composent votre Cour.
    II. BERGER.

En descendant des Cieux vous venez sur la Terre
   Regner dans les vastes Forêts,
Votre noble loisir fait imiter la guerre,
Les Monstres dans vos Jeux succombent sous vos traits.
    III. BERGER.

Jusques dans les Enfers votre pouvoir éclate,
Les Manes en tremblant écoutent votre voix ;
   Au redoutable nom d'Hécate,
Le sévere Pluton rompt lui-même ses Loix.
    CHŒUR.

Que le Ciel, que la Terre , & le sombre rivage,
Que tout rende à Diane un éternel hommage,
Que de vœux différens elle doit recevoir !
   Chantons sa puissance suprême,

Le Maître des Dieux même
N'étend pas si loin son pouvoir.

ENDIMION.

Vos Eloges, Bergers, touchent peu la Déesse.
Songeons plutôt à vanter
Son cœur exempt de foiblesse,
Et nos chants pourront la flatter.
Faites-vous un effort pour elle,
Malgré l'Amour dont vous suivez la Loi,
Célébrez la gloire immortelle
D'un cœur toujours maître de soi.

CHŒUR.

Vous avez sur l'Amour remporté la victoire,
Que ce triomphe est beau ! qu'il est digne de vous !
Vous avez sur l'Amour remporté la victoire,
Les plus grands Dieux ont ressenti ses coups,
La gloire de l'Amour ne sert qu'à votre gloire,
Que ce triomphe est beau ! qu'il est digne de vous !

SCENE III.

(Diane descend du Ciel)

DIANE, LICORIS, ENDIMION, BERGERS.

DIANE.

BERGERS, jusqu'en ce lieu votre hommage m'attire,
De sinceres respects savent charmer les Dieux,
Mais je veux arrêter des chants audacieux
Que trop de zele vous inspire.

Il suffit de fuir les Amours,
Et d'éviter leur esclavage ;
Mais par de superbes discours
Il ne faut point leur faire outrage.
Il suffit de fuir des Amours,
Il ne faut point leur faire outrage.

Retirez-vous, c'en est assez,
Vos encens & vos vœux seront récompensés.

(Tous les Bergers sortent.)

SCENE IV.

DIANE, LICORIS.

LICORIS.

Ciel quel étonnement de mon ame s'empare !
Quoi ? votre noble orgueil se dément en ce jour ?
Diane hautement déclare
Qu'elle est moins contraire à l'Amour ?

DIANE.

Endimion ordonnoit cette Fête,
Lui dont mon cœur est la conquête,
En outrageant l'Amour, il croyoit me flatter.
Excuse ma foiblesse,
Son erreur blessoit ma tendresse.
Et je n'ai pu la supporter.

LICORIS.

Ne me déguisez rien, vous lui voulez apprendre.
Que jusqu'à vous il peut lever les yeux,
Vous prenez pour parler un tour mystérieux,
Mais vous voulez qu'il ose vous entendre.

DIANE.

Pourrois-je le vouloir ? Ciel ! quelle honte ! hélas !
Du moins, si je le veux, ne le pénétre pas.

ACTE III.

SCENE I.

PAN, UN SATYRE, ENDIMION, EURILAS.

PAN.

BERGERS, croirai-je un bruit qui vient de fe répandre ?
    Diane a-t'elle protégé
    L'Amour dans vos chants outragé ?

ENDIMION & EURILAS.

Elle-même a paru pour le venir défendre.

PAN.

Ah ! j'obtiendrai le prix que mérite ma foi.
A l'Amour déformais Diane eft moins rebelle ,
    J'ofe feul foupirer pour eile ,
    Ce changement ne regarde que moi.
Avec bien de l'amour on eft toujours aimable.
La beauté que je fers étoit impitoyable ,
Je fais que je dois peu compter fur mes appas ;
Mais mon cœur m'affuroit d'un fuccès favorable ,
Je l'ai cru fur fa foi , je ne m'en repens pas.
Avec bien de l'amour on eft toujours aimable.

LE SATYRE.

Aimez , aimez , j'approuve enfin vos feux ,
    Puifqu'ils vont être heureux.

Quand on porte fans fruit une chaîne éternelle ,
Quand on aime à languir pour les yeux d'une Belle ,

Avec le cœur on a l'efprit bleffé ;
Mais il n'eft rien de plus fenfé
Que d'être Amant , & même Amant fidelle,
Quand on eft bien récompenfé.

PAN.

Je veux, je veux marquer ma joie à la Déeffe,
Que les Faunes s'affemblent tous,
Qu'ils viennent remplis d'alégreffe
L'applaudir dès ce jour d'un changement fi doux.

ENDIMION.

Quoi ? déja votre amour s'apprête
A faire éclater fa conquête ?

EURILAS.

L'Amant d'une fiere beauté
Doit ménager fa vanité ;
S'il fait des progrès , il doit feindre
De ne pas s'en appercevoir,
Il faut qu'il ait l'art de fe plaindre
Au milieu du plus doux efpoir.

PAN.

Et bien fans montrer que j'efpére
Rendons hommage à fes attraits,
Et par des foins quine peuvent déplaire
Contentons des tranfports qu'il faut tenir fecrets.

SCENE II.

ENDIMION, EURILAS.

ENDIMION.

QUEL coup affreux , quel coup terrible
Vient combler tous les maux qui tourmentoient mon
cœur ?

Je me flattois d'aimer une infenfible,
Je ne puis conferver un fi cruel bonheur.

Que la fierté de Diane étoit Belle !
Mais qu'elle a fait un choix indigne d'elle ;
Si fes appas me faifoient foupirer,
Sa gloire me charmoit plus que fes appas même,
Et je perds le plaifir extrême
Que je fentois à l'admirer.

EURILAS.

Suivez moins un tranfport que la raifon condamne,
Ce n'eft point un indigne choix
Que le puiffant Dieu de nos bois.

ENDIMION.

Non, ce n'eft point à lui d'ofer aimer Diane ;
Ses charmes les plus grands ne lui font pas connus,
Elle n'en reçoit point les vœux qui lui font dus.

EURILAS.

Toujours rempli de confiance,
Peut-être il en croit trop une foible apparence.

ENDIMION.

Diane a de l'amour, & vient nous l'annoncer ;
Quand un autre que Pan auroit pu la forcer
A quitter fon indifférence,
Ce n'eft pas moi du moins, on ne le peut penfer.

Vengeons-nous, vengeons-nous d'une injure mortelle,
Il ne me refte plus que ce funefte bien,
Otons à l'infidelle un cœur tel que le mien.

EURILAS.

Quelle fidélité Diane vous doit-elle ?
Vos cœurs n'ont pas été dans un même lien.

ENDIMION.

Elle devoit m'être fidelle
Du moins en n'aimant jamais rien.

Tel même tu m'as dit qu'en époufant Ifmene,

Et son amour , & mon devoir
Se fussent opposés au penchant qui m'entraîne ,
Je veux essayer leur pouvoir ,
Je veux redemander Ismene à la Déesse ,
Heureux si de ses mains je pouvois recevoir
Ce qui doit vénger ma tendresse.

EURILAS.

Oubliez-vous qu'on ignore vos feux ?
Vous parlez toujours de vengeance.

ENDIMION.

Hélas ! de mes transports quelle est la violence !
Que me dis-tu ? que je suis malheureux !

D'où vient que mon ardeur ne s'est pas découverte
Aux yeux qui m'avoient enflamé ?
Peut-être que Diane eût ressenti ma perte ,
Bien qu'elle ne m'eût pas aimé.

EURILAS.

La vengeance est inutile ,
C'est assez de se guérir.
Pourvu que vous soyez tranquille ,
Qu'importe qu'une ingrate ait peine à le souffrir ?
La vengeance est inutile ,
C'est assez de se guérir.

ENDIMION.

Si je ne suivois pas ce conseil salutaire ,
Tous les Dieux devroient m'en punir.
La Déesse paroît , je vais te satisfaire ,
A mon repos Ismene est nécessaire ,
Je vais tâcher de l'obtenir.

SCENE III.

DIANE, ENDIMION.

ENDIMION.

Déesse, mon audace est peut-être trop grande,
De croire avoir le droit d'implorer vos bontés ;
Si je mérite peu ce que je vous demande,
    Les bienfaits des Divinités
    Ne peuvent être mérités.

DIANE.

Parlez, vous me verrez répondre à votre attente.

ENDIMION.

Ismene a le bonheur d'être de votre Cour,
Je ne sais cependant si son ame est contente ;
    Daignez souffrir son retour
    Si j'obtiens qu'elle y consente,
    Daignez la rendre à mon amour.

DIANE.

Quoi ? vous l'aimez ? vous dont l'indifférence
    Rejettoit ses vœux & ses soins ?

ENDIMION.

    Quand on y pense le moins,
    Souvent l'Amour prend naissance.

    La pitié, le repentir,
    Tout, vers Ismené me rappelle,
    Sa retraite m'a fait sentir
    Combien je perdois en elle.

DIANE.

    Bergez, ce que vous souhaitez
    N'est pas une légere grace.

ENDIMION.

Si jamais des mortels les vœux sont écoutés...

DIANE.

Allez, je réfoudrai ce qu'il faut que je faſſe,
Et vous ſaurez mes volontés.

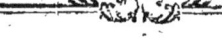

SCENE IV.

DIANE.

Ou fuis-je ? Endimion pour Ifmene ſoupire,
Et moi, je me livrois au charme qui m'attire,
Déja je trahiſſois le ſecret de mon feu.
Après une foibleſſe inutile & honteuſe,
Après avoir en vain commencé cet aveu,
     Quelle vengeance rigoureuſe.......
Mais quoi ? ne dois-je pas me croire trop heureuſe
     Que l'ingrat m'entende ſi peu ?

     Et me cauſant une douleur extrême,
     Il met du moins ma gloire en ſûreté,
S'il ne m'eût ſontenue, hélas ! contre lui-même,
     J'oubliois toute ma fierté.

Mais qu'il ne penſe pas que je lui rende Ifmene,
     Qu'il n'attende pas mon ſecours
     Pour former une indigne chaîne ;
Je redeviens Diane, & veux l'être toujours,
     Je reprends ma premiere haine
Pour tous les cœurs eſclaves des Amours.

Je vois le Dieu des Bois, faut-il que je l'entende ?
     Ma peine, ô Ciel ! n'eſt donc pas aſſez grande !

                 SCENE

SCENE V.

DIANE, FAUNES, & SILVAINS.

PAN.

Déesse, souffrez qu'en ce jour
Tous les Demi-Dieux de ma Cour
Se soumettent à votre Empire ;
Mes soins ne peuvent seuls suffire
A vous marquer tout mon amour.

Que les Forêts, que les Monts applaudissent
Au choix qu'a fait le Dieu des Monts & des Forêts
Que les Antres les plus secrets
Sans cesse retentissent
De Diane & de ses attraits ;
Que tous les autres Chants finissent.
On ne doit célébrer qu'un objet si charmant
Dans tous les lieux où regne son Amant.

CHŒUR.

Que les Forêts, que les Monts applaudissent
Au choix qu'a fait le Dieu des Monts & des Forêts ;
Que les Antres les plus secrets
Sans cesse retentissent
De Diane & de ses attraits ;
Que tous les autres Chants finissent.
On ne doit célébrer qu'un objet si charmant
Dans tous les lieux où regne son Amant.

(Danses des Faunes)

DIANE, à Pan.

A recevoir vos soins j'ai voulu me contraindre,

D

Peut-être en les fuyant j'aurois paru les craindre,
Quand on est trop févere, on se croit en danger,
Je veux vous annoncer d'une ame plus tranquille
　　　Que votre amour est inutile,
　　　Et qu'il faut vous en dégager.

　　　　　　　　　　　　(Elle fort)

S C E N E VI.

PAN, FAUNES & SILVAINS.

PAN.

AI-JE bien entendu ? c'est ainsi qu'on m'outrage ?
　　　O Ciel ! où me vois-je réduit !
J'avois pris de l'espoir, il est soudain détruit,
　　　Ah quelle honte ! quelle rage !

CHŒUR DES FAUNES.

Guériffez-vous d'un feu si mal récompensé,
Des Faunes vos Sujets l'honneur en est bleffé.
　　　On ne voit point entre eux paroître
　　　　　De malheureux Amans.
　　　　　Ah ! verra-t'on leur Maître
　　　Soupirer dans de longs tourmens ?

PAN.

Soins qu'on a méprifés, vains efforts de mon zele,
　　Ne ceffez point de vous offrir à moi ;
Vous n'avez pu toucher une ame trop cruelle,
　　Servez du moins à m'inspirer contre elle
　　　Tout le courroux que je lui doi.

ACTE IV.

SCENE I.

ISMENE.

Sombres Forêts, qui charmez la Déesse,
Doux afyle où coulent mes jours,
Plaifirs nouveaux qui vous offrez fans ceffe,
Pourquoi ne pouvez-vous furmonter ma trifteffe ?
Ah ! j'attendois de vous un plus puiffant fecours.

Qui peut me rendre encore incertaine, inquiete ?
J'aimois un infenfible, & ce que j'ai quitté
Ne doit pas être regretté.
Cependant fans favoir ce que mon cœur regrette,
Je le fens toujours agité.
Sombres forêts qui charmez la Déesse,
Doux afyle où coulent mes jours,
Plaifirs nouveaux qui vous offrez fans ceffe,
Pourquoi ne pouvez-vous furmonter ma trifteffe ?
Ah ! j'attendois de vous un plus puiffant fecours.

SCENE II.

DIANE, LICORIS, ISMENE.

DIANE.

Ismene, parlez-moi fans feinte.
Endimion vous redemande à moi.
D'une tendre douleur j'ai vu fon ame atteinte ;

D ij

Ismene, parlez-moi sans feinte,
Voulez-vous renoncer à vivre sous ma loi ?

ISMENE.

O Ciel ! que ma surprise est grande !
Quoi ? cet ingrat...... non , non , je ne le puis penser.

DIANE.

A son amour naissant il veut que je vous rende ,
Répondez , je vous le commande ;
A vivre sous ma loi voulez-vous renoncer ?

ISMENE.

Vous savez qu'à jamais je m'y suis asservie ,
Rien ne peut ébranler ma foi.
A suivre d'autres loix si l'Amour me convie ,
L'Amour sans votre aveu ne peut plus rien sur moi.

DIANE.

J'entends ce que vous n'osez dire ,
J'userai bien de mon empire ,
Je verrai votre Amant , allez , attendrez-vous
A recevoir les ordres les plus doux.

SCENE III.

DIANE, LICORIS.

LICORIS.

AINSI vous permettez qu'Ismene soit contente ,
Votre cœur à jamais reprend sa liberté ;
J'ai vu par son amour ce grand cœur agité ;
Mais la gloire a vaincu , Diane est triomphante.

DIANE.

Cesse de présenter ce triomphe à mes yeux ,
Il me coûte trop cher pour être glorieux.

DIANE & LICORIS.

Qu'on est foible quand on aime !
Qu'il est difficile , hélas !

De vaincre un Amour extrême !
Après la victoire même,
On rend encor des combats.

DIANE.

Je fais qu'Endimion ne me fait point d'outrage,
Cependant son Amour m'irrite malgré moi,
Je ne prétends point à sa foi,
Et ne puis souffrir qu'il l'engage.
Je me reproche à tout moment
Cet aveugle caprice,
J'ai honte de mon injustice,
Et je m'en punis en formant
Des nœuds qui font tout mon tourment.

LICORIS.

C'est une peine affreuse
De rendre une rivale heureuse,
C'est un effort cruel pour un cœur amoureux.
Mais lorsque la gloire est contente,
Songez quelle douceur charmante
Doit goûter un cœur généreux.

DIANE.

Endimion dans ces lieux va paroître,
Mon dessein va s'exécuter,
Je vais... mais quoi ? je sens mon feu se révolter,
Je sens ma foiblesse renaître,
Par de nouveaux combats faut il la surmonter !
Dans quel désordre je retombe !
Que je crains qu'à la fin ma raison ne succombe !
Cruel Amour, es-tu content ?
Seule je te bravois dans la Troupe Céleste,
Mais sur mon cœur enfin ton empire s'étend.
Tu vois ce cœur si fier interdit & flottant,
Le peu de force qui me reste
Peut me quitter en un instant.
Suis-je pour toi, dans cet état funeste,
Un triomphe assez éclatant ?
Cruel Amour es-tu content ?

D iij

LICORIS.

Je vois Edimion, paroissez plus tranquille,
Prononcez un aveu qui vous fait soupirer;
Plus cet effort est difficile,
Moins vous devez le différer.

SCENE IV.

DIANE, ENDIMION.

DIANE.

VENEZ, Endimion, tout vous est favorable ;
J'accorde Ismene à vos desirs.

ENDIMION.

Ah ! que mon fort est déplorable !

DIANE.

Que dites-vous, d'où naissent ces soupirs ?

ENDIMION.

Jusques dans vos bontés le destin m'est contraire.
Que ne rejettiez-vous des vœux trop mal conçus ?
Quelle plainte osez-vous me faire ?
Quoi ? c'est ainsi que mes dons font reçus ?

Que devient dès ce jour cette flâme nouvelle,
Qu'Ismene en vous fuyant a su vous inspirer ?

ENDIMION.

Hélas ! pouvez-vous ignorer
Que je suis sans Amour pour elle ?

Mon trouble, mes vœux incertains,
Ces soupirs échappés, mes bizarres desseins,
Tout ne vous dit-il pas qu'un autre Amour m'enflâme,
Que j'ai voulu l'arracher de mon âme,
Et que tous mes efforts font vains ?

DIANE.

Vous voulez fortir d'efclavage,
Suivez votre projet avec plus de courage.

On ne furmonte pas d'abord
Le doux penchant qui nous entraîne,
Ce n'eft pas un premier effort
Qui brife une amoureufe chaîne.

ENDIMION.

Non, je veux conferver un malheureux Amour.
Que vous importe-t'il que j'en perde le jour?

DIANE.

Je veux dans tous les cœurs, autant qu'il m'eft poffible,
Etablir la tranquillité.
Il n'eft rien de plus doux pour une ame infenfible
Que de voir en tous lieux regner la liberté.

EDIMION.

Pourquoi, Déeffe impitoyable,
A combattre mes feux voulez-vous m'engager?
Je fais que je ne fuis qu'un mortel, qu'un Berger;
Mais lorfque j'ofe aimer un fujet adorable,
Du moins je ne fuis pas coupable
D'un téméraire aveu qui devroit l'outrager.
De mon crime fecret la peine eft affez grande,
J'étouffe mes foupirs & mes gémiffemens.
Déeffe, par pitié, laiffez-moi mes tourmens,
C'eft tout le prix que je demande.

DIANE.

Qu'entends-je, quoi, Bergere....

ENDIMION.

Qu'ai-je dit? quel tranfport?
Ciel! ai-je rompu le filence?
L'Amour, à mon refpect, a-t'il fait violence?
Ah! vos yeux irrités m'inftruifent de mon fort,
J'y vois tout mon forfait, & toute mon offenfe,
Mon feu s'eft découvert, j'ai mérité la mort.

D iv

SCENE V.

DIANE, ENDIMION, LES HEURES.

UNE DES HEURES, à *Diane*.

Du grand Astre des jours la mourante lumiere
Va dans quelques momens s'éteindre au fond des Mers ;
    Commencez votre carriere,
    Et confolez l'Univers.
        DIANE.
  Que mon Char en ces lieux defcende.
  Vents, c'eft moi qui vous le commande.
(*Danfes des Heures tandis que le Char defcend,
    Diane y monte*)
    CHŒUR DES HEURES.
Répandez, répandez votre douce clarté.
Diffipez de la nuit l'obfcurité profonde.
  Vous devez la lumiere au monde,
  Lorfque le Soleil l'a quitté.
          (*Diane part*)

SCENE VI.

ENDIMION.

Elle part, & me laiffe en ce lieu folitaire.
Elle n'a pas daigné m'exprimer fa colere,
    Il lui fuffit de me livrer
Au défefpoir mortel qui doit me déchirer.

Fatal égarement, tranfport que je détefte,
Tout eft perdu pour moi, vous m'avez fait parler.

J'ai rendu criminel , par un aveu funeste ,
  Le plus beau feu dont on puisse brûler.

Cachons-nous pour jamais aux beaux yeux qui m'en-
    chantent ,
Je faisois de les voir mon bonheur le plus doux ,
Mais ils redoubleroient les maux qui me tourmentent,
    Je verrois leur juste courroux.

Allons finir nos jours dans d'éternelles larmes ;
Déserts , qui déformais avez pour moi des charmes ,
    Ouvrez vos Antres ténébreux
    Pour recevoir un malheureux.

Fin du quatrieme Acte.

D v

ACTE V.

Le Théatre repréfente une Caverne du Mont Latmos, où Endimion s'eft retiré.

SCENE I.

ENDIMION, *endormi*, CHŒUR D'AMOURS.

CHŒUR.

Prêtez votre fecours à ce Berger aimable,
Dieu du Sommeil, rendez-lui le repos ;
Il céde au tourment qui l'accable :
Dieu du Sommeil, rendez-lui le repos.
Un Amant miférable
A befoin de tous vos pavots.
Prêtez votre fecours à ce Berger aimable,
Dieu du Sommeil, rendez-lui le repos.

DEUX AMOURS.

Quelle eft cette clarté naiffante
Au milieu de l'obfcurité ?
Peut-être une Déeffe Amante
Defcend dans cet Antre écarté.

DEUX AUTRES AMOURS.

C'eft Diane, elle vient revoir ce qu'elle adore,
Cachons-nous à fes yeux.
Taifons-nous, il faut qu'elle ignore
Que les Amours font en ces lieux.

SCENE II.

DIANE.

Puis-je encore me reconnoître ?
L'Amour du haut des Cieux me force à disparoître ,
Je refuse aux mortels saisis d'un juste effroi ,
    La lumiere que je leur doi.

Le Berger que renferme un Antre si sauvage ,
Par sa vive douleur a trop su m'alarmer.
Nobles soins , que le sort m'a donnés en partage ,
N'attendez rien de moi , je ne sais plus qu'aimer.

Je puis en liberté voir ici ce que j'aime ,
    Le sommeil suspend son ennui ,
Ce tems m'est précieux , puisqu'il ne peut lui-même
    Savoir ce que je fais pour lui.

Mais quoi ? faut-il toujours soupirer & me taire ?
    Ses vertus , son respect sincere ,
    Ses tourmens , & tous mes combats ,
Pour me justifier ne suffiroient-ils pas ?

Je sens en sa faveur que tout me sollicite ,
    L'Amour m'apprend ce qu'il mérite ,
    Et ma raison même à son tour
    Ne m'en dit pas moins que l'Amour.

Qu'il sorte d'un sommeil , où sa douleur mortelle
    Peut-être encore agite ses esprits ,
    Qu'il sache... ô Ciel ! quel dessein ai-je pris ?
Non , reprenons mon cours , l'Univers me rappelle.
                D vj

Quel charme me retient ? fuyons. Quoi ? je ne puis ?
Ah ! fuyons, je fens trop le péril où je fuis.

Mais hélas ! qu'ai-je fait ?

S C E N E   III.

D I A N E,   E N D I M I O N.

E N D I M I O N , *qui fe réveille.*

Q u e vois-je ? quoi , Déeffe ,
Vous venez pour punir un Amour qui vous bleffe :
Ah ! mon trépas étoit certain ,
Il alloit vous venger de ma coupable audace ;
Mais je tiendrai pour une grace
Que de fi juftes coups partent de votre main.

D I A N E.
Comment dans mes regards voyez-vous de la haine ?

E N D I M I O N.
Contentez le courroux qui vous guide en ces lieux.

D I A N E.
Ne me pouvois-je pas venger du haut des Cieux ?

E N D I M I O N.
Par ce difcours obfcur vous redoublez ma peine ;
Je ne veux que mourir , & mourir à vos yeux.

D I A N E.
Il faut , il faut enfin ceffer d'être incertaine.

Apprenez votre fort , je ne puis plus cacher
Que mon fuperbe cœur foupire ;
Vos vertus m'avoient fu toucher ,
Votre réfpect me contraint à le dire.

ENDIMION.

Qu'ai-je entendu ? non, non, mes sens font abufés,
Et ce fonge va difparoître.

DIANE.

Quoi ? mon Amour me fait-il méconnoître
Par vous-même qui le caufez ?

ENDIMION.

Déeffe, eft-il donc vrai ? quelle ardeur..... quel
hommage....
Tout mon cœur.... de mon trouble entendez le langage,
Je ne fuis pas digne d'un fort fi doux
Si je n'en meurs à vos genoux.

Pardonnez aux foupirs qu'un Berger vous adreffe,
Du moins je ne fens point mon cœur fe partager,
Ce font vos charmes feuls qui favent m'engager,
Je ne vois point que vous êtes Déeffe.

DIANE.

A toutes vos vertus j'ai donné ma tendreffe,
Je ne vois point que vous êtes Berger.

ENDIMION.

Ce font vos charmes feuls qui favent m'engager.

DIANE.

A toutes vos vertus j'ai donné ma tendreffe.

ENDIMION.

Je ne vois point que vous êtes Déeffe.

DIANE.

Je ne vois point que vous êtes Berger.

Mon cœur fe croyoit invincible,
Mais vous l'avez défarmé.

ENDIMION.

Sans vous, j'étois infenfible,
Sans vous, je n'euffe point aimé.

DIANE & ENDIMION.

Mon cœur fe croyoit invincible,

Mais vous l'avez désarmé.
Sans vous, j'étois insensible,
Sans vous, je n'eusse point aimé.

DIANE.

Vous qui fûtes jadis transformés en Etoiles,
Dérobez-vous des Cieux;
Des Nuages obscurs vous prêteront leurs voiles,
Descendez en ces lieux.

SCENE VI.

DIANE, ENDIMION, *tous ceux qui ont été changés en Etoiles*, CASTOR & POLLUX, PERSÉE, ANDROMEDE, ORION, ERIGONE, *&c.*

DIANE.

O vous, qui composez ma Cour,
Vous qui des secrets de l'Amour
Eûtes toujours la confidence,
Ecoutez, & gardez un éternel silence.

Diane a de l'Amour ressenti les attraits.

CHŒUR.

Quelle surprise! ô Ciel! Diane est moins sévere!
Diane a de l'Amour ressenti les attraits!

DIANE.

Endimion a su me plaire :
Cachez au Monde entier l'aveu que je vous fais,
Cachez sous vos voiles épais
Un important mystere.

CHŒUR.

Quelle surprise! ô Ciel! Diane est moins sévere!
Diane a de l'Amour ressenti les attraits!

DIANE.

Pour venir déformais
Dans ce lieu folitaire ,
L'ombre me fera néceffaire.
Seuls vous ferez témoins de mes vœux fatisfaits.
Dans tout l'Empire de Cythére
On ne vous révéla jamais
Une fecrète ardeur que vous deviez mieux taire.
Cachez fous vos voiles épais
Un important myftere.

CHŒUR.

Cachons fous nos voiles épais
Un important myftere.
De ces tendres Amours favorifons la paix.
Non , non, il ne faut point que le jour les éclaire.
Cachons fous nos voiles épais
Un important myftere.

(Danfes, &c.)

FIN.

TABLE
DES MATIERES.

SCENE III.

SCENE IV.

SCENE V.

SCENE VI.

ACTE II.

SCENE I.

SCENE II.

SCENE III.

SCENE IV.

A C T E III.
S C E N E I.

S C E N E II.

S C E N E III.

S C E N E IV.

S C E N E V.

S C E N E VI.

A C T E IV.
S C E N E I.

S C E N E II.

S C E N E III.

Fin de la Table.

www.ingramcontent.com/pod-product-compliance
Lightning Source LLC
Chambersburg PA
CBHW050307030726
47505CB00003B/612